アウシュヴィッツの タトゥー係

ヘザー・モリス
金原瑞人・笹山裕子 訳

双葉文庫

Politische Abt. – Aufnahmeschreiber.

203 Prämienauszahlung vom 26.7.44

Männerlager Birkenau

Nº	Name – Vorn.		Haftart	Betrag	Unterschrift
3637	Komarnicki	Bogdan	Pole	3.–	[illegible]
43156	Katzengold	Charles	J.	3.–	[illegible] 43156
28275	Soldmync	Leo	J.	2.–	Soldmync
32407	Eisenberg	Ludwig	J.	2.–	[illegible]
341..	Ejgier	Szaja	J.	2.–	[illegible] 34157
34578	Sang	Abram	J.	2.–	Gang Abram
42946	Fajgenbaum	Josef	J.	2.–	[illegible] 42946
43094	Henrikowski	Emil	J.	2.–	[illegible] 43094
43335	Meringier	Chaim	J.	2.–	Meringier 43335
43461	Rondel	Arnold	J.	2.–	[illegible] 43461
43755	Dallmann	Heinrich	J.	2.–	J. Dallmann 43755
49248	Fugmauski	Jechol	J.	2.–	[illegible] 49248
51023	Ajzenstadt	Benjamin	J.	2.–	[illegible] 51023
90047	Sierguiec	Zdthan	J.	2.–	[illegible]
90100	Rath	Salomon	J.	2.–	Rath
96121	Romanowski	Zdzislaw	Pole	2.–	[illegible] 96121
96481	Buranicz	Siegor	Pole	2.–	[illegible]
102143	Aron	Lazar	J.	2.–	Lazar Aron 102143
132...	Sandler	Boris	J.	1.–	B. [illegible] 132...
			Rm.	39.–	

29.7.44

2619

本編の主人公・ルドウィグ・アイゼンバーグ（ラリ）がアウシュヴィッツに収容されていたときの囚人リスト。

THE TATTOOIST OF AUSCHWITZ

by Heather Morris

Originally published in the English language as
THE TATTOOIST OF AUSCHWITZ by Zaffre,
an imprint of Bonnier Books UK, London
This edition published by arrangement with Bonnier Zaffre Ltd, London
through Tuttle-Mori Agency, Inc., Tokyo

目次

作中にて〔 〕で示した部分は編集部および訳者による註です。
また、作中に現在は差別表現とされる言葉が登場する箇所があります。
第二次大戦当時の感覚の表現として原書に忠実に使用しておりますが、
小社としては一切の差別を容認するものではありません。

アウシュヴィッツのタトゥー係

ラリ・ソコロフの思い出に

わたしを信じ、ギタとあなたの物語をたくしてくださって、ありがとう。

プロローグ

ラリは顔をあげないようにしている。手をのばし、差し出された紙を受けとる。そこにある四桁の数字を、紙を持ってきた娘に書き写さなくてはならない。腕にはすでに数字があるが、薄くなっている。針を娘の左腕に刺し、「4」と書く。なるべく優しく。血がにじむ。しかし針の深さが足りなかったので、もう一度なぞる。娘は身じろぎもしない。痛いはずなのに。だれかにいわれてきたんだな、なにもいうな、なにもするなと。ラリは血をぬぐい、針の痕に緑のインクをすりこむ。

「遅いぞ!」ペパンが声をひそめていう。

どうしても時間がかかってしまう。男の腕に針を刺すのとはわけが違う。若い娘の体に傷をつけると思うと、身が縮む。顔をあげると、白衣の男が目に入る。ゆっくりと娘たちの列の横を歩いてくる。時おり足を止め、震えあがっている娘たちの顔や体を点検する。やがて、男はラリのところへやってくる。ラリは娘の腕をできるだけそっと握っているが、男は娘の顔をつかみ、乱暴にあちこち向かせる。ラリは視線をあげ、おびえた目をのぞきこむ。娘の唇が動き、今にも声を上げてしまいそうだ。ラリは娘の腕をぎゅっと握り、しゃべるなと合図する。そして娘と目が合うと、口の動きだけで「しーっ」という。白衣の男が娘の顔から手をはなし、歩み去る。

「それでいい」ラリは小声でいうと、作業を再開する。残る数字は三つ――「562」だ。彫り終わってからも少しだけ娘の腕を握ったまま、また目をのぞきこむ。ラリはかすかにぎこちない笑みを浮かべる。娘はもっとかすかな笑みを返す。しかしその目はラリの前で踊っている。それをみて、ラリの心臓が止まった。そして次の瞬間、はじめて鼓動したかのように激しく打ち、胸を破って飛び出しそうになる。下を向くと、足元の地面が揺れている。別の紙が目の前に差し出される。

「ぐずぐずするな、ラリ！」ペパンが小声でせきたてる。

ふたたび顔をあげると、娘はいなくなっている。

1

一九四二年四月

列車は田園地帯を走っている。ラリはしっかりと顔をあげ、動じないよう努めている。ラリは二十四歳。隣の男と親しくなっても意味がないと思っている。男は時おり居眠りをして肩にもたれかかってくるが、ラリは押し返さない。この男も数えきれない若者のひとりとして、家畜運搬用の貨車に乗せられているにすぎない。どこにいくのか知らされていなかったので、ラリはいつも通りの服装だ。アイロンのかかったスーツ、清潔なワイシャツとネクタイ。**第一印象は服装で決まることを忘れるな。**

閉じこめられている場所の広さを確認してみる。貨車の幅はおよそ二メートル半。端まで見通せないので長さはわからない。道連れになった男たちの数を数えてみる。だが多くの頭が揺れ動いているため、しばらくしてあきらめる。貨車が何両あるかはわからない。腰と脚が痛む。顔がむずがゆい。無精ひげに手が触れ、二日前に貨車に乗せられてから、体も洗わずひげも剃っていないことを思い出す。自分がどんどん自分でなくなっていくようだ。

まわりの男たちから話しかけられると、ラリは励ましの言葉をかけ、恐怖を希望に変えてやろうとする。**くそにまみれても、くそにおぼれるな。**汚い言葉で、見た目や物腰をののしられる。いいとこのお坊ちゃまか、などといわれる。「それが今はこのざまか」そんな言葉を聞き流し、刺すような視線を笑顔で受け止める。平気なふりなんかして、なんの得になるんだろう？　こわいのは、ぼくだってみんなと同じなのに。

ひとりの若者と目が合う。ぎゅう詰めの男たちを押しのけて、こちらにやってくる。むりに通ろうとする若者を乱暴に押し返す者もいる。自分の空間は、自分でつくるしかない。

「どうしてそんなに落ち着いていられるんだ？」若者がいう。「やつらはライフルを持っている。ライフルを突きつけて、むりやりこの……この家畜の車に乗せやがった」

ラリは若者に笑いかける。「ぼくだってこんなことになるとは思ってもみなかったよ」

「おれたちはどこに連れていかれるんだ？」

「どこでもいいさ。だいじなのは、ぼくらがここにいるのは、故郷の家族を守るためだってことだ」

「けどもし……？」

「『もし』はなしだ。ぼくにはわからない。きみにもわからない。ここにいるだれにもわからない。いわれた通りにするしかない」

「止まったときに襲うっていうのはどうだ？　数ではこっちが勝っている」若者の血の気のない顔は、やり場のない怒りにこわばっている。こぶしを固め、目の前のみえない相手を打つ姿が痛々しい。

「こっちはこぶし、あっちはライフル。戦って勝つのはどっちだ？」

若者はふたたび押し黙る。その肩がラリの胸に食いこみ、髪の毛から汗と脂がにおう。両手の力が抜け、体の両側にだらりとさがる。「おれはアーロン」若者はいう。

「ラリだ」

まわりの男たちはそんな会話に耳をそばだて、顔をあげてふたりをみているが、やがてまたとりとめのない思いに沈み、それぞれの考えにふけっていく。全員に共通しているのは恐怖。そして若さ。そして宗教。ラリは頭を切り替え、この先待ち受けているものについてあれこれ考えまいとする。連れていかれた先でドイツ軍のために働かされるのだときいているし、そのつもりでいる。家に残してきた家族のことを考える。家族を守る。自分が犠牲になった。後悔はない。何度だって同じことをするだろう。愛する家族が今まで通りに暮らし、いっしょにいられるなら。

一時間ごとに、男たちが似たような質問をしてくるように思える。うんざりしてきたラリは「様子をみよう」と答えるようになる。どういうわけか疑問を投げかけられるのは自分ばかり。自分に特別な知識などない。たしかにスーツを着てネクタイを締めているが、自分と隣の男の外見的な違いはそれだけだ。だれも同じじ。最悪な状況にいることに変わりはない。

貨車の中は座ることも、まして横たわることもできない。ふたつのバケツがトイレの代わりだ。いっぱいになってくるとけんかが起きる。だれもが悪臭から逃げようとするからだ。バケツが倒れ、中身がこぼれる。ラリはスーツケースをしっかり抱え、着いたら手持ちの金と洋服を差し出して、自分たちを待ち受けている場所からなんとか逃れるか、せめて安全な仕事をさせてもらおうと思っている。もしかしたら語学を生かせる仕事があるかもしれない。

ありがたいことに、ラリは貨車の側面にくることができた。羽目板のわずかなすきまから、通りすぎる田舎の風景がちらちらとみえる。新鮮な空気を吸いこみ、こみあげてくる吐き気をおさえることもできる。もう春のはずなのに、毎日雨やどんよりとしたくもりばかりだ。時おり春の花が咲き乱れる草地を通ることがあると、ラリはひとり笑みを浮かべる。花。幼いころから母に教えられてきた。女性は花が好きなのだと。次はいつ、女性に花を贈れるだろう。ラリはその風景を胸に刻む。目の前を飛ぶようにすぎていく鮮やかな色、一面のポピーが風に踊る、深紅の広がり。次にだれかに贈る花は、自分の手で摘もう。これまで思いもしなかったが、花はこんなふうにたくさん自然に咲いているのだ。母が庭で少し育てていたが、摘んで室内に飾るようなことはしなかった。ラリは頭の中でリストを作りはじめる。「家に帰ったらしたいことは……」

またけんかが起こる。もみ合い。叫び声。なにが起きているかはみえないが、もがいたり押し合ったりしているのは伝わってくる。それから静かになる。そして暗がりからきこえてくる。

「おい、死んじまったぞ」

「運のいいやつだ」だれかがつぶやく。

気の毒なやつだよ。

輝かしいぼくの人生、こんなごみ溜めで終わらせるわけにはいかない。

列車は行く先々で何度も止まる。ときには数分間、ときには何時間も、いつも町や村のはずれだ。時おりラリの目は、素早く通りすぎていく駅の名前をとらえる。ズヴァルドン、ジェジツェ、そして少し走ってダンコヴィツェ。ポーランドに入ったのは確実だ。それでもまだ疑問が残る。どこで降ろされるのか。ラリがこの移動のあいだほぼずっと考えていたのは、ブラティスラヴァ（スロヴァキアの首都）での暮らしのことだ。仕事のこと、アパートのこと、友人——特に女たちのこと。

列車がふたたび止まる。闇夜だ。雲が月と星をすっぽり隠している。この闇は自分たちの未来の予兆なのか？　すべてありのままを受け入れろ。自分が今、みて、感じて、きいて、嗅いでいるままに。目にみえるのは男だけ、自分のような若い男たちが見知らぬ土地へ運ばれている。きこえるのは空きっ腹がごろごろ鳴る音と、乾いた気管がヒューヒューいう音。鼻をつくのは小便と大便と長いこと洗っていない体の臭い。男たちは列車が揺れなくなったおかげで、場所のとり合いでもめることなく休んでいる。今では、複数の頭がラリに寄りかかっている。

大きな音が、数両後ろの貨車からきこえ、じわじわと近づいてくる。うんざりした男たちが、逃げ出そうとしているのだ。男たちが車両の板壁に体当りする音、トイレ代わりのバケツでたたいていると思われる音で、みんなが目を覚ます。にわかにすべての貨車で騒ぎが起こり、壁を内側からからたたき壊そうとする音がきこえてくる。

「手伝わないならどいてろ」大柄な男がラリを怒鳴りつけ、貨車の壁に体当りする。

「体力のむだづかいだ」ラリは答える。「そのくらいで破れる壁なら、とっくに牛に壊されてるはずだ」

数人の男が体当たりをやめてふり返り、目を怒らせてラリをにらむ。

男たちはラリのいったことを考えている。列車がガタンと前に傾く。もしかしたら監視役の兵士たちは、列車を動かせば騒ぎがおさまると考えたのかもしれない。貨車が静かになる。ラリは目をつぶる。

ラリは両親の家にもどっているところだった。スロヴァキアのクロムパヒの町にもどったのは、小さな町に住むユダヤ人が集められ、移送されて、ドイツ人の下で働かされるときいたからだった。ユダヤ人が働くことを禁止され、商売をとりあげられたことは知っていた。ラリは四週間近く家の用事を手伝い、父や兄といっしょにあちこち修繕したり、ベビーベッドが窮屈になってきた幼い甥たちに新しいベッドを作ったりした。妹は、家族でただひとり、お針子としての収入があった。仕事場がみつからないように、夜明け前に出かけ、日が暮れてからもどってきた。雇い主の女は危険を承知で、一番腕のよいお針子を雇い続けていたのだ。

ある晩、妹がポスターを持って帰ってきた。雇い主が店のウインドーに貼るようにといわれたもので、すべてのユダヤ人家庭は十八歳以上の子弟をドイツ政府のために差し出し、働かせることにするという内容のものだ。ひそひそ話や噂話で、ほかの町で起きているといわれていたことが、ついにクロムパヒにもやってきたのだ。どうやらスロヴァキア政府はヒトラーにますます黙従し、要求するものをすべて与えているらしい。ポスターに太字で書かれた警告によれば、該当する子弟がいながら差し出さない場合、家族全員が強制収容所にいくことになる。ラリの兄マックスがまっ先に、自分がいくといったが、ラリは耳を貸さなかった。マックスには妻と幼いふたりの子どもがいる。いかせるわけにはいかない。

ラリはクロムパヒにある自治体の担当部署に出向き、移送を申し出た。応対に出た役人は友人だった——学校が同じで、たがいの家族も知っていた。友人はラリにプラハのしかるべき機関に出頭し、次の指示を仰ぐようにといった。

二日後、家畜運搬車がふたたび止まる。今度は外が騒がしい。犬が吠え、ドイツ語で命令する大声がとびかい、かんぬきが外され、貨車の扉が大きな音を立てて開く。

「降りろ、荷物は置いていけ！」兵士たちがどなる。「急げ、急げ、ぐずぐずするな！　荷物は地面に置いていけ！」貨車の一番奥にいるラリは、降りるのが最後のほうになる。扉に近づくと、小競り合いで殺された男の死体が目に入る。少しだけ目を閉じて、死んだ男に敬意を払い、早口に祈りを捧げる。そして貨車をはなれるが、悪臭ははなれない――衣服、皮膚、体のすみずみにまでこびりついている。飛び降りて膝を曲げて着地するが、両手を砂利につき、しばらくうずくまったままでいる。息が切れている。疲れ果てている。のどが渇いてひりひりしている。ゆっくり立ちあがる。見回すと、何百人もの男がおどろいた顔で、目の前の状況を理解しようとしている。犬が動きの遅い者にかみついたり食いついたりする。つまずく者が多い。脚の筋肉が、数日間使わなかったせいで動こうとしないのだ。スーツケース、束ねた本、わずかな持ち物がひったくられる。手放そうとしなかった者、ドイツ語の命令を理解できなかった者は、ライフルやこぶしでなぐられる。ラリは兵士たちをじっとみる。威圧的な黒の軍服。上着の襟についている二本の稲妻の印。親衛隊〔略称SS。ナチスの最重要組織で、ユダヤ人迫害を推進した〕だ。こんな状況でなかったら、仕立てのよさや、上等な生地、洗練されたデザインに感心するところだ。

ラリはスーツケースを地面に置く。これがぼくのだって、だれにわかる？　そして気がついて身震いする。スーツケースも、その中身も、二度ともどってはこないのだ。片手で心臓を、上着のポケットに隠した金をおさえる。天をあおぎ、新鮮な冷たい空気を吸いこんで、自分に言いきかせる。少なくともぼくは外にいる。

銃声が響き、ラリはびくっとする。目の前に立っている親衛隊員が、武器を空に向けている。

「早くしろ！」ラリはふり返り、空になった列車をみる。衣服が吹き飛ばされ、本のページがめくれている。数台のトラックが到着し、幼い少年たちが手と足を使って降りてくる。少年たちは置いていかれた荷物をつかんでトラックに投げこむ。重いものがラリの両肩にのしかかる。ごめんなさい、母さん、あなたの本を持っていかれてしまった。

男たちがのろのろと歩いていく先には、赤茶色のレンガ造りの建物が不気味にそびえている。建物にははめ殺しの窓がいくつかついている。入り口前の並木は、春の新芽に彩られている。開いた鉄の門を通るとき、ラリが顔をあげると、鍛鉄（たんてつ）で綴ったドイツ語の文字が目に入る。

〈ARBEIT MACHT FREI〉

働けば自由になれる。

自分がどこにいるのかも、どんな仕事をするのかもわからないが、働けば自由になれるなどという言葉は、趣味の悪い冗談にしか思えない。

親衛隊、ライフル、犬、持ち物の没収——こんなことは想像していなかった。

「ここはどこだ?」

ラリがふり向くと、そばにアーロンが立っている。

「列の最後尾ってとこかな」

アーロンの表情がかげる。

「とにかくいわれた通りにしていれば、だいじょうぶだ」ラリには自分の声が自信たっぷりではないことはわかっている。ふっと笑いかけると、アーロンも笑みを返す。心の中で、自分自身に同じ忠告をする。いわれた通りにしろ。そしていつもまわりをよくみておくんだ。

敷地内に入ると、男たちは列に並ばされる。ラリの列の先頭には被収容者がひとりいて、疲れ切った顔で小さなテーブルの前に座っている。青と白の縦縞模様の上下を着て、胸に緑の三角をつけている。その後ろには親衛隊員が立って、ライフルを構えている。

雲が流れてくる。遠くで雷が鳴っている。男たちは待っている。

ひとりの高官が、護衛兵を従えて、男たちの前に現れる。角ばった顎(あご)に、薄い唇、目の上には太くて黒い眉〔※本章末に註記あり〕。軍服は護衛兵たちのものと比べてすっきりしている。稲妻の襟章はなく、その物腰はいかにも司令官然としている。

「ようこそアウシュヴィッツへ」

ラリは、ほとんど動かない唇から発せられたその言葉を、信じられない思いできく。家から強制的に集められ、家畜のように運ばれたあげく、銃を持った親衛隊に囲まれているというのに、ようこそ――ようこそとは!

「わたしはルドルフ・ヘス司令官。このアウシュヴィッツの所長を務めている。先ほどきみたちがくぐってきた門にはこう書かれている。〈働けば自由になれる〉これこそが、きみたちが最初に学ぶべきことだ。学ぶのはこれひとつでいい。一生懸命働け。いわれた通りにすれば、自由になれる。従わなければ、罰を受ける。きみたちはここで適性検査を受け、その後、移動して新しい家に入る。第二アウシュヴィッツ――ビルケナウだ」

司令官は男たちの顔を見回し、なにかいいかけるが、すさまじい雷鳴がとどろく。司令官は空をみあげ、なにかつぶやくと、男たちを追い払うように手をふって、背を向け、去っていく。パフォーマンスは終わりだ。護衛があわててあとを追っていく。みっともない姿だが、恐ろしいことに変わりはない。

適性検査が始まる。ラリがみていると、まず一番前にいる数人の被収容者がテーブルの前に押しやられる。遠すぎて、短いやりとりはきこえないので、みているしかない。縦縞模様の囚人服姿で座っている男が詳細を書き留め、被収容者ひとりひとりに小さな紙切れを渡している。

ようやくラリの順番がくる。申告するのは自分の名前、住所、職業、両親の名前。テーブルについた疲れた感じの男が、ラリがいうことをきれいな筆記体で記し、数字が書かれた紙片を手渡す。そのあいだずっと、男は決して顔をあげず、ラリと目を合わせない。

ラリは数字をみる。「32407」

足を引きずりながら、人の波にのって別のテーブルへ向かう。ここにも縦縞模様の囚人服に緑の三角をつけた被収容者たちが座っていて、そばに親衛隊員が立っている。水が飲みたくてたまらず、意識が飛んでしまいそうだ。喉が渇き、疲れ果てたラリは、紙片が手からひったくられ、びっくりする。親衛隊員がラリの上着を乱暴に脱がせ、ワイシャツの袖を引き裂いて、左の前腕をテーブルの上に押しつける。ラリが信じられない思いでみている目の前で、「32407」という数字が皮膚に刻まれていく。ひとつ、またひとつと、被収容者の手によって。針がはめこまれた木の棒が素早く動き、痛みが増していく。それから男は緑のインクをひたした布切れを手にとり、傷口にこすりつける。

数字を彫りこむのはほんの数秒だったが、ラリはショックのあまり、時が止まったように感じる。自分の腕をつかみ、数字に目をこらす。どうしてこんなことを、同じ人間にできるんだ？　この先の人生、長いか短いかはわからないが、自分はずっとこの瞬間に、この勝手に決められた32407という数字に支配されるのだろうか。

ライフルの台尻〔銃床の下部の、ライフルを肩にあてる部分〕で突かれ、ラリはわれにかえる。地面から上着を拾いあげ、よろよろ歩いて前をいく男たちについて大きなレンガ造りの建物に入る。壁際にベンチが並んでいる。プラハの学校の体育館を思い出す。そこに五日間とどめ置かれたあと、この場所への移動が始まったのだ。

「服を脱げ」

「急げ、急げ」

親衛隊員がどなるように発する命令を、男たちの大半は理解できない。ラリが通訳して近くの者たちに教えると、そこから命令が伝わっていく。

「服はベンチに置いていけ。ここにそのままあるから、シャワーを浴びてこい」

すぐに男たちはズボンやシャツ、上着や靴を脱ぎ、汚れた服をたたんで、ベンチの上にきちんと置く。

ラリは水があるときいてほっとする一方で、もう二度とみることはないだろうと覚悟する。自分の服も、中に入っている金も。

ラリは服を脱ぎ、ベンチに置いたが、怒りのあまり、理性を失いそうになる。ズボンのポケットから薄いマッチの箱を、過去の楽しみの名残を出すと、一番近くにいる親衛隊員をこっそりうかがう。こっちをみていない。ラリはマッチをすって火をつける。これが自分の意志で決めた最後の行動になるかもしれない。マッチの先を上着の裏地にくっつけ、上からズボンをかぶせると、急いでシャワーの列に加わる。数秒後に、背後で「火事だ！」という叫び声がきこえる。ふり返ると、裸の男たちが押し合いながら逃げ出そうとしている横で、親衛隊員が火をたたいて消そうとしている。

まだシャワーの順番はきていないのに、体が震えている。ぼくはなんということをしたんだ。この数日間、まわりのみんなに目立たないようにしろ、いわれたとおりにしろ、反感を買うなといっておきながら、建物の中で火をつけたりするなんて。こいつが火をつけたとだれかに指さされたら、その先どうなるかは目にみえている。ばかだ。ばかだ。

シャワー室に入ると自分を落ち着かせ、深呼吸する。何百人もの男たちが身を震わせ、肩を並べて、水を浴びている。顔をあげ、必死に水を飲み、腐ったような臭いにも動じない。多くが恥ずかしさを和らげようと、性器を両手でおおっている。ラリは汗と垢と臭いを体と髪から洗い流す。水は音を立ててパイプから噴き出し、勢いよく床をたたいている。水が止まると、更衣室への扉がふたたび開き、命令されるまでもなく、男たちは着替えた場所にもどる。自分の服の代わりに置かれているのは、着古したソヴィエト連邦陸軍の軍服と長靴だ。

「服を着る前に、床屋だ」親衛隊員がにやにや笑いながら男たちにいう。「外だ。急げ」

ふたたび、男たちは列になる。列の先には被収容者がカミソリを持って立っている。順番がくると、ラリはいすに座り、背筋をのばしてしっかりと前を向く。親衛隊員が列の横をいったりきたりしては、裸の被収容者たちを銃の先でなぐったり、侮辱したり、冷笑したりしている。ラリはますます背筋をのばし、顔をあげる。髪の毛が剃り落とされ、頭皮がカミソリで傷つけられるが身じろぎもしない。

親衛隊員に背中を押され、終わったことがわかる。ラリは列についてシャワー室にもどり、男たちといっしょになってサイズの合う服と靴をさがす。どれも汚れてしみだらけだが、そこそこ足に合う靴をなんとか見つけ、手にしたソ連軍の軍服が役に立つことを願う。服を着ると、指示に従って建物を出る。

暗くなってきた。雨の中を、数えきれない男たちのひとりになって、もうずいぶん長く歩いたような気がする。地面がぬかるんで、足をあげるのがしんどい。しかしむりにでも足を前に進める。よろけた者、転んで四つんばいになった者は、立ちあがるまでなぐられる。立ちあがらなければ、撃たれる。

ラリは水を含んで重くなった軍服がなるべく肌につかないようにする。こすれるとすりむけるし、濡れたウールと土の臭いが家畜運搬車を思い出させるからだ。ラリは天をあおぎ、少しでも多く雨を飲みこもうとする。その甘い味は、久しぶりに口にした最高のもの、唯一のものだ。喉の渇きと体力の低下のせいで、視界がぼやける。ラリは喉を鳴らして雨を飲みこむ。両手をコップのようにして、動物のように音を立てて飲む。遠くに、照明が広大な区画を囲んでいるのがみえる。意識のもうろうとしているラリには、かがり火がきらきらと雨の中で踊り、わが家への道を示しているように思える。呼んでいる。こっちにいらっしゃい。雨露をしのぐ場所も、ぬくもりも、食べ物もあるから。歩き続けなさい。しかし今度の門にはなんのメッセージも記されず、なんの条件もなく、働けば自由になれるという約束もない。ラリは蜃気楼がゆらめいて消えてしまったことに気づく。別の牢獄にきただけだ。

この敷地の奥には、暗闇でみえなくなってはいるが、さらに敷地がある。フェンスの上部には鋭い金属片がついた鉄線が張りめぐらされている。監視塔をみあげると、親衛隊員がライフルをこちらに向けているのがわかる。近くのフェンスに稲妻が走る。電気が流れている。雷鳴にもかき消されることなく、銃声が響く。まただれかが倒れたのだ。

「お疲れさん」

ラリがふり向くと、アーロンが人をかきわけ、こちらに向かってくるのが目に入る。ずぶ濡れで、薄汚い。それでも生きている。

「ああ。わが家に帰ってきたみたいだ。それにしても、なんだ、その格好は」

「自分の格好をわかっているのか。おれを鏡だと思え」

「いや、やめておくよ」

「で、これからどうなるんだ?」アーロンのいい方は、子どものようだ。

とぎれることのない男たちの列に混じって、ふたりがそれぞれ腕のタトゥーを建物の外に立っている親衛隊員にみせると、番号がクリップボードに書きこまれる。背中を強く押され、ラリとアーロンは第七収容棟に入る。大きな粗末な建物で、片側の壁沿いに三段ベッドが並んでいる。何十人もの男が、この建物に押しこまれ、われ先に自分の空間を確保しようとする。運がよい者、攻撃的な者はふたりか三人でひとつのベッドに眠ることができる。運はラリに味方しない。ラリとアーロンが最上段によじ登ると、すでにふたりの被収容者がいる。何日もなにも食べていないとあって、争う気力などほとんど残っていない。わらが詰まったマットレス代わりの袋の上に丸くなるので精一杯だ。ラリは両手を腹にぎゅっと当て、胃がけいれんするのをしずめようとする。何人かが監視役に声をかける。「食べ物をくれ」

返事がくる。「朝になったらなにかもらえる」

「朝になる前に全員餓死するぞ」収容棟の奥からだれかがいう。

「安らかにな」うつろな声がつけたす。

「このマットレスに入っているのは、わらだろう」別のだれかがいう。「家畜ごっこの続きだと思って、こいつを食うか」

ひとしきり、くぐもった笑い声がする。監視役から返事はない。そして、収容棟の奥から、ためらいがちに、「モーーー」笑い声。静かだが心からの笑い。監視役はいることはいるが、姿をみせず、やめさせもしない。やがて男たちは眠りにつく。腹を鳴らしながら。

まだ暗いうちにラリは目を覚ます。小便がしたい。四つんばいで、眠っている仲間の上を越えて床に下り、手さぐりで収容棟の裏にいく。用を足すのに一番安全な場所だと思ったのだ。いってみると、声がきこえてくる。スロヴァキア語とドイツ語。ほっとしたことに、便所らしきものがある。原始的だが大便ができる。建物の裏に長い溝があり、その上に丸い穴がいくつもあいた厚板がわたしてある。三人の被収容者が厚板の上にしゃがみ、大便をしながら、小声で話をしている。建物の反対側から、ふたりの親衛隊員が薄闇の中、近づいてくるのがみえる。タバコを吸い、笑い声をあげ、ライフルをだらしなく肩にかけている。敷地を囲む投光照明灯の揺れる光のせいで、ふたりの影が不気味にみえる。ラリにはふたりの話が聞きとれない。膀胱は限界だが、ラリは動けない。

親衛隊員は同時にタバコを投げ捨て、ライフルをさっと前にまわし、発砲する。大便をしていた三人の体が続けて後ろに倒れ、溝に落ちる。ラリは息が喉につまる。背中を壁に押しつけ、親衛隊員をやりすごす。そのうちのひとりの横顔が目に入る——少年、まだほんの子どもだ。

ふたりが暗闇に消えると、ラリは心に誓う。ぼくは生きてこの場所を出る。歩いて外に出て自由になる。もし地獄があるのなら、あの人殺したちが地獄で焼かれるのをこの目でみてやる。ラリはクロムパヒの家族を思い、自分がここにいることで、少なくとも家族が同じような目にあわずにすむことを願う。

ラリは用を足して収容棟にもどる。

「銃声がした」アーロンがいう。「なんだったんだ?」

「よくみえなかった」

アーロンがラリの上で脚をまわすようにして、ベッドの縁に腰かけ、床に下りる。

「どこにいく?」

「小便だ」

ラリはベッドの縁に手をのばし、アーロンの手をつかむ。「いくな」

「どうしてだよ?」

「銃声をきいただろ」ラリは答える。「とにかく朝になるまでいくな」

アーロンはなにもいわず、ふたたびベッドに登って横たわる。両のこぶしを股に当てているのは、恐怖と抵抗心からだ。

ラリの父親は鉄道の駅で辻馬車に乗せる客を出迎えていた。シャインバーグ氏が優雅に馬車に乗りこもうとしている横で、ラリの父親は上等の革のスーツケースを反対側の座席にのせる。どこを旅してきたのだろう？　プラハ？　ブラティスラヴァ？　それともウィーンだろうか？　高価なウールのスーツを着て、靴は磨いたばかり。笑みを浮かべ、正面の御者台にあがろうとしているラリの父親に短い言葉をかけた。父親が馬をうながして出発させる。ラリの父親が辻馬車に乗せるたいていの客と同じように、シャインバーグ氏は重要な仕事を終えて帰ってきたところだ。ラリは自分の父親ではなく、シャインバーグ氏のようになりたかった。

シャインバーグ氏はその日、妻を連れていなかった。ラリはシャインバーグ夫人のように、父親の馬車に乗る女の人たちをこっそりみるのが好きだった。白い手袋に包まれた小さな手、優雅なパールのイアリングとそろいのネックレス。上等の服と宝石を身につけ、ときどきえらい男の人のそばにいる美しい女性が大好きだった。父親の手伝いをしていてただひとつうれしいのは、女性たちのために馬車のドアを開け、その手をとって降りるのを手伝い、その香りをかぎ、その生活を夢みることだった。

〔編集部註〕

※20ページに登場する高官は、状況からアウシュヴィッツの所長を務めたルドルフ・フェルディナント・ヘス（Rudolf Franz Ferdinand Höß）と思われる。しかしながら後段にて描写されるその容貌はおそらく、ナチスの副総統であった同姓同名のルドルフ・ヴァルター・リヒャルト・ヘス（Rudolf Walter Richard Heß）のものであり、原書執筆、あるいはラリへの聞き取りの段階で混同している可能性がある。邦訳単行本版ではそのまま訳しているが、文庫版刊行にあたり註記した。

2

「外に出ろ。全員、外に出ろ！」

笛が鳴り、犬が吠える。晴れわたった朝の日差しが、ドアから第七収容棟に差しこんでくる。男たちは絡み合った腕や脚をほどき、ベッドから下りて、のろのろと外に出る。そして建物を出たあたりで立っている。だれも遠くまでいこうという気を起こさない。待っている。ただ待っている。叫んだり、笛を吹いたりしていた者はいなくなっている。男たちはもぞもぞと足ぶみをし、声をひそめて隣の者に話しかける。ほかの収容棟に目をやると、同じ光景が繰り広げられている。これからどうする？ 待つんだ。

やがて、親衛隊員がひとりと被収容者がひとり近づいてきて、第七収容棟は静まりかえる。自己紹介はない。被収容者がクリップボードの番号を読みあげる。親衛隊員は横に立ち、もどかしげに地面をふみならし、太ももをステッキでたたいている。しばらくしてようやく、第七収容棟の男たちは、読みあげられた番号がそれぞれの左腕にあるタトゥーの数字だと気づく。

点呼が終わったとき、ふたつの番号に返事がないままだった。

「おまえ――」点呼係が列の端にいる男を指さす――「中にもどって、だれか残っていないかたしかめてこい」

　話しかけられた男は、首をかしげて相手を見返す。一言もわからなかったらしい。隣の男から小声で指示を教えられると、男は急いで中に入る。少ししてもどってくると、右手をあげ、人差し指と中指を立てる。ふたり死んでいる。

　親衛隊員が前に出て、ドイツ語で話し始める。被収容者たちはもう心得ている。口を開かず、おとなしく立って待ち、この中のだれかが通訳してくれることを願う。ラリにはすべてわかる。

「食事は一日二回。朝と夜。夜まで生きていればな」親衛隊員は言葉を切り、ぞっとするような笑みを浮かべる。「朝食のあとは働け。やめろといわれるまでだ。この収容所の建設を続ける。これからまだまだ大勢ここに運ばれてくる」顔に浮かんだ笑みが誇らしげになる。「カポ〔ほかの囚人を監視する役の被収容者〕と建築担当者の指示に従っていれば、そのうち日が暮れる」

　カチャカチャという金属音に、被収容者たちがふり返ると、かなりの数の男たちが近づいてくるのがみえる。大鍋をふたつと、両手いっぱいの小さな金属製のコップを運んでいる。朝食だ。数人がそっちに歩み寄ろうとする。手伝おうとしているらしい。

「動くな。動いたら撃つ」親衛隊員が声を荒らげ、ライフルを構える。「容赦なく撃つ」

　親衛隊員が去り、点呼係が男たちに話しかける。「きいたとおりだ」男はポーランド訛りのドイツ語でいう。「おれがこのグループのカポ、班長だ。二列になって食事を受けとれ。文句をいうやつは、罰を受ける」

男たちはさっと列を作り、数人が小声で言葉を交わす。だれか「あのドイツ人」がいったことがわかったかとたずねているのだ。ラリは近くの者たちに教え、まわりに伝えるようにたのむ。できるかぎり通訳をしてやるつもりだ。

自分の番がきて、ラリは小さなブリキのコップをありがたく受けとる。中身がこぼれ、乱暴に突き出してきた相手の手にかかる。ラリはわきによけて、食事を観察する。茶色で、固形物はなにも入っておらず、においをかいでもなんだかわからない。紅茶でもコーヒーでもなければ、スープでもない。この気味の悪い液体をゆっくり飲んだら、吐き出してしまいそうだ。ラリは目をつぶり、指で鼻をつまんで、一気に飲み下す。ラリのようにうまくできなかった者もいる。

アーロンがそばでコップをあげ、乾杯のふりをする。「おれのにはジャガイモのかけらが入っていた。おまえはどうだった?」

「何年かぶりのごちそうだ」

「おまえはいつもそんなに前向きなのか?」

「同じ質問を今晩もう一度してみてくれ」ラリはそういってウインクをする。配ってくれた被収容者に空になったコップを返すとき、ラリは会釈とかすかな笑みで感謝を伝える。

カポがどなる。「怠け者ども、食事が終わったら列にもどれ！　仕事があるんだぞ！」

ラリが指示を伝える。

「ついてこい」カポがどなる。「そして現場監督の指示に従うんだ。少しでも手を抜いてみろ、おれにはわかるんだからな」

ラリたちの目の前には建設中の建物がある。第七収容棟とそっくりだ。ほかの被収容者たちがすでにいる。大工仕事をする者もレンガを積む者もみな黙々と、共同作業に慣れた人間ならではのリズムで働いている。

「おまえ。そう、おまえだ。屋根に登れ。上で働くんだ」

命令はラリに向けられている。あたりを見回すと、はしごがあり、その上は屋根だ。ふたりの被収容者がしゃがんで待ち構え、はしごをのぼりおりする運搬役の男たちから瓦を受けとっている。ふたりはラリが登っていくと場所をあける。屋根は木の梁だけでできていて、その上に瓦をのせるようになっている。

「気をつけろ」屋根の上のひとりがラリに注意する。「もっと上まで登って、おれたちをみていろ。難しい仕事じゃない——すぐにこつがつかめる」男はロシア人だ。

「ラリだ」

「自己紹介はあとだ、いいな？」ふたりは顔を見合わせる。「おれのいっていることがわかるのか？」

「ああ」ラリはロシア語で答える。男たちは笑みを浮かべる。

ラリがみていると、ふたりは重い陶製の瓦を、屋根の端からつき出した一対の手から受けとり、最後に瓦を置いたところまではっていって、端が重なるように注意深く並べ、またはしごのところまでいって次の瓦を受けとっている。ロシア人がいった通り――難しい仕事じゃない――そしてすぐにラリもふたりに加わり、瓦を受けとって並べる。あたたかな春の日、空腹の痛みとけいれんさえなければ、このふたりの先輩に劣らない仕事ができただろう。

数時間がすぎ、休憩許可が出る。ラリがはしごに近づこうとすると、ロシア人に止められる。

「ここで休んだほうが安全だ。ここまで高けりゃ、下からはよくみえないからな」

ラリは男たちについていく。どうやら座って手足をのばすのにかっこうの場所を知っているようだ。そこは屋根のすみで、ひときわ頑丈な材木で補強されている。

「ここにはどのくらい？」ラリは座ったとたんにたずねる。

「二か月くらいかな。しばらくたつと、わからなくなってくる」

「どこからきた？ その、どうしてこんなところにいるんだ？ ユダヤ人なのか？」

「質問はひとつずつにしてくれ」年上のほうのロシア人は愉快そうに笑い、若くて体の大きいほうが、あきれたように目をぐるりとまわす。なにも知らない新入りめ、身の程をわきまえろといわんばかりだ。

「ユダヤ人じゃない、ソ連兵だ。部隊からはぐれて、ドイツ野郎に捕まって、働かされているんだ。おまえは？　ユダヤ人か？」

「ああ。昨日スロヴァキアから連れてこられたんだ。大集団でね。全員ユダヤ人さ」

ロシア人は顔を見合わせた。年上のほうが顔をそむけ、目をつぶって、太陽をあおぐ。仲間に話の続きをまかせたようだ。若いほうがいう。

「まわりをみろ。ここからだとよくわかるだろう、まだかなりの収容棟が建設中だ。連中はずっと遠くまで整地するつもりなんだ」

ラリは両肘をつき、電流の通じているフェンスで囲まれている広大な敷地をながめる。今、建築を手伝っているのと同じような収容棟がどこまでも続いている。ここがどんな場所になるのかと思うと、恐ろしくて身が震える。次にいうべき言葉を必死に考える。不安をそのまま言葉にしてしまいたくない。ラリはゆったりと座り直し、顔をふたりからそむけて、なんとか気持ちをおさえようとする。だれも信頼してはいけない。自分のことは極力明かさず、用心するんだ……

若いほうの男がラリをじっとみる。そしていう。「親衛隊員が自慢していたが、ここはどこ

より も大きい強制収容所になるそうだ」

「本当に？」ラリは少しでもしっかりした声を出そうとする。「じゃあ、これからいっしょに作業をするわけだ。名前を教えてくれてもいいんじゃないか」

「アンドレイだ」男はこたえる。「それからこっちのでかいのはボリス。口数が少ない」

「ここでは口は災いの元だからな」ボリスはぼそっというと手をのばし、ラリに握手を求める。

「ほかにもなにか教えてくれないか、ここにいる人たちのことを」ラリはいう。「それからあのカポっていうのはいったい何者なんだ？」

「教えてやれ」ボリスがあくび混じりにいう。

「そうだな、おれたちみたいなソ連兵もいるが、多くはない。それからいろんな三角がある」

「うちの収容棟のカポがつけている緑の三角とか？」ラリがたずねる。

アンドレイが笑う。「ああ、緑は最悪だ――犯罪者だからな。殺人犯、レイプ犯、そういった連中さ。やつらは見張りとしては優秀なんだ。残酷なことを平気でやる」アンドレイは続ける。「ほかには、政治的立場が反ドイツだといって連れてこられたやつらがいる。赤の三角だ。数は多くないが、黒の三角にも会うだろう――怠け者のろくでなしで、長くはもたない。それから最後がおまえたちだ」

「黄色の星」

「そう、星をつけている。おまえらの罪はユダヤ人であることだ」

「きみたちにはどうして色がないんだ?」ラリがたずねる。

アンドレイは肩をすくめる。「ただの敵だからな」

ボリスが鼻を鳴らす。「おれたちを侮辱しているんだ。同じ軍服をおまえたちに着せて。やつらにはそれが精一杯なんだろう」

笛が鳴り、三人は仕事にもどる。


その夜、第七収容棟の男たちはいくつかの小さなグループになって、集めてきた情報や気になったことを話し合う。数人は建物の隅に移動し、神に祈りを捧げる。いくつもの声が混じり合い、なにをいっているのかよくわからない。求めているのは導きなのか、復讐なのか、受容なのか。ラリには、ラビに導かれていない男たちは、それぞれ自分にとって一番大切なもののために祈っているように思えた。それでいいのだろう。ラリはそう考え、グループの間を歩きまわり、耳を傾けながらも、どのグループにも加わることはしない。

最初の日が終わるまでに、ラリはふたりのロシア人から聞き出せることはすべて聞いてしまっていた。そして一週間が終わるまで、自分への忠告を守る。目立たないようにして、いわれたことをやり、決していい返さない。同時に、身のまわりのすべての人、すべてのできごとを観察する。はっきりしたのは、新しい建物の設計をみても、ドイツ人には土木建築の知識がまったくないことだ。ラリは可能なかぎり、親衛隊員の会話や噂話に耳を傾ける。相手はラリが理解していることに気づいていない。そこから得られるのは、ラリが唯一手に入れることのできる武器、つまり情報だ。それをのちのちのために蓄えておく。親衛隊員はほぼ一日ぶらぶらしていて、壁にもたれたり、タバコを吸ったりして、監視はおざなりだ。立ち聞きをしてわかったのは、所長のルドルフ・ヘス司令官が怠け者でほとんど顔を出さないことと、ドイツ兵のための宿舎はアウシュヴィッツのほうが快適で、ビルケナウではタバコもビールも手に入らないことだった。

ひとつのグループがラリの目をひく。自分たちだけでかたまり、民間人の服装で、親衛隊員と話をするときにも、びくびくしていない。ラリは男たちが何者なのか、つき止めようと決心する。木片ひとつ、瓦ひとつ運ぶこともなく、敷地内を別の用事で気兼ねなく歩きまわっている被収容者がいる。ラリの知っているカポもそんなひとりだ。どうやったらあんな仕事につけるんだろう？　そのような役につけば、いろんなことを知る機会が増えるだろう。収容所の中でなにが起きているのか、ビルケナウにはどんな目的があるのか、そしてなによりも重要な、自分はどうなるのかということを。

ラリが屋根の上で、日光を浴びながら瓦を並べていると、第七収容棟のカポがこちらに向かってくるのが目に入る。ラリはわざと仲間にどなる。「おい、怠け者、もっとてきぱきやれ。この収容棟を完成させなきゃならないんだぞ！」

大声で指示を続けていると、カポが下までやってくる。ラリはいつものようにおとなしく会釈をする。一度、短くうなずき返されたことがあった。ラリはポーランド語で話しかけたこともある。少なくとも、カポはラリのことを、問題を起こすことのない、従順な被収容者だと思っている。

カポはわずかに笑みを浮かべてラリと目を合わせ、屋根から下りてくるよう手招きする。ラリは頭を低くして近づいていく。

「作業はどうだ、屋根の上での」カポがいう。

「いわれたことをするだけです」ラリは答える。

「だが、だれだって楽をしたい。そうだろう。え？」

ラリはなにもいわない。

「ひとり必要なんだ」カポはいいながら、ほつれかけたソ連陸軍のシャツの裾をいじっている。大きめのシャツを選んだのは、小柄な体を大きく、たくましくみせて、被収容者たちをおさえつけるためだろう。すきっ歯の口からもれる消化途中の肉の臭いをラリの鼻がかぎ取る。

「おれがいうことをなんでもやるんだ。食べ物を持ってきたり、長靴を磨いたり、いつでもそばにいて、おれに従え。そうすれば、楽にすごせる。いった通りにしなければ、報いを受ける」

ラリはカポのそばに立つ。それが仕事の誘いへの返事だ。現場の作業員から手下になることは、悪魔と取引したことになるのだろうか。

うららかな春の日。暑すぎるというほどではない。ラリがみている前を、大型の幌付きトラックが、いつも建材を下ろしていく場所を通りすぎ、司令部の裏へまわっていく。ラリは、境界のフェンスがそれほど遠くないところにあることは知っていながらその区域に入ったことがなかったが、好奇心をおさえられなくなる。トラックのあとを歩きながら、自信たっぷりに「ぼくはここの人間だ、どこでも好きなところにいける」という態度を装う。

角までくると、建物の裏をのぞく。停まったトラックの横に、奇妙なバスがみえる。四角い箱のように改造されていて、鉄板で窓がふさがれている。ラリがみていると、何十人もの裸の男がトラックから降ろされ、バスの中に連れていかれている。自分から進んで中に入る者もいる。抵抗する者はライフルの台尻でなぐられる。もうろうとした抵抗者を、仲間の男が引きずって、運命のもとへと連れていく。

バスはぎゅう詰めで、最後のほうになった者たちはステップにつま先立ちになってなんとか体を押しこみ、裸の尻をドアからつき出している。親衛隊員たちが体重をかけ、被収容者たちの体を押す。そしてドアがバタンと閉まる。ひとりの親衛隊員がバスのまわりを一周し、鉄板をコツコツたたいてどこもゆるんでいないことを確認している。身軽な親衛隊員が屋根によじ登る。手に小さな缶を持っている。ラリが動くことができないままみていると、親衛隊員はバスの屋根についている小さなハッチを開け、缶を逆さにする。そして勢いよくハッチを閉めて、かけ金をかける。親衛隊員が急いで屋根から降りたときにはもう、バスが激しく揺れ、くぐもった叫び声が響いている。

ラリは膝をついて嘔吐する。土の上にもどしているあいだに、叫び声は小さくなっていく。バスの揺れが収まり、静かになると、ドアが開けられる。死んだ男たちが石の塊のように転がり落ちてくる。

被収容者のグループが建物の反対側の角から連れてこられる。トラックがバックすると、被収容者たちは死体をトラックに載せ始める。重さに足をよろめかせ、苦しみを隠そうとしている。想像を絶する行為だ。ラリはよろよろと立ちあがる。自分が立っているのは地獄の淵だ。さまざまな感情が業火のように胸の中で燃えさかっている。

翌朝、ラリは起きあがることができない。高熱で動けない。

七日たってようやくラリは意識をとりもどす。だれかが水をそっと口に注いでくれている。冷たく湿った布が額にのっているのがわかる。

「気づいたか、坊や」声がする。「心配はいらない」

目を開けると、みたことのない年上の男が優しげにラリの顔をのぞきこんでいる。体を起こそうと肘をつくと、その見知らぬ男が手を貸して座らせてくれる。ラリはあたりを見回す。わけがわからない。今日は何日だ？　ここはどこなんだ？

「新鮮な空気を吸うといいかもしれない」男がいい、ラリの腕をとる。

ラリは外に連れ出される。雲ひとつない、うきうきせずにはいられないような日だ。そして身を震わせる。前にもこんな日があったこと、そしてそのときみたものを思い出したのだ。世界がぐるぐるまわりだし、脚がよろめく。見知らぬ男が体を支え、すぐそばの、材木が積んであるところに連れていってくれる。

ラリの袖をまくりあげて、男はタトゥーの番号を指さす。

「わたしの名前はペパン。タトゥー係（テトヴィエラ）だ。わたしの作品のできばえはどうかね？」

「タトゥー係？」ラリはきき返す。「じゃあ、これを入れたのはあなたなんですか？」

ペパンは肩をすくめ、ラリの目をまっすぐみつめる。「そうするしかなかったんだ」

ラリは首を横にふる。「はじめてのタトゥーがこんな数字だなんて」

「じゃあ、どんなタトゥーがよかった？」ペパンがたずねる。

ラリはちゃめっけのある笑顔をみせる。

「彼女の名前はなんていうんだ？」

「恋人の名前？　知りません。まだ出会っていないから」

ペパンが愉快そうに笑う。ふたりは黙ったまま、友だちのように座っている。ラリが指で番号をなぞる。

「その訛りは？」ラリはたずねる。

「フランス人なんだ」

「それで、ぼくになにがあったんですか？」ラリがようやく切り出す。

「発疹(ほっしん)チフスだ。あやうく早死にするところだった」

ラリは身を震わせる。「それなのに、どうしてここにあなたと座っているんです？」

「第七収容棟を通りかかったとき、ちょうどきみが、死人と死にかかっている人間を運ぶ荷車に放りこまれたんだ。だが、若い男が親衛隊員に置いていってくれと訴えていた。自分が面倒をみるからといってね。親衛隊員が次の収容棟に入っていったすきに、その男はきみを荷車から突き落として、引きずっていこうとした。わたしはそれを手伝ったんだ」

「どのくらい前のことです？」

「七、八日前だ。それからずっと、きみの収容棟の男たちが夜のあいだきみの世話をしてきた。わたしは昼間、なるべくそばにいて、看病をしていた。具合はどうかね？」

「だいじょうぶです。なんといったら、なんとお礼をいったらいいでしょう」

「礼は荷車から突き落としてくれた男にいうんだな。彼の勇気のおかげで、きみは死地を脱したんだから」

「そうします、だれだかわかったら。ご存じですか？」

「いいや。すまない。おたがいに名乗らなかったからな」

ラリは目を閉じて、しばらくのあいだ、太陽のあたたかい光を肌に浴び、エネルギーと、前進する気力を受けとった。丸まっていた背中をのばすと、ふたたび確固とした意志がみなぎってくる。自分はまだ生きている。ふらつく脚で立ち、体をのばし、新たな命を吸いこむ。まだ体は自分のものではないみたいで、休養と栄養と水分を必要としている。

「座りなさい。まだ体がひどく弱っているんだから」

反論の余地がない。ラリはいわれた通りにする。だが、しだいに背筋がのび、声もしっかりしてくる。ラリはペパンに笑いかける。いつもの自分がもどってきた。情報には食べ物と同じくらい飢えている。「あなたがつけているのは赤の三角ですね」

「ああ、そうだ。わたしはパリの学者で、ずけずけと発言しすぎて自分の身を危険にさらしてしまった」

「なにを教えていたんですか?」

「経済学だ」

「経済学を教えていたせいでここに? どうして?」

「それはだな、税制と金利について講義していると、自分の国の政治に口出しせずにはいられなくなるからだ。政治は世界を理解するのに役立つが、あるところまでくると役に立たなくなり、強制収容所に放りこまれる原因になる。政治も宗教も同じだ」

「あなたはここを出たら、その生活にもどるんですか?」

「楽観的だな。この先なにが待っているかなんてわからないのに、わたしも、きみも」

「水晶玉とは違うんですね」

「違うね、たしかに」

建設の音や犬の吠え声、見張りのどなり声にまぎれて、ペパンは顔を寄せてたずねてくる。

「きみの精神は肉体と同じくらい強靭かね?」

ラリはペパンをみつめ返す。「ぼくは生き残ります」

「きみの強さは弱点になることもある。今わたしたちが置かれている状況ではね。その、人をひきつける力と穏やかな笑顔が、面倒を招くかもしれない」

「ぼくは生き残ります」

「ほう、それならわたしは、きみがここで生き残る力になれるかもしれない」

「上層部に友だちでもいるんですか?」

ペパンは笑ってラリの背中をたたく。「いや。上層部に友だちはいない。いっただろう、わたしはタトゥー係なんだ。きいた話では、ここにくる人間の数がもうすぐ増えるそうだ」

ふたりはしばらくそのことについて考える。ラリの頭にあったのは、どこかでだれかが決断し、大勢の人を連行しているということ――でもどこで? だれをここに連れてくるか、どうやって決めているんだろう? なにをもとに決めているんだろう? 人種か、宗教か、それとも政治思想か?

「きみには興味をそそられるよ、ラリ。ひきつけられたんだ。きみには力があった、病気の体からにじみ出ていた。その力がきみをここまで連れてきた。今日、わたしの目の前に」

ラリはその言葉をきいているが、ペパンがいおうとしていることがなかなか理解できない。ふたりが座っている場所は、人々が死んでいる場所だ。毎日、毎時、毎分。

「わたしといっしょに仕事をしないかね?」ペパンの言葉に、ラリは暗い気持ちから引きもどされる。「それとも今までやらされていた仕事で満足かね?」

「生き残る可能性が高いほうをやります」

「それなら、わたしが勧める仕事をしなさい」

「人にタトゥーを入れろっていうんですか?」

「だれかがやらなきゃいけない」

「ぼくにはできそうにありません。人を傷つけて、あんな痛い思いをさせるなんて——本当に痛いんですよ、知っているでしょう」

ペパンは自分の袖をまくり、番号をみせる。「どれくらい痛いかはわかっている。しかしきみがやらなければ、きみほど思いやりのないだれかがこの仕事について、もっと相手に痛い思いをさせることになるかもしれない」

「カポの下働きをするのは、何百人もの罪のない人たちを汚すのとは違います」

長い沈黙がおとずれる。ラリはふたたび暗闇に沈んでいく。ここでいろんなことを決めている連中にはいるんだろうか。家族が、妻が、子どもが、親が。想像もできない。

「そう思いたければ、そう思っていればいい。それでもきみがナチスに働かされていることに変わりはない。わたしと働こうと、カポと働こうと、収容棟建設の作業をしようと、やつらの汚れた仕事をしていることに変わりない」

「説得がじょうずですね」

「それで?」

「わかりました。手はずを整えてもらえるのなら、あなたのもとで働きます」

「わたしのもとで、じゃない。わたしといっしょに、だ。だが仕事は素早く、効率的にやること。それと、親衛隊員ともめごとを起こすな」

「はい」

ペパンは立ちあがり、去ろうとする。ラリはペパンの袖をつかむ。

「ペパン、どうしてぼくを選んだんです?」

「飢えかかった若者が自分の命を危険にさらしてまできみを救おうとするのをみてね。きみは救う価値のある人間なのだろうと思ったんだ。明日の朝、迎えにくる。今は少し休んでおきなさい」

その夜、収容棟の仲間がもどってきたが、アーロンがみあたらない。ラリは同じベッドのふたりになにがあったのか、いつからいないのかたずねる。

「一週間くらいだ」という返事。

ラリの胃がきりきりと締めつけられる。

「カポがおまえをさがしていて」同じベッドの男がいう。「アーロンは、おまえが病気だといってもよかったんだが、カポに知られたらまた死体の荷車に乗せられると思ったんだろう、おまえはもう仕事に出たと答えたんだ」

「で、カポはそれが嘘だと見破ったのか？」

「いいや、」男はあくびをする。一日働いて疲れているのだ。「だがかっとなって、アーロンを連れていった」

ラリは必死に涙をこらえる。

同じベッドのもうひとりが、腹ばいになって肘をつく。「おまえがあいつにたいそうな考えを吹きこんだろ？　それであいつは『ひとり』を救おうとしたんだ」

「ひとりを救うことは、世界を救うこと」ラリはその言葉を口にする。

男たちはしばらく黙りこむ。ラリは天井をみつめ、まばたきをして涙をはらう。ここで死ぬのはアーロンが最初ではないし、最後でもないだろう。

「ありがとう」ラリはいう。

「そこで、おれたちはアーロンが始めたことを引き継いだ。ひとりを救うことにしたんだ」

「順番を決めて」若い青年が、下のベッドからいう。「こっそり水を運んだり、パンをわけたりして、あなたののどに流しこんだ」

別の男が話を続ける。下のベッドから起きあがった男で、げっそりと痩せ、どんよりとした青い目をして、声には抑揚がないが、それでもどうしても話に加わりたいようだ。「おまえさんの汚れた服を替えてやった。前の夜に死んだやつのととり替えたんだ」

ラリはとうとうこらえきれなくなり、涙がやつれた頬をつたうにまかせる。

「ぼくには……」

ラリには感謝することしかできない。この借りは、返すことができない。今、ここでは返せない。つまりは永遠に返せないということだ。

ラリは眠りに落ちる。情感のこもったヘブライ語の詠唱を、まだ信仰にすがっている者たちが口ずさんでいる。

翌朝、ラリが朝食の列に並んでいると、ペパンが横に現れ、そっと腕をとる。連れていかれたのは、敷地の中央だ。そこではトラックが人間の積荷を降ろしている。まるでギリシア悲劇の一場面に迷いこんだかのようだ。俳優のうちの数人はいつもと同じだが、ほとんどは新しくなっていて、せりふはまだ与えられず、役も決まっていない。ラリのこれまでの人生経験では、ここで起きていることを理解できない。自分は前にもここにいた記憶がある。そうだ。傍観者としてではなく、参加者として。今度はどんな役をふりあてられるのだろう？　ラリは目を閉じて、正面にもうひとりの自分がいるところを想像する。左の腕をみる。まだ番号は刻まれていない。ふたたび目を開け、視線を落とすと、現実には左腕にタトゥーがある。ラリは目の前の場面に視線をもどす。

新しく入ってきた何百人もの被収容者が集められている。少年も若者もいて、恐怖がどの顔にも刻まれている。身を寄せ合い、寒さに背中を丸めている。親衛隊員と犬に子ヒツジのように追い立てられ、殺戮の場へ向かう。男たちは従う。今日生きるか死ぬか、まもなく決められる。ペパンの後ろを歩いていたラリは足を止め、動けなくなる。引き返してきたペパンに小さなテーブルの前までひっぱられていく。その上にタトゥーの用具が載っている。選ばれた者たちが、このテーブルの前に列を作るのだ。そして印をつけられる。それ以外の新入りたち――年寄り、虚弱な者、これといった技術のない者――は死んだも同然だ。

銃声が響く。男たちがびくりとする。だれかが倒れる。ラリが銃声のした方向をみると、ペパンに顔をつかまれ、そらされる。

親衛隊員の一団が、ペパンとラリのほうに歩いてくる。ほとんどが若い護衛役で、彼らを従えているのは年長の親衛隊の将校だ。四十代半ばか後半で、背筋をのばし、しみひとつない軍服に身を包み、帽子をきちんとまっすぐかぶっている――完璧なマネキン人形だとラリは思う。

親衛隊員たちがふたりの正面で立ち止まる。ペパンが一歩前に出て、将校に頭を下げてあいさつするのをラリはみている。

「フーステク親衛隊曹長、この被収容者を手伝いとして登録しました」ペパンは身振りで後ろに立っているラリを指さす。

フーステクがラリのほうを向く。

ペパンが続ける。「物覚えはいいと思います」

フーステクは鋼鉄のような目でラリを一瞥すると、前に出るように指でうながす。ラリはそれに従う。

「何語が話せる？」

「スロヴァキア語、ドイツ語、ロシア語、フランス語、ハンガリー語、それからポーランド語を少し」ラリは答え、フーステクの目をみる。

「ふむ」フーステクが歩み去る。

ラリは体を傾け、声をひそめてペパンにいう。「口数の少ない人ですね。ぼくは認められたんですか？」

ペパンがラリをみる。目にも声にも怒りがこもっているが、口ぶりは穏やかだ。「あの男をみくびるな。いい気になると命を落とすぞ。今度話をするときは、あの男の長靴より上をみるんじゃない」

「すみません」ラリはいう。「気をつけます」
ぼくはいつになったら学ぶんだろう?

3

一九四二年六月

ラリはゆっくりと目覚めていく。しがみついている夢が、ラリを笑顔にしている。消えるな、消えるな、ここにいさせてくれ、一秒でも長く、たのむ……。

ラリはさまざまな人と出会うのが好きだが、特に好きなのが女性との出会いだ。ラリにとって女性はみな美しい。年齢も見た目も服装も関係ない。日課の中で特に楽しみなのは、仕事場の婦人用品売り場を通るときだ。ラリはカウンターの女たちとふざけあう。若い女とも、それほど若くない女とも。

百貨店の正面扉が開く音がする。顔をあげると、ひとりの女が足早に入ってくるのがみえる。背後にはスロヴァキア軍兵士がふたり、扉の外に立っているが、店内にまではついてこない。

ラリは女にさっと歩み寄り、安心させるように笑いかける。「だいじょうぶです。ぼくといっしょにここにいれば安全です」女はラリが差し出した手をとり、案内されるまま、贅沢な香水の瓶がところ狭しと並ぶカウンターに進む。ラリはいくつかみたあと、ひとつ選び、女のほうに向ける。女はおどけたように顔をそむける。ラリはそっと香水を吹きかける。まず首の片側、そして反対側。女が顔の向きを変えるときに、ふたりの目が合う。両手首が差し出され、それぞれにほうびが与えられる。女は片方の手首を鼻に近づけ、目を閉じてそっと匂いをかぐ。その手首がラリに向けられる。ラリは優しく手をとり、顔を近づけて、吸いこむ。うっとりするような香水と若さが混じった香りを。

「そう。まさにお客様のための香りです」ラリはいう。

「いただくわ」

ラリが瓶を渡すと、待ち構えていた店員が包み始める。

「ほかになにか、お役に立てることはございますか?」ラリはたずねる。

いくつもの顔が目の前に浮かんでは消える。笑顔の若い女たちが、ラリのまわりを踊る。幸せそうに、人生を謳歌している。ラリは婦人用品売場で出会った若い女の腕をとる。夢が早送りされ、ラリはその女と洗練されたレストランに入っていく。中は薄暗く、明かりは壁にとりつけられた燭台のろうそくだけだ。炎がゆらめくろうそくがそれぞれのテーブルに置かれ、重厚なジャカード織のテーブルクロスをおさえている。高価な宝飾品が放つ鮮やかな光が壁に反射している。銀製のナイフやフォークが上等の陶磁器類にあたる音を、甘美な音色がかき消してくれる。演奏しているのは、片隅に輪郭だけみえている弦楽四重奏団だ。接客係があたたかく出迎え、連れの女からコートを受けとると、テーブルへ案内する。ふたりが腰をかけると給仕長がラリにワインのボトルをみせる。ラリが女をみつめたままうなずくと、コルクが抜かれ、ワインが注がれる。ラリも女も相手から目をはなさないまま、グラスに手をのばす。視線を絡ませたまま、グラスを持ちあげ、ひと口飲む。ラリの夢はまた早送りされる。今にも目が覚めそうだ。いやだ。今度は洋服だんすをひっかきまわしてスーツとシャツを選び、ネクタイをとっかえひっかえしてようやくぴったりのものをみつけて結ぶ。完璧だ。磨いた靴をするりとはく。ベッドわきのテーブルから鍵と財布をポケットに入れ、かがみこんで、眠っている女の顔にかかった髪をなであげ、額に軽くキスをする。女が目を覚まして笑みを浮かべる。そしてかすれた声でいう。「今夜は……」

外で数回銃声が響き、ラリは飛び起きる。同じベッドの仲間たちに体を押される。だれもが、なにがあったのかとあわてている。女のあたたかな体の記憶が残るなか、ラリはゆっくりと起きあがり、点呼の列の最後尾につく。隣の男にこづかれて、自分の番号に返事をしそこなったことに気づく。

「なにかあったのか？」

「なにも……いや、なにもかもだ。この場所のせいだ」

「なにも変わらない、昨日も今日も。そして明日も。おまえがそういったんじゃないか。どこが変わったっていうんだ？」

「その通りだ——同じ、同じ。ただ、その、女の子の夢をみたんだ。昔、別の人生で知っていた子だ」

「その子の名前は？」

「思い出せない。それはどうでもいいんだ」

「みんな好きだったんじゃないのか？」

「好きだった。だけどどういうわけか、だれにも心を奪われることはなかった。いっている意味、わかるかな？」

「よくわからん。おれだったらひとりの子に決めて、一生愛していっしょにいるよ」

何日も雨続きだったが、今朝は太陽がわずかばかりの光を殺伐としたビルケナウの敷地に投げかけている。ラリとペパンは仕事場の準備をする。テーブルがふたつ、インクが入った壺、たくさんの針。

「位置につけ、ラリ。きたぞ」

ラリは顔をあげ、目の前の光景に呆然とする。何十人もの若い女がこちらに連れてこられるところだ。アウシュヴィッツに女がいることは知っていたが、ここに、ビルケナウに、この地獄の中の地獄にいるとは。

「今日はいつもと少し違うぞ、ラリ——女たちを少し、アウシュヴィッツからこっちに移動させたそうだ。その中の一部は、番号の書き直しが必要らしい」

「なんですって？」

「数字が、スタンプで押した、不完全なものでね。われわれでやり直す必要がある。みとれている時間はないぞ、ラリ——とにかくやるべき仕事をやれ」

「できません」

「やるべき仕事をやるんだ。だれにも、ひとことも話しかけるな。ばかな真似はするな」

若い女の列はくねくねと、みえないところまで続いている。

「ぼくにはできません。お願いです、ペパン。こんなことしちゃいけない」

「いや、できる、ラリ。やらなきゃいけない。きみがやらなくても、だれかがやることになる。そしたらわたしがきみを助けたことがむだになる。とにかくやるべき仕事をやるんだ、ラリ」

ペパンはラリの強い視線を受け止める。恐怖がラリの骨に染みこんでいく。ペパンのいう通りだ。ルールに従わなければ命を危険にさらすことになる。

ラリは「仕事」にとりかかる。顔をあげないようにする。手をのばし、差し出された紙を受けとる。そこにある数字を、紙を持ってきた娘に書き写さなくてはならない。腕にはすでに数字があるが、薄くなっている。針を娘の左腕に刺し、「4」と書く。なるべく優しく。血がにじむ。しかし針の深さが足りなかったため、もう一度なぞる。娘は身じろぎもしない。痛いはずなのに。だれかにいわれてきたんだな、なにもいうな、なにもするなと。ラリは血をぬぐい、針の痕に緑のインクをすりこむ。

「遅いぞ！」ペパンが声をひそめていう。

どうしても時間がかかってしまう。男の腕に針を刺すのとはわけが違う。若い娘の体に傷をつけると思うと、身が縮む。顔をあげると、白衣の男が目に入る。ゆっくりと娘たちの列の横を歩いてくる。時おり足を止め、震えている娘たちの顔や体を点検する。やがて、男はラリのところへやってくる。ラリは前にいる娘の腕をできるだけそっと握っているが、男は娘の顔をつかみ、乱暴にあちこち向かせる。ラリは視線をあげ、おびえた目をのぞきこむ。娘の唇が動き、今にも声を上げてしまいそうだ。ラリは娘の腕をぎゅっと握り、しゃべるなと合図する。そして娘と目が合うと、口の動きだけで「しーっ」という。白衣の男が娘の顔から手をはなし、れ、胸を破って飛び出しそうになる。下を向くと、足元の地面が揺れている。別の紙が目の前に差し出される。

「ぐずぐずするな、ラリ！」ペパンが小声でせきたてる。

ふたたび顔をあげると、娘はいなくなっている。

数週間後、ラリはいつものように仕事にいく。テーブルと用具はすでに準備が整い、ラリはあたりを見回してペパンがくるのを待つ。男たちが大勢こちらに向かってくる。おどろいたことに、近づいてきたのは親衛隊曹長のフーステクで、若い親衛隊員を連れている。ラリは頭を下げ、ペパンの言葉を思い出す。「あの男をみくびるな」

「今日はひとりで仕事をしてもらう」フーステクがくぐもった声でいう。

フーステクが背を向けて立ち去ろうとしたとき、ラリは静かにたずねる。「ペパンはどこですか?」

フーステクは立ち止まり、ふり返って、ラリをにらみつける。ラリの心臓が一瞬止まる。

「これからはおまえがタトゥー係だ」それからフーステクは親衛隊員にいう。「そしておまえがこいつを監督するんだ」

フーステクが立ち去ると、親衛隊員はライフルの銃床を肩にあて、先をラリに向ける。ラリは親衛隊員をにらみ返し、黒い目をのぞきこむ。痩せた若者が残酷な笑みを浮かべている。しばらくして、ラリは視線を落とす。ペパン、あなたはこの仕事をしていれば生き残る可能性が高くなるといいましたね。なのに、あなたになにが起きたのですか?

「おれの運命はおまえしだいってことか」親衛隊員がけんか腰でいう。「どうしてくれる?」

「期待に沿えるようにがんばります」

「がんばる? がんばるくらいじゃ足りねえよ。なにがなんでも期待に沿え」

「わかりました」

「おまえ、どこの収容棟だ?」

「第七収容棟です」

「ここの仕事が終わったら、新しい収容棟に連れていってやる。これからはそこで寝泊まりするんだ」

「今の収容棟で満足です」

「ばかいうな。おまえは安全な場所にいなくちゃいけない。タトゥー係になったんだからな。つまり、政治局直轄（ポリティッシェ・アプタイルンク）（親衛隊員が運営する収容所において、政治局だけはゲシュタポ＝国家秘密警察の出先機関という特殊な位置づけだった）ってことだ——ちぇっ、おれもおまえの顔色をうかがわなきゃならねえってことか」ふたたびにやりと笑う。

一連のやりとりをうまく切り抜けたラリは、調子に乗る。

「作業をずっと速く終わらせる方法があります、助手をつけてください」

親衛隊員はラリに一歩近づき、軽蔑した目つきで頭のてっぺんから足の先までじろじろみる。

「なんだって？」

「手伝いをつけていただければ、作業がずっと速く進んで、あなたの上司に喜んでもらえます」

まるでフーステクに命令されたかのように、親衛隊員は背を向け、番号をつけられるのを待っている若い男たちの列の横を歩きはじめる。どの男も、ひとりをのぞいて、うなだれている。ラリは親衛隊員を見返している男を心配するが、おどろいたことにその男は腕をひっぱられ、ラリのところに連れられてくる。

「おまえの助手だ。こいつに先に番号を彫れ」

ラリは若い男から紙片を受けとり、手早く腕にタトゥーを入れる。

「名前は？」ラリはたずねる。

「レオン」

「レオン、ぼくはラリ。タトゥー係だ」ラリはしっかりとした声でいう。ペパンのように。「じゃあ、横に立って、ぼくがすることをみていてくれ。明日からは、助手として働いてもらう。この仕事がきみの命を救ってくれるかもしれない」

最後の被収容者がタトゥーを入れられ、新たなすみかのほうに押しやられるころには、太陽が沈んでいる。バレツキという名であることがわかったラリの見張り役は、ラリから数メートル以上はなれることがなかった。バレツキがラリと新しい助手に近づいてくる。

「そいつをおまえの収容棟に送っていけ。そのあとここにもどってくるんだ」

ラリはレオンをせかして、第七収容棟にいく。

「朝になったら収容棟の外で待っていてくれ。迎えにくるから。もしカポに、どうしてほかのみんなといっしょに建築現場にいかないのかときかれたら、タトゥー係の助手になったといえばいい」

ラリが仕事場にもどると、道具が革鞄にしまわれ、テーブルがたたまれている。バレツキが立って待っている。

「これを新しい部屋に持っていけ。毎朝、司令部にいって必要なものを受けとり、その日どこで働けばいいか指示を受けるようにな」

「テーブルをもうひとつと、道具をもらえませんか、レオン用に」

「だれだって?」

「ぼくの助手です」

「必要なものはなんでも司令部でたのめ」

バレツキが先に立って歩いていく先は、収容所でもまだ建設中の区域だ。多くの建物が未完成で、不気味な静けさにラリは身を震わせる。新しい収容棟のうちのひとつが完成していて、ラリが案内されたのは、ドアを入ってすぐの、ベッドがひとつだけある部屋だ。

「ここで寝ろ」バレツキがいう。ラリは道具が入った鞄をかたい床に置き、小さな寂しい部屋を見回す。すでに第七収容棟の仲間たちに会いたくてしょうがない。

さらにバレツキに連れられていってわかったのは、食事場所が司令部の近くになったことだ。タトゥー係の役得で、支給される量が増えた。夕食に向かいながら、バレツキが説明する。

「作業員にはがんばってもらわないとな」バレツキは身振りでラリに夕食の列に並ぶようにうな

がす。「せいぜいしっかり食え」

　バレツキが立ち去ると、お玉一杯分の薄いスープと厚切りのパンが差し出される。ラリはがつがつと食べて、立ち去ろうとする。

「ほしかったらもっと食べていいんだよ」細い声がいう。

　ラリはパンのおかわりをもらい、まわりの被収容者をながめる。黙々と食べ、通りいっぺんの言葉さえ交わさず、ときどきこっそり視線を走らせるだけだ。不信感と恐怖がみてとれる。

　ラリは袖の中にパンを隠してその場をはなれると、もといた第七収容棟に向かう。入り際にカポに会釈をすると、カポはラリがもう自分の管理下にないことを承知しているようだ。中に入ると、ラリは多くの男たちからのあいさつにこたえる。この収容棟と、恐怖と、別の人生への夢をともにしてきた仲間だ。もといたベッドにいくと、レオンが腰かけて脚をぶらぶらさせている。ラリは若いレオンの顔をみる。くりっとした青い目に優しさと誠実さが感じられ、ラリは好感を持つ。

「ちょっと外にきてくれ」

　レオンはベッドから飛び下りて、ついてくる。全員がふたりをみる。収容棟の裏にまわり、ラリが古くなったパンを袖から出して渡すと、レオンはむさぼり食う。そして全部食べてしまってから、ようやく礼をいう。

「夕食に間に合わなかっただろうと思ってね。ぼくは余分にもらえるようになったんだ。なるべくきみとわけるようにする。さあ、中に入って。みんなには、ぼくに呼び出されて説教されたといっておけ。そして目立たないようにな。じゃあ、明日の朝」

「配給が増えたことをみんなに知られたくないんですか？」

「ああ。これからどうなるか、しばらく様子をみるつもりだ。全員をいっぺんに助けることはできないし、余計なことをいってけんかになってもつまらないからな」

自分がいた収容棟にレオンが入っていくのを見送りながら、ラリは複雑な気持ちを整理できずにいる。自分が特権を得たことを恐れるべきなのだろうか？　収容所でのこれまでの立場が変わるのが、どうして悲しいんだろう？　安心とは無縁の立場だったのに。ラリはゆっくり薄暗い未完成の建物ばかりの区域に歩いていく。まわりにはだれもいない。

その夜、ラリは何か月かぶりに手足をのばして眠る。だれかをけとばすことも、だれかに押されることもない。王様になって、豪華なベッドをひとりじめしているみたいだ。そして王様と同じようにこれから用心しなくてはいけないのは、親しくしようとしたり、秘密を打ちあけたりしてくる人たちの狙いだ。やっかんでいるのか？　ぼくの仕事を横どりしようとしているのか？　なにか濡れ衣を着せられる危険はないか？　欲や疑惑によって引き起こされることを、ラリはここで目にしてきた。ほとんどの人は、人数が少なくなれば、そのぶん多くの食べ物がいきわたると信じている。食料は通貨だ。食料があれば命をつなげる。体力を保ち、決められた仕事をこなすことができる。もう一日、生きることができる。食料がなければ弱り、やがてなにもかもどうでもよくなる。立場が変わったことで、生き残るための条件がこれまで以上に複雑になった。並んだベッドに横たわる疲れ切った男たちの横を歩いて収容棟を出るとき、だれかがたしかにつぶやいたのだ。

「裏切り者」

翌朝、ラリとレオンが司令部の外で待っていると、やってきたバレツキに、早いなとほめられる。ラリは革鞄を持ち、テーブルをわきに置いている。バレツキはレオンには待っているようにいい、ラリにはいっしょに中に入るようにという。ラリは広い受付エリアを見回す。廊下が何方向にものびていて、その先にオフィスがあるようだ。大きな受付カウンターの向こうには小さなデスクが何列も並んでいて、若い女たちがそろって熱心に書類を作成したり整理したりしている。バレツキはラリを別の親衛隊員に紹介し――「新しいタトゥー係だ」――ラリにまた、ここで毎日必要なものを受け取り指示をあおぐようにという。ラリがテーブルと道具をもうひとセット、外で待っている助手のためにほしいというと、すんなり認められる。ラリはほっとしてため息をもらす。少なくともひとり、重労働から救うことができる。ペパンを思い、心の中で感謝する。テーブルを受けとり、道具を鞄に詰めこむ。背を向けたラリに、事務員が声をかける。

「その鞄をいつも持ち歩いて、身分をたずねられたら『政治局（ポリティツシエ・アブタイルンク）』と答えれば、面倒なことにはならないわ。番号の入った紙は毎晩ここにもどして、鞄はそちらで保管してちょうだい」

バレツキがラリの横で鼻を鳴らす。「たしかに。鞄とその言葉があれば、安全だ。もちろんおれは別だぞ。どじをふんでおれを巻きこんだら、鞄や言葉があったって、無傷ではいられないと思え」バレツキは片手をピストルのほうにのばし、ホルスターをつかんで、留め具を外す。とめる。外す。とめる。バレツキの呼吸が深くなる。

ラリは頭を働かせ、うつむいて、背を向ける。

移送車両はアウシュヴィッツ・ビルケナウに昼夜を問わずやってくる。ラリとレオンが二十四時間休まず働くことも珍しくない。そんなとき、バレツキの思い切りいやな性格が出る。レオンを大声でののしり、なぐり、おまえがのろいせいで眠れないと責める。ラリがすぐに悟ったのは、止めようとしても火に油を注ぐだけだということだ。

アウシュヴィッツでの仕事が明け方近くまでかかったある日、バレツキはラリとレオンがかたづけを終える前に立ち去ろうとする。それからもどってきて、ためらうような表情を浮かべる。

「かまうもんか。おまえたちふたりで歩いてビルケナウに帰れ。おれは今日、ここで寝る。朝八時にはここにこいよ」

「でも、時間がわかりません」ラリがいう。

「そんなこと知るか。とにかくこい。逃げようなんて、これっぽっちも考えるなよ。おれがこの手でつかまえて、殺してやる。楽しみながらな」バレツキはよろよろと去っていく。

「どうしますか？」レオンがたずねる。

「いわれた通りにするさ。帰ろう——ぼくが起こしてやる。時間通りにもどってこよう」

「疲れているんです。ここに泊まるわけにはいきませんか？」

「だめだ。朝になって収容棟にいなかったら、捜索が始まる。帰ろう、さあ、いくぞ」

ラリは日の出とともに目を覚まし、レオンを連れて四キロの道のりをアウシュヴィッツまでもどる。一時間後、ようやくバレツキが姿をみせる。すぐにはベッドに入らず、酒を飲んでいたにちがいない。こんな臭い息を吐いているときは、いつも以上に機嫌が悪い。

「さあ、いくぞ」バレツキがどなる。

新しい被収容者が見当たらないので、ラリはしかたなくたずねる。「どこへですか？」
「ビルケナウにもどるんだ。移送車両が新しい仲間を降ろしたばかりだ」

三人で四キロ歩いてビルケナウにもどる途中、レオンがつまずいて転ぶ——疲労と栄養不足で参っているのだ。レオンは立ちあがる。バレツキは歩調をゆるめ、レオンが追いつくのを待っているふりをする。レオンが近づくとバレツキは脚をつき出し、また転ばせる。到着するまでさらに数回、バレツキはこの悪ふざけをくり返す。歩いたことと、レオンを転ばせて楽しんだことで、バレツキの酔いがさめたようだ。レオンが転ぶたびにバレツキはラリの反応を観察する。しかしなんの反応もない。

ビルケナウにもどってみると、おどろいたことにフーステクが選別を監督していて、だれをラリとレオンのもとに送り、もう一日生きのびさせるかを決めている。ふたりが仕事にとりかかると、バレツキは大股で若者の列の横をいったりきたりして、上司の前で有能そうにみせようとする。レオンがひとりの若者の腕に数字を刻もうとすると、若者は悲鳴をあげ、疲れ切ったレオンがぎょっとする。レオンはタトゥー用の棒をとり落とす。かがんで拾いあげようとするレオンの背を、バレツキがライフルでなぐる。そしてぬかるみにうつ伏せに倒れたレオンの背中に片足をのせ、ふみつける。

「仕事を早く終わらせたいなら、彼が自分で起きあがって作業を続けられるようにしてください」ラリはいう。レオンの呼吸がバレツキの長靴の下で速く激しくなっていく。フーステクが三人のすぐそばにきて、バレツキに小声でなにかいう。フーステクがいなくなると、バレツキは残酷そうな笑みを浮かべ、レオンの体を思い切りふみつけてから足をどける。

「おれはしがない親衛隊員だが、おまえはタトゥー係で、政治局に保護されてる。その政治局はベルリンの命令しかきかない。おまえは運がよかったな。あのフランス人のおかげで曹長に紹介してもらえて、賢くていろいろな言葉がしゃべれることを知ってもらえたんだから」

うまい返事のしようがないので、ラリはせっせと仕事に励む。泥まみれのレオンが立ちあがり、咳をする。

「そこでだ、タトゥー係さんよ」バレツキの顔にふたたび残酷そうな笑みが浮かぶ。「おれの友だちにならないか？」


タトゥー係のいいところは、日付がわかることだ。毎朝渡され、毎晩返却する書類に書かれている。日付の手がかりになるのは書類だけではない。日曜日は週のうちで唯一、被収容者たちが仕事を強いられず、構内を散歩したり、収容棟の周辺でたむろしたりしてすごすことができる日だ。被収容者は少人数でかたまっている——収容所に連れてこられる前からの友だちや、収容所でできた友だち同士だ。

そんなある日曜日、ラリは彼女をみかける。すぐに彼女だとわかる。ふたりはたがいに歩みよる。ラリはひとりで、彼女は仲間の少女といっしょだ。全員髪をそられ、全員同じ簡素な服を着ている。彼女はとりたてて人目をひくわけではないが、目だけは違う。黒——いや、褐色だ。みたことがないほど濃い褐色。ふたりがたがいの魂をのぞきこむのはこれで二度目だ。ラリの心臓が一瞬止まる。ふたりの目ははなれない。

「おい、タトゥー係！」バレツキがラリの肩に手をかけ、現実に引きもどす。

被収容者たちがはなれていく。親衛隊員や、親衛隊員に話しかけられている被収容者のそばにいたくないのだ。少女たちは散っていき、残された彼女だけがラリをみつめ、ラリも彼女をみつめている。バレツキの目がふたりを交互にみる。三人が正三角形を作り、三人とも、だれかが動くのを待っている。バレツキはわけしり顔でにやついている。勇敢な少女がひとり前に出て、彼女をひっぱり、仲間のところに連れもどす。

「けっこうなことだ」バレツキはラリと歩きだしながらいう。ラリは知らぬふりをして、こみあげてくる憎しみをおさえこもうとする。

「知り合いになりたいのか？」ラリはまだかたくなに返事をしない。

「手紙を書けよ。好きだと伝えてやれ」

よっぽどばかだと思われているらしいな。

「紙と鉛筆を用意してやる。手紙も届けてやる。どうだ？　相手の名前は知ってるのか？」

4562だ。

ラリは歩き続ける。ペンや紙を持っているのが見つかったら、死刑だ。

「どこにいくんですか？」ラリは話題を変える。

「アウシュヴィッツだ。〝ドクトル〟殿が、もっと患者をよこせといってる」

ラリの背筋に寒気が走る。脳裏にあの白衣の男の姿がよみがえる。毛むくじゃらの手で美しい娘の顔をつかんでいた。あのときほど医者をみて不快に感じたことはない。

「しかし、今日は日曜日ですよ」

バレツキは笑う。「そうか、ほかのやつらが日曜日に休んでれば、自分も休めると思ってるのか？　文句をいうならドクトル殿にいってやれよ」バレツキの笑い声がかん高くなり、ラリはますます背筋が寒くなる。「いってやれよ、おれの代わりにさ。タトゥー係さんよ、ドクトル殿に今日は休みだって教えてやれ。ぜひ見物させてもらいたいもんだ」

ラリは、黙っていたほうがいいと考える。大きな歩幅で歩き、バレツキとの間に少し距離をおく。

4

アウシュヴィッツにいく途中、バレツキは愉快そうに、ラリを質問攻めにする。「おまえ、年は？」「前はなにをしてたんだ、つまり、ここに連れてこられる前は？」

質問をされては質問を返しているうちに、バレツキが自分の話をするのが好きなことがわかってきた。そして、バレツキが自分より一歳若いだけということがわかったが、似ているのはそこまでだ。そして、バレツキは女性の話となるとティーンエイジャーのようだ。ラリはこの違いを利用しようと思い立ち、女性とうまくつきあう方法を教えはじめる。女性に優しく接することがどんなに大切か、そして女性はどんなものが好きか。

「花を贈ったことは？」ラリはたずねる。

「いいや。どうしてそんなことしなきゃいけないんだ？」

「女性は花をくれる男性が好きだからです。自分で摘んだ花だったら、もっといい」

「うーん、おれはやめとくよ。きっと笑われる」

「だれに？」

「友だちだ」

「男の友だちですか?」

「ああ、そうだ――女みたいだと思われちまう」

「じゃあ、花をもらった女性のほうはどう感じると思います?」

「女がどう感じるかなんて、どうでもいい」バレツキはにやにや笑い、股間をつかむ。「おれはこっちさえうまくいけばいいんだ。女のほうだって同じだろ。こっちのことなら詳しいぜ」

ラリはどんどん先にいく。バレツキが追いかけてくる。

「なんだよ? なにかおかしいことをいったか?」

「本当に知りたいですか?」

「ああ」

ラリは向き直る。「お姉さんか妹さんはいますか?」

「ああ」バレツキは答える。「ふたりな」

「あなたが女性に対してしていることを、ほかの男性があなたのお姉さんや妹さんにしたらどうですか?」

「おれのかわいい妹にそんなことをしたら、殺してやる」バレツキはピストルをホルスターから抜き、空に向かって数発撃つ。「ぶっ殺す」

ラリは飛びのく。銃声がまわりの空気を震わせている。バレツキは息をはずませている。顔はまっ赤で、目は険しい。

ラリは両手をあげる。「わかりました。ちょっと考えてみてほしかっただけです」

「二度とそんな話はするな」

バレツキはドイツ人ではなく、ルーマニア生まれだということがわかる。故郷の小さな村はスロヴァキアとの国境に近く、ラリの出身地クロムパヒとは数百キロメートルしかはなれていない。故郷を飛び出してベルリンにいき、ナチスの青少年組織であるヒトラーユーゲントに加わり、親衛隊員になった。バレツキは自分たち兄弟姉妹をさんざんなぐった父親を憎んでいる。今でも実家にいる妹と姉のことを案じている。

その日の夜、歩いてビルケナウにもどる道々、ラリは小声でいう。「例の紙と鉛筆のこと、お願いしようと思います。いいですか？　彼女の番号は4562です」

夕食後、ラリはこっそり第七収容棟に向かう。カポににらまれるが、なにもいわれない。ラリはその夜、余分にもらった食料、わずかばかりのかたいパンのかけらを収容棟の仲間にわける。そして言葉を交わし、情報を交換する。いつものように、信心深い者たちから夕べの祈りに加わるよう誘われる。ラリは礼儀正しく断り、断りの言葉は礼儀正しく受け入れられる。いつものやりとりだ。

ひとりの部屋で、ラリが目を覚ますと、バレツキが立ってこちらを見下ろしている。ノックをせずに入ってくるのはいつものことだが、今日はどこか様子が違う。

「あの娘は第二十九収容棟にいる」バレツキはラリに鉛筆と紙をよこす。「ほら、手紙を書け。ちゃんと届くようにしてやる」

「名前を知っていますか？」

バレツキは表情で返事をする。（さあな）

「一時間後にとりにきて、持っていってやる」

「二時間後にしてください」

ラリは悩む。はじめて被収容者4562番に書く言葉だ。そもそもなんと書き出そう？　相手をなんと呼べばいいんだろう？　結局、簡潔なものにする。「こんにちは。ぼくの名前はラリです」もどってきたバレツキに渡す紙には、ほんの数行しか書かれていない。スロヴァキアのクロムパヒの出身であること、年齢、家族構成、家族がきっと無事だと信じていること。そして次の日曜日の朝に司令部の近くにいてほしい。自分もいくつもりだが、もしいなかったらそれは仕事のせいで、ほかの人と違って不規則だからだと書いてある。

バレツキは手紙を受けとると、ラリの目の前で読む。

「伝えたいのはこれだけか？」

「あとは面と向かっていいます」

バレツキはラリのベッドに腰かけ、前のめりになって得意げに話しだす。自分ならこういう、自分ならこうする、もしラリの立場だったら、自分の命が週末までもつかわからないのだから。ラリはアドバイスに礼をいいつつも、運にまかせたいのだという。

「へえ、そうか。このオテガミを届けて、その娘にペンと紙をやって、返事を書けるようにしてやろう。返事は明日の朝にとりにくるといっとく――ひと晩あれば、おまえのことが好きかどうか、たっぷり悩めるだろ？」

バレツキはにやりと笑うと、部屋を出ていく。

ぼくはなんてことをしてしまったんだ？　自分は被収容者4562番を危険にさらしてしまった。自分は守られている。彼女は守られていない。それでも、彼女が危険な目にあうのはわかっていたけれど、書かずにはいられなかった。

翌日、ラリとレオンは夜遅くまで働く。バレツキはふたりからそう遠くないところで終始見回りをし、並んでいる男たちをしょっちゅう威圧している。ライフルを警棒代わりにして目つきの気に入らない者をなぐるのだ。陰険な笑みは、決して顔から消えることがない。あきらかに、男たちの列の横をえらそうにいったりきたりすることを楽しんでいる。ラリとレオンがかたづけを始めたころ、バレツキはようやく上着のポケットから紙をとり出して、ラリに渡す。「残念だな、タトゥー係」バレツキはいう。「たいした返事じゃないぞ。どうやら別の女をさがしたほうがよさそうだな」

ラリが手をのばし、手紙を受けとろうとすると、バレツキはふざけてひっこめる。まったく、ガキだな。ラリは背を向けて、立ち去る。バレツキが追いかけてきて、手紙をよこす。ラリはぞんざいに会釈だけで感謝を示す。手紙を鞄に入れて、夕食をとりにいき、レオンが収容棟にもどっていくのを見送る。おそらくレオンは夕食にありつけないだろう。

いってみると、食べ物は少しだけ残っている。ラリは食べ終わると、パンをいくつか袖の中に隠し、ソ連軍の軍服をもう着ていないことをのろう。今着ているパジャマのような囚人服にはポケットがないのだ。第七収容棟に入ると、いつものように静かにわきあがるあいさつの声に迎えられる。自分が持ってきた食料は、レオンとあとふたり分くらいしかないと説明し、明日はもっと持ってこられるようにがんばると約束する。早々に引きあげて、足早に部屋にもどる。道具の中に埋もれている言葉を読みたくてたまらない。

ベッドにどさりと腰かけ、手紙を胸に押しあてて、被収容者4562番が文字を、自分が読みたくてたまらない文字を書いているところを思い浮かべる。そのうち思い切って、手紙を広げる。

「ラリ様」と手紙は始まる。ラリと同じように、相手もほんの数行だけ、慎重に言葉を選んで書いている。自分もスロヴァキアからきたこと。アウシュヴィッツにはラリより長く、三月からいて、「カナダ」と呼ばれる倉庫で、ほかの被収容者から没収された所持品を仕分けしていること。日曜日に構内にいるつもりで、ラリをさがそうと思っていること。ラリは手紙を読み返し、何度も紙を裏返す。鞄から鉛筆をとり出すと、手紙の裏に太い字でなぐり書きする。**きみの名前は？　名前はなに？**

翌朝、バレツキはラリだけをアウシュヴィッツに連れていく。新たに移送されてきた被収容者が少ないため、レオンは休みだ。バレツキがラリをからかいはじめる。手紙のことや、女性と会う機会がなくなったこと。ラリはそんな言葉を無視して、最近なにかおもしろい本を読んだかとたずねる。

「本か？　おれは本は読まない」バレツキはぼそぼそと答える。

「読んだほうがいいですよ」

「なぜだ？　本のどこがいい？」

「たくさんのことが学べますし、女の子は、本から引用したり、詩の暗唱をしたりすると喜びます」

「おれは引用なんかしない。この軍服があるからな。これさえあれば女には不自由しない。女は軍服が好きなんだ。おれにはもうガールフレンドもいる」バレツキは自慢げにいう。

ラリには初耳だ。

「それはいいですね。彼女はあなたの軍服が好きなんですか？」

「もちろんだ。これを着て歩きまわって、敬礼までするんだ――ヒトラー総統閣下にでもなったつもりだろう」ぞっとするような笑い声をあげながら、バレツキはガールフレンドの真似をしてみせる。腕をあげ、ふんぞり返って歩く。「ヒットラー万歳（ハイル・ヒットラー）！　ヒットラー万歳（ハイル・ヒットラー）！」

「軍服が好きだからって、着ている男が好きだとはかぎりませんよ」ラリは思わずいう。

バレツキはぴたりと足を止める。

ラリは口をすべらせた自分をのろう。歩調をゆるめ、もどって謝るべきか迷う。いや、このまま歩き続けて様子をみよう。目を閉じて、足を交互に前に出していく。一歩、また一歩。銃声がするのを待つ。きこえてきたのは、かけ足で近づいてくる足音だ。そしてぐいと袖をひっぱられる。「おい、タトゥー係、そんなふうに思ってるのか。あの子がおれを好きなのは軍服のおかげだと？」

ラリはほっとしてふり向き、バレツキの顔をみる。「ぼくにわかるわけがないでしょう、彼女がなにを好きかなんて。もっと教えてくださいよ、彼女がどんな人なのか」

こんな会話にはまったく興味が持てないが、銃弾を免れたからには、こうするしかない。わかったのは、バレツキが自分の「ガールフレンド」についてほとんどなにも知らないこと、それというのもバレツキが相手にたずねないからだということだった。さすがにラリもみすごすことができず、気がついたときにはバレツキにまた女性への接し方をアドバイスしていた。頭の中では、黙れと自分に命じている。隣にいるこのモンスターのことなんて、どうでもいい。こいつが女性を大切にしようがしまいが関係ない。正直なところ、バレツキがこの場所から生きて出ることなく、二度とどんな女性とも接しなければいいと思っているくせに。

5

日曜の朝がくる。ラリはベッドから飛び起きて、急いで外に出る。太陽が昇っている。みんなはどこだ？　鳥はどこだ？　どうして歌っていないんだ？

「日曜日だ！」ラリはだれにともなくいう。くるりとふり返ると、ライフルがこちらに向けられている。近くの監視塔だ。

「まずい」収容棟にかけもどると同時に、銃声が夜明けの静寂を破る。脅しのようだ。ラリにはわかっている。今日は週に一度だけ、被収容者が「寝坊」をする日、少なくとも空腹のあまりブラックコーヒーとひとかけらのかび臭いパンを食べずにはいられなくなるまでは、収容棟にとどまっている日だ。見張りはからかい半分にさらに何発か、収容棟に弾を撃ちこむ。

小さな部屋にもどると、ラリはいったりきたり歩きまわり、最初にかける言葉を練習する。きみみたいなきれいな子はみたことがないは、試した結果、やめにする。髪を剃り落とされ、自分よりずっと大きい誰かが着古した服を着ている自分をきれいと思っているはずがない。かといって、候補から外してしまっていいものか。ただ、おそらく一番いいのは簡潔な言葉――きみの名前は？――よし、あとはなりゆきにまかせよう。

ラリが我慢して部屋の中ですごしているうちに、今ではもう耳になじんだ、収容所の目覚める音がきこえてくる。まずは、サイレンが被収容者の眠りを破る。それから二日酔いで睡眠と忍耐が足りない親衛隊員が、がなりたてるように指図する。朝食が入った鍋が大きな金属音を立てながら、各収容棟に届けられる。運んでいる被収容者はうめき声をあげている。体は一日ごとに弱っていき、鍋は一分ごとに重くなっていく。

ラリはゆっくり朝食の配給場所に歩み寄り、多めに配給をもらうことのできる男たちの列に加わる。いつもの会釈や目配せ、時おり一瞬のほほえみが交わされる。言葉はない。ラリはパンを半分食べ、残りを袖の中に隠すと、袖口を折って落ちないようにする。会えたらあの娘にあげよう。会えなかったらレオンに渡す。

ラリがながめていると、仕事のない者たちはほかの収容棟の友人と混じり合い、小さなグループにわかれて座り、残り少ない夏の太陽を楽しんでいる。秋はすぐそこだ。ラリは司令部に向かって歩きだし、娘をさがそうとしたところで、鞄がないことに気づく。**ぼくの命綱が**。鞄を持たずに部屋を出ることは決してないのに、今朝はやってしまった。**分別はどこにいった?**ラリは収容棟にもどり、出てくる。落ち着いた顔、手には鞄——特別な職を当てがわれた男だ。

時間がずいぶん長く感じられる。ラリは被収容者の間を歩きまわり、第七収容棟の知り合いとしゃべる。そのあいだもずっと、目は女のグループをさがしている。レオンと話しているとき、首の後ろの産毛が逆立ち、ぞくぞくするような、みられている感じがして、ふり返る。あの子がいる。

娘は三人の女としゃべっている。ラリが気づいたことがわかり、立ち止まる。ラリがそちらに歩みよると、友人たちはあとずさり、はじめてみる男との間に少し距離をあける。ラリのことはきいているのだろう。娘はひとり残されて、立っている。

ラリは娘に近づき、ふたたびその目にひきつけられる。友人たちは後ろで声をひそめ、くすくす笑っている。娘が笑みを浮かべる。おずおずと控えめな笑みだ。ラリは言葉を失いそうになる。しかし勇気をふり絞る。娘にパンと手紙を差し出す。そこに書かずにはいられなかったのは、いつも彼女のことばかり考えているということだった。

「きみの名前は?」ラリはたずねる。「どうしてもきみの名前が知りたいんだ」

後ろでだれかがいう。「ギタよ」

ラリがそれ以上なにをすることもいうこともできないうちに、友人たちがギタをとり囲んで連れ去っていく。そして小声で質問をしている。

その夜、ラリはベッドに横たわり、娘の名前を何度も口にする。「ギタ。ギタ。なんて美しい名前なんだ」

女性収容所の第二十九収容棟では、ギタが友人のダナやイヴァナといっしょに体を丸めて座っている。投光照明灯の光が壁の木材の隙間から差しこんでいるのをたよりに、ギタは目をこらし、ラリの手紙を読んでいる。

「いったい何回読むつもり?」ダナがたずねる。

「そうね、どうかしら。ひと文字残らず覚えてしまうまでかしら」ギタはこたえる。

「それはいつのこと?」

「二時間ぐらい前」ギタはくすくす笑う。ダナはギタをぎゅっと抱きしめる。

翌朝、ギタとダナは最後に収容棟を出る。腕を組み、話しこみ、まわりには目もくれない。警告もなく、収容棟の外にいた親衛隊員が、ギタの背中をライフルでなぐる。娘たちはいっしょに地面に倒れる。ギタは痛みに悲鳴をあげる。親衛隊員はライフルを振って立つよう命じる。ふたりは立ちあがり、目を伏せる。

親衛隊員はふたりをいまいましげにみて、どなりつける。「笑うな」ホルスターからピストルを抜き、ぐいとギタのこめかみに押しつける。そして別の親衛隊員に指示する。「今日、こいつらは食事抜きだ」

親衛隊員が立ち去ると、女のカポが近づいてきて、ふたりを立て続けに平手打ちにする。

「ここがどこか、忘れるんじゃないよ」カポがいなくなると、ギタはダナの肩に頭をあずける。

「ラリは来週の日曜日に声をかけてくれるっていったわよね」

日曜日。被収容者は構内をひとりで、あるいは小さなグループで歩きまわる。座って建物に寄りかかっている者もいる。疲れ切って、動く気になれないのだろう。数人でたむろしている親衛隊員たちは、しゃべったり、タバコを吸ったりして、被収容者には見向きもしない。ギタは友人たちと無表情で歩いている。ギタ以外は小声で話をしている。ギタはあたりを見回している。

ラリはそちらをみて、ギタの不安そうな表情に笑みを浮かべる。ギタの目がこちらに向きそうになるたびに、さっとほかの被収容者の後ろに隠れる。そして少しずつ近くに移動していく。先にダナがみつけ、なにか言おうとするが、ラリは人差し指を唇にあてる。そして同じ歩調で近づいていくと手をのばし、ギタの手をとり、歩き続ける。仲間がくすくす笑い、抱きつき合うあいだにも、ラリは無言でギタをうながし、司令部の裏へ進んでいく。近くの監視塔に目をやると、衛兵はくつろいでいて、こちらをみていない。

ラリは建物の壁に背中をつけて進み、ギタをひっぱっていく。そこからは、境界のフェンス越しに森がみえる。ギタはうつむき、ラリはギタを一心にみつめる。

「こんにちは……」ラリがためらいがちにいう。

「こんにちは」ギタが答える。

「こわがらせてしまったら、ごめん」

「危なくない？」ギタは近くの監視塔にさっと目を走らせる。

「たぶん危ない。だけどきみをみているだけじゃ我慢できなくなったんだ。そばにいて、話がしたい。そういうものだろう？」

「でも、危ない――」

「危なくないことなんてなにもない。話をしてくれないか。きみの声がききたいんだ。きみのことをなにもかも知りたい。今知っているのは名前だけ。ギタ。美しい名前だ」

「なにがききたい？」

ラリは必死にたずねることを考える。ありきたりのことがいい。「それじゃあ……。今日はなにをしていた？」

ようやくギタが顔をあげ、ラリの目をまっすぐみつめる。「あら、わかるでしょう。起きて、朝食をたっぷり食べて、ママとパパにいってきますのキスをして、バスに乗って仕事にいったわ。仕事は――」

「わかった、わかった。ぼくが悪かった。つまらない質問だった」

ふたりは並んで座るが、相手から目をそらしている。ラリはギタの息づかいをきいている。ギタは親指で軽く太ももをたたいている。ようやくギタが口を開く。「じゃあ、あなたは今日、なにをしていたの？」

「ああ、わかるだろう。起きて、朝食をたっぷり食べて……」

ふたりは顔を見合わせて、こっそり笑う。ギタが肘でそっとラリを突つく。偶然、ふたりの手が一瞬触れる。

「さあ、今日したことを話せないなら、きみのことを教えてほしい」ラリがいう。

「教えることなんてないわ」

ラリはびっくりする。「ないわけないじゃないか。きみの名字は？」

ギタはラリをみつめ、首を横にふる。「わたしはただの番号よ。知っているでしょう。あなたがつけたんだもの」

「ああ、だけど、それはここにいるあいだだけのことだ。きみは、外に出たらだれなの？」

「外なんてもう存在しない。あるのはここだけ」

ラリは立ちあがり、ギタをみつめる。「ぼくの名前はルドウィグ・アイゼンバーグ。みんなからはラリと呼ばれている。出身はスロヴァキアのクロムパヒ。母と父、兄、妹がいる」ラリは言葉を切る。「さあ、きみの番だ」

ギタは反抗するようにラリをみつめかえす。「わたしはポーランドにあるビルケナウ収容所の被収容者4562番」

会話が途切れ、ぎこちない沈黙が流れる。ラリはギタを、その伏せた目をみつめる。ギタは頭の中で必死に考えている。なにをいうべきか、なにをいうべきでないか。

ラリはまた腰をおろす。今度はギタと向かい合う。手をのばし、ギタの手をとろうとして、ひっこめる。「きみを困らせたくはないんだ。ただ、ひとつ約束してくれないか？」

「なにを？」

「ここを出る前に、教えてほしいんだ。きみの名前と出身地を」

ギタがラリの目をみつめる。「ええ、約束するわ」

「今はそれだけで十分だ。それで、カナダで働かされているの？」

ギタはうなずく。

「大変？」

「だいじょうぶよ。でもドイツ兵は被収容者の持ち物を全部まとめて投げこんでくるの。腐った食べ物も、洋服も。カビがついていることがあって――触るとぞっとする。臭いもひどくて」

「外の仕事じゃなくてよかった。仲間からきいたことがある。そいつは同じ村からきた女の子と話したことがあってね。その子もカナダで働いてるんだ。よく宝石やお金がみつかるらしいよ」

「わたしもきいたことがあるわ。わたしのところにくるのはカビだらけのパンばっかりだけど」

「どうか気をつけて、いいね？　ばかなことはしないで、いつも親衛隊員には気をつけるように」

「そのことはもう身にしみてるわ。だいじょうぶよ」

サイレンが鳴る。

「収容棟にもどったほうがいい」ラリはいう。「次はなにか食べ物を持ってくるよ」

「持ってこられるの？」

「多めにもらえるんだ。だからあげるよ。じゃあ、来週の日曜日に」

ラリは立ちあがり、ギタに手を差し出す。ギタがその手をとる。ラリはギタの手をひいて立ちあがらせ、少しだけ手をつないだままでいる。ギタから目をはなすことができない。

「いかなくちゃ」ギタは目をそらすが、ラリはそのほほえみのとりこになったままで、膝から力が抜けていく。

6

何週間もたった。収容所をとり囲んでいる木々は葉を落とし、昼が短くなる。冬が近づいてきている。

この人たちはだれなんだろう？　収容所にきて以来、ラリの頭からはこの疑問がずっとはなれない。その男たちは建設現場で働いていて、毎日平服で現れ、終業後には姿を消す。ギタと時間をすごすようになったおかげで弾みがついたラリは、何人かに話しかけてみようという気になる。うまくやれば親衛隊員を刺激して銃撃されることもないだろう。自分には鞄という盾もあるのだから。

ラリはさり気なく、建設中の新しいレンガ造りの建物のひとつに近づいていく。被収容者たちが入る収容棟のようにはみえないが、その用途など今日のラリにはどうでもいい。ラリはふたりの男に近寄っていく。ひとりは若く、ひとりは年配で、いっしょにレンガを積んでいる。ラリは、まだ使われていないレンガの山の横にしゃがむ。ふたりの男はラリをみて気になったらしく、仕事の手をゆるめる。ラリはレンガをひとつ拾いあげ、じっくり観察しているふりをする。

「どうもわからない」ラリは小声でいう。

「なにがわからない？」年上のほうがたずねる。

「ぼくはユダヤ人なんだ。だから黄色の星をつけられている。ぼくのまわりにいるのは政治犯と殺人犯、そして働かない怠け者。それからあなたたち――しかし、あなたたちには印がない」

「おまえには関係ないだろ、ユダヤの坊や」そういう若いほうの男も、少年といっていい年頃だ。

「ちょっと話がしたかっただけなんだ。わかるだろう――まわりをよくよくみているうちに、あなたたちに興味がわいてね。ぼくはラリだ」

「あっちへいけ！」若いほうがいう。

「よせ。――こいつのことは気にしないでくれ」年上の男がラリにいう。タバコの吸いすぎで、声がかすれている。「わたしはヴィクトル。ここにいるのは息子のユリだ」ヴィクトルが差し出した手を、ラリは握る。ラリはユリに握手を求めるが、ユリは応じない。

「この近くに住んでいて」ヴィクトルが説明する。「毎日ここにきて働いているんだ」

「ちゃんと知りたかっただけなんです。毎日ここにきているのは、自分の意思ですか？　つまり、ここで働くと賃金がもらえるんですか？」

ユリが話に割りこんでくる。「そうだよ、ユダヤの坊や。おれたちは金をもらって、夜には家に帰る。おまえらとは――」

「黙れといっただろう、ユリ。わからんのか。この人はただ話がしたいだけなんだ」

「ありがとう、ヴィクトル。ぼくは面倒を起こしにきたわけじゃありません。さっきいった通り、ただ知りたいだけなんです」

「その鞄は？」ユリがぶっきらぼうにいう。ラリの前で叱られたので決まりが悪いらしい。

「ぼくの道具。被収容者にタトゥーを入れる仕事道具だよ。ぼくはタトゥー係なんだ」

「いそがしそうだな」ヴィクトルがからかうようにいう。

「そういう日もあります。新しい被収容者がいつ、どのくらいくるか、見当がつかないので」

「もっとひどいことになるって話だ」

「その話、教えてもらえませんか？」

「この建物だが、設計図をみたことがある。おまえさんがききたくないようなものだ」

「今ここで起きていることよりひどいことなんて、あるはずがない」ラリは立ちあがり、レンガの山の上でバランスをとる。

「名前は第一遺体焼却炉だ」ヴィクトルが声をひそめていうと、目をそらす。〔「クレマトリウム」はドイツ語で「火葬場」を意味するが、アウシュヴィッツの「クレマトリウム」は、脱衣ホール・巨大なガス室・焼却炉からなる複合施設だった」

「第一ということは、第二もできるかもしれないということですね？」

「すまない。だからききたくないようなものだといったんだ」

ラリは積まれたばかりのレンガをこぶしで叩き落とすが、痛さに手をふる。

ヴィクトルが近くに置いた鞄に手を入れて、パラフィン紙にくるんだ乾燥ソーセージをとり出す。

「持っていけ。ろくに食ってないんだろう。うちにはまだたくさんある」

「それはおれたちの昼飯だ！」ユリが声をあげ、かけよって父親が差し出した手からソーセージを奪おうとする。

ヴィクトルがユリを押しのける。「一日くらい食べなくたってどうってことはないだろう。食べなきゃいけないのはこの人のほうだ」

「帰ったら母さんにいいつけてやる」

「それよりその態度をいいつけられないようにしたほうがいいぞ。まだまだうんと学ばないと、まともな大人にはなれない。まずはその態度から直せ」

ラリはまだソーセージを受けとっていない。「すみません。ぼくのせいで親子げんかをさせてしまって」

「ああ、おまえのせいだ」ユリがすねた様子で情けない声をあげる。

「いや、この人のせいじゃない」ヴィクトルがいう。「ラリ、ソーセージを持っていきなさい。そしてまた明日くるといい。もっと持ってきてあげよう。たったひとりだって、助けられるものなら助けようじゃないか。そうだろ、ユリ？」

ユリがしぶしぶのばしてきた手を、ラリは握る。

「ひとりを救うことは、世界を救うこと」ラリは小さな声でいう。ふたりにというよりは、自分に向かって。

「おまえさんたち全員を救うことはできないが」

ラリは食べ物を受けとりながらいう。「代わりに差しあげられるものはなにもないんです」

「そんなことはかまわない」

「ありがとうございます。だけど、なにかお返しできる方法があるかもしれません。もしそれをみつけることができたら、ほかのものを持ってきてもらうことはできますか？　チョコレートとか？」ラリはチョコレートがほしかった。女の子にはチョコレートをプレゼントするものだ。もし手に入るものなら。

「きっとなんとかなるだろう。さあ、もういったほうがいい。親衛隊員がひとり、こっちをちらちらみているからな」

「じゃあ、また」ラリはいうと、ソーセージをさっと鞄に入れる。粉雪がふわふわとあたりを舞うなか、ラリは歩いて収容棟にもどる。雪のかけらが太陽の最後の光を受けてまたたく様子に、ラリは子どものころにのぞいた万華鏡を思い出す。どうってことない思い出なのに、どうしてだろう？　熱いものが胸にこみあげ、ラリは自分の収容棟に急ぐ。顔の上で雪が溶け、涙と区別がつかなくなる。一九四二年の冬がきた。

部屋にもどると、ラリはソーセージをとり出して、注意深く均等にわける。パラフィン紙を細長くちぎり、わけたソーセージをひとつずつしっかり包んで、鞄にもどす。最後のひとつになったとき、ラリは手を止めて、小さく丸い包みをつまみ、自分の荒れた汚い指をみつめる。この指は、かつてはなめらかで清潔でふっくらしていて、栄養たっぷりの食べ物をさわっていた。招いてくれた人に向かってこの手をあげ、「いいえ、けっこうです。もうこれ以上いただけません」といったものだった。ラリは首を横にふり、最後の包みも鞄にしまう。

ラリはカナダと呼ばれる建物のひとつに向かう。前に第七収容棟の仲間に、なぜ仕分けの作業場にそんな名前がついているのかたずねたことがある。

「あそこで働いている女の子たちが夢みている遠い場所だからだ。なにもかもがふんだんにあって、思い通りの生活が送れる場所。カナダはそんな場所だと思ったんだろう」

ラリはカナダのこの建物で働いているふたりの女に話しかけたことがある。出てくる女全員に何度も確認し、ギタがそこで働いていないことはわかっている。カナダと呼ばれる建物はほかにもあり、簡単に近づくことができないところもある。ギタはそっちで働いているに違いない。ラリは前に話をした女がいっしょに歩いているのをみつける。鞄の中に手を入れ、包みをふたつとり出すと、女たちに笑顔で近づいていく。そして向きを変え、並んで歩き始める。

「片手を出して。だけど、ゆっくり。ソーセージの包みをあげる。まわりにだれもいないときに開けるように」

ふたりの女はいわれた通りにする。歩調をゆるめることなく、素早く周囲を見回して、親衛隊員がみていないかたしかめる。ソーセージを受けとると、両腕で胸を抱くようにする。自分の体をあたためると同時に、贈り物を守っている。

「あの、きみたちは宝石やお金をみつけることがあるってきいたんだけど――本当?」

女たちは顔を見合わせる。

「もちろん、きみたちを危険な目にあわせるつもりはないよ。ただ、少しだけ、こっそり持ってきてもらうことはできないかと思ってね」

ひとりがおずおずと答える。「そんなに難しくないと思う。うちの監視役は、もうわたしたちのことをあまりみていないし。無害だと思っているの」

「よかった。なんでもいいんだ。疑われないように持ってきてくれれば、代わりに食べ物を買ってきてあげる。このソーセージみたいに」

「チョコレートは手に入る？」ひとりが目を輝かしていう。

「約束はできないけど、やってみる。いいかい、一度に少しずつだよ。ぼくは明日の午後、ここにくるようにする。もしこられなかった場合、次にくるときまで安全に隠しておける場所はあるかい？」

「収容棟の中はだめよね。それはむり。しょっちゅう検査があるから」ひとりが答える。

「そうだ」もうひとりがいう。「収容棟の裏に雪が積もってるじゃない。布にくるんであそこに隠しましょう。トイレにいくときに」

「そうね。それならだいじょうぶだわ」最初の女がいう。

「だれにもいっちゃだめだよ。なにをしているかも、どこで食べ物を手に入れたかも。いいね？　これはとてもだいじなことなんだ。命がかかっているんだから、絶対にいっちゃいけない。わかったね？」

ひとりが人差し指をつぐんだ唇にあてる。女性収容所の建物に近づくと、ラリはふたりからはなれ、第二十九収容棟の外でしばらくうろうろする。ギタが現れる気配はない。しかたない。あと三日でまた日曜日だ。

翌日、ラリはビルケナウでの仕事を数時間で終わらせる。レオンから午後もいっしょにいてくれないかとたのまれる。自分たちの状況について、収容棟じゅうの男たちが一言一句に聞き耳をたてていないところで話したいというのだ。ラリは申し訳ないが具合がよくないので休みたいと言って断る。そしてふたりは別々の方向に歩いていく。

ラリは頭を悩ませる。ヴィクトルが持ってきてくれる食べ物はなんだってほしいが、その代わりに渡すものがいる。女たちの仕事が終わるのは、外から働きにきているヴィクトルたちが帰るのと同じころだ。カナダからなにか持ち出すことができたかどうか、たしかめる時間はあるだろうか？　結局、ヴィクトルに会いにいき、お返しを手に入れる努力をしていると説明することにする。

鞄を手に、ラリは建設中の収容棟に向かって歩いていく。きょろきょろと、ヴィクトルとユリをさがす。ヴィクトルが気づき、ユリを突ついてついてくるように合図をして、仲間からはなれる。ふたりはゆっくり近づく。ラリは立ち止まり、鞄の中のものをさがしているふりをしている。ユリが手を差し出して、ラリにあいさつをする。

「昨日の晩、母親にしかられてね」ヴィクトルが説明する。

「すみません。まだお返しに差しあげるものがないんです。でも近々手に入ると思います。どうかそれまではなにも持ってこないでください。前にいただいたもののお返しができてからということで」

「気にするな。こっちにはたくさんあるんだから」ヴィクトルがいう。

「いいえ。あなたたちを危険にさらしてしまっているのですから。せめて見返りになにか受けとってもらわないと。あと一日か二日待ってください」

ヴィクトルが鞄からふたつの包みをとり出して、ラリの開いている鞄に入れる。「明日も同じ時間にここにいる」

「ありがとうございます」ラリはいう。

「じゃあな」ユリのあいさつに、ラリは笑みを浮かべる。

「じゃあ、ユリ」


部屋にもどると、ラリは包みを開ける。ソーセージとチョコレート。チョコレートを鼻に近づけ、香りを吸いこむ。そしてまた、食べ物を小さくわけて、女たちが隠したり手渡したりしやすいようにする。ああ、どうか彼女たちが慎重にやってくれますように！　そうでないとどうなるか、考えるのも恐ろしい。ラリはソーセージを少し、第七収容棟のためにとっておく。

「終業」のサイレンに、はっとする。食べ物のかけらを同じ大きさにわける作業にすっかり没頭していた。ラリはすべてを鞄に放りこみ、急いでカナダに向かう。

女性収容所までそう遠くないところで、ラリはふたりの友だちに追いつく。ふたりはラリに気づくと歩調をゆるめ、重い足どりで「家」に向かう大勢の女の中にまぎれる。ラリは小分けして包んだ食べ物を片手に、開いた鞄をもう片方の手に持って、女たちを押しわけて進んでいく。ふたりはラリをみることなく、それぞれなにかを鞄に落とし、その代わりにラリが食べ物を手に押しつけると、さっと袖の中に入れる。ラリと女たちは、女性収容所への入り口でふたてにわかれる。

ラリはなにが入っているかわからないまま、四つの布の包みをベッドの上に置く。そっと広げてみる。中にあったのはズウォティ〔ポーランドの通貨〕の紙幣と硬貨、ダイヤモンドやルビーやサファイア、宝石がはまった金や銀の指輪だ。ラリはあとずさり、後ろのドアにぶつかる。衝撃を受けていた。ここにあるものはどれも、ひとつひとつに悲しい歴史と、前の持ち主の人生の節目への思いがこめられているはずだ。それに自分の身の危険も感じる。こんなものを持っていることが知れたら、即座に処刑だ。外の物音に、ラリはあわてて宝石と現金を鞄に投げこみ、ベッドに寝そべる。だれも入ってこない。しばらくして起きあがり、鞄を抱えて夕食に向かう。食堂ではいつものように鞄を足元には置かず、片手でしっかり抱えながら、なるべくいつもどおりに振る舞おうとする。だがうまくいったとは思えない。

夜遅くなってから、ラリは現金をとりわけ、さらに宝石と宝飾品をわけて、それぞれを受けとったときの布に包む。そして大部分をマットレスの下に押しこむ。ルビーの石とダイヤモンドの指輪は鞄に入れておく。

翌朝七時、ラリが敷地の正門付近で待っていると、地元の作業員たちが入ってくる。ヴィクトルにそっと近づいて手を広げ、ルビーの石と指輪をみせる。ヴィクトルはラリの手の上に自分の手をかぶせて握手をすると、宝石をそっと握る。ラリの鞄はすでに開いていて、その中にヴィクトルが素早く包みをいくつか入れる。これでふたりは同盟関係だ。

ヴィクトルが小さな声でいう。「新年おめでとう」

ラリはゆっくりはなれていく。雪は本降りになり、収容所をおおいはじめている。一九四三年が始まった。

あたりは身を切るように寒く、敷地内は雪と泥でぬかるんでいるが、ラリは上機嫌だ。今日は日曜日。寒さに負けずあたりを歩きまわっている人たちに混じって、ギタと一瞬でも会えることを、言葉を交わせることを、手が触れることを心待ちにしている。

ラリはゆっくり歩き、ギタをさがしながら、体が冷え切ってしまわないようにしている。女性収容所の前を、疑われない程度に何度も歩く。女が数人、第二十九収容棟から出てくるが、ギタはいない。あきらめかけたころ、ダナが現れてまわりを見回し、ラリをみつけて足早に近づいてくる。

「ギタが病気なの」ダナは声が届くところまでくるなりいう。「病気なのよ、ラリ。わたし、どうしたらいいかわからない」

ラリはおどろいて、心臓が喉から飛び出しそうになる。頭に浮かぶのは、あの死体を運ぶ荷車のこと、自分がすんでのところで死をまぬがれたこと、仲間が看病してくれたおかげで健康をとりもどしたことだ。「会わせてくれ」

「入っちゃだめ――カポはものすごく機嫌が悪いの。親衛隊員を呼んで、ギタを連れていかせようとしているのよ」

「だめだ。連れていかせちゃいけない。お願いだ、ダナ」ラリはいう。「どこが悪い？　わかるかい？」

「発疹チフスだと思う。うちの収容棟、この一週間で何人か亡くなっているの」

「それなら薬が必要だ」

「そんなことといっても薬なんかどこで手に入れるの、ラリ？　病棟にもらいにいったりしたら、連れていかれちゃうだけよ。ギタを失うなんていや。わたしは家族全員を失ったの。ねえ、なんとかできない、ラリ？」ダナが訴える。

「病棟に連れていっちゃいけない。なにがあっても、病棟だけはだめだ」ラリは必死に頭を働かせる。「よくきいて、ダナ――二日ぐらいかかるけれど、薬を手に入れられるよう、手をつくしてみる」全身の感覚がなくなっていく。目がかすむ。頭がずきずきする。

「きみにやってほしいことがある。明日の朝、ギタを、どうにかして――抱えてでも、引きずってでもいいから――カナダに連れていくんだ。昼のあいだは洋服の山の中に隠しておいて、できるだけ水分をあげて、そしてまた収容棟に連れてかえって点呼を受けさせる。それを何日かやってほしい。薬が手に入るまで、とにかくやってくれ。それしか方法がないんだ。さもないと病棟に連れていかれてしまう。さあ、もどってギタを看病して」

「わかった、やるわ。イヴァナにも手伝ってもらう。でも薬は必要よ」

ラリがダナの手をつかむ。「ギタに伝えて……」

ダナは待っている。

「伝えてほしい。ぼくがなんとかするからって」

ラリはダナが収容棟にかけもどっていくのを見送る。動くことができない。いろんな考えが頭に浮かんでくる。毎日目にする死体の荷車──「黒い聖母」と呼ぶ人もいる──が、ギタの末路であってはいけない。ギタの運命は違う。ラリはあたりを見回す。寒いのにわざわざ外に出てきた人たち。そして想像する。この人たちが雪の中に倒れ、横たわり、ラリをみあげて笑みを浮かべ、死がこの場所から連れ去ってくれることに感謝しているところを。

「だれにも連れていかせない。ギタをぼくから奪うことは許さない」ラリは声をあげる。

被収容者たちがラリからはなれていく。親衛隊員は、こんな寒くて日光も差さない日には外に出ないことにしたようで、気がつくとラリはひとり、寒さと恐怖で動けなくなっている。ようやくラリは足を動かす。頭が体に追いつく。のろのろと自分の部屋にもどると、ベッドに倒れこむ。

太陽の光が部屋に忍びこんできて、また朝がくる。部屋が空っぽに感じられ、自分さえいないみたいだ。天井から部屋をみおろしているが、自分がみえない。幽体離脱体験だ。ぼくはどこにきてしまったんだ？　もどらなきゃ。ぼくにはどうしてもやらなきゃいけないだいじなことがあるんだ。前日のダナとの会話がよみがえり、ラリははっと現実にもどる。

鞄と長靴をつかみ、毛布を肩にかけると、部屋を飛び出して、正面の門に向かう。まわりにだれがいるかなど気にしていられない。どうしてもすぐにヴィクトルとユリに会わなくてはならない。

ふたりは同じ班の仲間といっしょにやってくる。一歩ごとに雪に埋もれながら、持ち場に向かっていく。ラリをみると仲間からはなれ、近づいてくる。ラリも近づき、手の中の宝石と現金をヴィクトルにみせる。ちょっとした財産だ。ラリはそれを全部ヴィクトルの鞄に入れる。

「薬がほしい、発疹チフスの治療薬が」ラリはいう。「力になってもらえますか？」

ヴィクトルは持ってきた食べ物の包みをラリの鞄に入れてうなずく。「わかった」

ラリは急いで第二十九収容棟に向かい、遠くから観察する。どこにいるんだろう？　なぜ出てこない？　ラリはいったりきたりをくり返す。収容所をとり囲んでいる監視塔の目を忘れている。どうしてもギタに会いたい。どうか昨晩、持ちこたえてくれていますように。ようやく、ダナとイヴァナの姿がみえてくる。ギタがふたりの肩に弱々しくすがっている。別のふたりが視線をさえぎり、ギタが目立たないようにしている。ラリは膝をつく。ギタの姿をみるのはこれが最後になるかもしれない。

「こんなところでなにをやってる？」バレツキが背後から現れる。

ラリはよろよろと立ちあがる。「気分が悪かったんですが、もうだいじょうぶです」

「医者に診てもらったほうがいいんじゃないか。知ってるだろう、アウシュヴィッツには医者が何人かいるんだ」

「だいじょうぶです、ありがとう。医者に診てもらうくらいなら、あなたに撃ち殺されたほうがましですよ」

バレツキがピストルをホルスターから抜く。「ここを死に場所にしたいなら、タトゥー係さん、喜んで力になるよ」

「そういってくれると思ってました。でも、今日はけっこうです」ラリはいう。「それで、仕事があるんですよね？」

バレツキはピストルをしまう。「アウシュヴィッツだ」そういって歩きだす。「それから、その毛布はあったところにもどしとけ。ばかみたいにみえるぞ」

ラリとレオンは午前中ずっとアウシュヴィッツで、おびえきった新入りたちに数字のタトゥーを入れていく。少しでも痛くないようにと心がけてはいるものの、ラリの頭の中はギタのことばかりで、つい力を入れすぎてしまう。

午後になり、仕事が終わると、ラリは歩いたり走ったりしながらビルケナウにもどる。第二十九収容棟の入り口近くでダナとおちあい、朝食に支給されたものを残らず渡す。

「洋服でベッドを作ってあげたの」ダナはいいながら、食べ物を袖の中に入れて袖口をおさえる。「そして雪を溶かして水をあげた。午後には収容棟に連れてかえってきたけど、まだとても具合が悪いの」

ラリはダナの手を握りしめる。「ありがとう。なるべく食べさせるようにしてくれ。明日には薬が手に入るから」

ラリは立ち去るが、ろくに考えられない。ギタのことはほとんどなにも知らない。だが、彼女なしで生きていくなんて考えられない。

その夜、ラリに眠りはおとずれない。

翌朝、ヴィクトルが薬を食べ物といっしょにラリの鞄に入れる。

午後になって、ラリは薬をダナに渡すことができる。

夕方、ダナとイヴァナはまったく意識のないギタのそばに座っている。発疹チフスの力は娘たちより強く、不吉な静けさがギタの全身をおおいつくしている。話しかけても、きこえていさせる。

「よくなるわ」ダナはいいはる。「あと何日かすれば」

「これからも毎日カナダに連れていくなんて、むりよ」疲れ切ったイヴァナがいう。

る気配がない。小さなガラス瓶からダナが液体を数滴ギタの口にたらし、イヴァナが口を開け

「ラリはどこで薬を手に入れたの？」

「わたしたちは知らなくていいことよ。感謝だけしておきましょう」

「手遅れじゃない？」

「わからないわ、イヴァナ。とにかくしっかり抱きしめて、今夜ひと晩、乗り切りましょう」

翌朝、ラリが遠くから見守るなか、ギタがまたカナダに連れられていく。ギタが何度か顔を上げようとしている様子に、ラリの心が躍る。さあ、バレツキをさがさなくては。

親衛隊の主な宿舎はアウシュヴィッツにある。ビルケナウにあるのは小さな建物だけで、ラリはそこにいって、バレツキが出入りするところをつかまえようと考える。数時間後に現れたバレツキは、ラリが待っているのをみておどろいたようだ。

「もっと仕事がしたいってか？」バレツキはたずねる。

「お願いがあるんです」ラリはいきなり切り出す。

バレツキは疑わしげに眉を寄せる。「これ以上はだめだ」

「そのうち、ぼくがお役に立つかもしれません」

バレツキは笑い飛ばす。「いったいおまえがなんの役に立つっていうんだ?」

「わかりません。しかし恩を売っておくのも悪くないと思います。もしもの時のために」

バレツキはため息をつく。「いったい、なんだ?」

「ギタを……」

「おまえのガールフレンドだな」

「仕事をカナダから司令部に移してください」

「なぜだ? 暖房のある場所で働かせたいってか?」

「はい」

バレツキは足をふみならす。「一日か二日、かかるかもしれないが、まあ、やってみるか。約束はしないけどな」

「ありがとうございます」

「おれに借りができたな、タトゥー係さんよ」バレツキはいつもの残酷そうな笑みを浮かべ、ステッキをふってみせる。「貸しだぞ」

ラリは虚勢を張っていう。「まだ借りとはいえませんが、そうなることを願っています」立ち去るラリの足どりは、心もちはずんでいる。きっとこれでギタを、少しでも楽にしてやれる。

次の日曜日、ラリはゆっくりと病みあがりのギタと並んで歩く。ダナとイヴァナがやってきたように、ギタの腰に手をまわしたいが、勇気がない。近くにいられるだけで十分だ。ギタはすぐに疲れてしまい、寒すぎるので座ることもできない。ギタは長いウールのコートを着ている。友だちがカナダから、親衛隊の目を盗んでみつくろってきたに違いない。深いポケットがついていて、ラリはそれを食べ物でいっぱいにしてから、休むようにいって収容棟に帰す。

次の朝、ギタは震えながら、親衛隊員に連れられて司令部の建物にいく。あらかじめなにもきかされなかったので、自然と最悪のことを考える。病気だったし、今でも体力がもどっていない――当局にもう使いものにならないと判断されたに違いない。親衛隊員が目上の隊員と話をしているあいだ、ギタは広い部屋を見回す。くすんだ緑のデスクと書類用のキャビネットがぎっしり並んでいる。少しの乱れもない。なによりも印象的なのはあたたかさだ。ここでは親衛隊員も働いているから、当然暖房がある。女の被収容者と女の民間人が入りまじって手ぎわよく静かに、書いたり、ファイルをしたり、うつむいたまま働いている。

付き添ってきた親衛隊員にうながされ、ギタは管理局の責任者である女の親衛隊員のほうにいこうとするが、つまずいてしまう。まだ発疹チフスの後遺症が残っているのだ。責任者はギタを受け止め、乱暴に押し返す。そしてギタの腕をつかみ、タトゥーを確認すると、引きずるようにして空いているデスクに連れていき、かたい木の椅子にむりやり座らせる。隣にいるのはやはり被収容者で、ギタとそっくりの服装をしている。娘は顔をあげず、できるだけ目立たないように小さくなって、責任者にみられないようにしている。

「こいつに仕事をさせて」責任者は不機嫌な顔で、その娘に大声で命じる。

責任者がいってしまうと、娘はギタに名前と細かい情報が書かれた長いリストをみせる。そしてカードの束を渡し、それぞれの人の情報をまずカードに、それからふたりの間に置いてある大きな革表紙の台帳に書き写すよう身振りで示す。言葉が発せられることはなく、ギタは部屋をさっと見回して、自分も口をつぐんでいたほうがいいと判断する。

しばらくしてから、ギタは聞き覚えのある声に顔をあげる。ラリが部屋に入ってきて、正面のデスクで働いている民間人の娘に書類を渡している。話を終えると、ラリはゆっくりと全員の顔をみていく。視線がギタを通りすぎるとき、ラリがウインクをする。ギタは思わずはっと息を呑み、数人の女がギタの顔をみる。隣の娘がギタのわき腹を突つき、ラリは足早に部屋を出ていく。

一日の仕事が終わると、ギタは隣に座っていた娘といっしょに外に出る。そしてラリをみつける。少しはなれた場所に立って、司令部からそれぞれの収容棟に帰っていく娘たちをながめている。親衛隊が厳重に見張っているため、近づけない。ふたりは歩きながら話をする。

「わたしはチルカ」新しい同僚がいう。「第二十五収容棟にいるの」

「わたしはギタ。第二十九収容棟よ」

女性収容所に入ると、ダナとイヴァナがかけよってくる。「だいじょうぶ？　どこに連れていかれたの？　どうして連れていかれたの？」そうたずねるダナの顔には、恐怖と安堵が浮かんでいる。

「だいじょうぶよ。司令部の管理局で働くことになったの」

「どうして……？」イヴァナがたずねる。

「ラリよ。ラリがなにか手を打ってくれたんだと思う」

「とにかくだいじょうぶなのね。ひどいことはされなかった？」

「平気。こちらはチルカよ。いっしょに働いているの」

ダナとイヴァナはチルカとあいさつし、ハグし合う。ギタは笑みを浮かべる。友だちが別の娘をこんなにすんなりと仲間に入れてくれたのがうれしい。午後じゅうずっと心配していたのだ。自分が比較的居心地のいい場所で働くようになり、寒さに悩まされることも体力を消耗することもなくなったのを、友だちがどう受け止めるか。ギタの新しい仕事をうらやみ、仲間でないと思われても、責めることはできない。

「もう収容棟にもどるわね」チルカがいう。「じゃあ、ギタ、また明日」

去っていくチルカをイヴァナが見送る。「あの人、きれいねえ。ぼろを着ていても美人だわ」

「ええ、本当に。一日じゅう、そっとわたしに笑いかけてくれたの。おかげで不安にならずにすんだわ。美しいのは顔だけじゃないのよ」

チルカがふり返ってほほえみかけてくる。それから片手で頭からスカーフをはずし、三人に向かってふったので、長い黒髪が背中に落ちる。チルカの動きには白鳥のような優雅さがある。自分の美しさにまだ気づかず、周囲で起きているおぞましいことにも傷ついていないようにみえる。

「どうして髪を切らずにすんでいるのか、きいてみてよ」イヴァナがいい、ぼんやりと自分のスカーフをひっかいている。

ギタも自分のスカーフを頭からはずし、つんつんとのびはじめた短い髪の毛をなでる。どうせこの髪もまたすぐになくなり、頭皮ぎりぎりまで剃られてしまうにきまっている。ギタの顔からふっと笑みが消える。それからスカーフをかぶり直し、ダナとイヴァナと腕を組んで、食事を載せた台車のほうへ歩いていく。

8

ラリとレオンは休みなく働いている。ドイツ軍が都市や町や村をことごとく襲撃し、ユダヤ人を残らず連行してきているのだ。フランス、ベルギー、ユーゴスラヴィア、イタリア、モラヴィア〔チェコ東部の地方。一九三八年のミュンヘン協定でドイツの保護領となった〕、ギリシア、ノルウェーから連れてこられた人たちが、すでにドイツやオーストリア、ポーランド、スロヴァキアから連行された人々に加わる。アウシュヴィッツでは「医療チーム」によって選別された不運な人たちにタトゥーをする。労働力とされた人たちは列車でビルケナウへ運ばれるため、ラリとレオンは往復八キロの道のりを移動せずにすむ。しかし新たに到着する人があまりに多いので、ラリには娘たちがカナダで手に入れた略奪品を受け取りにいくことができず、ヴィクトルはせっかく持ってきてくれたごちそうを、そのまま毎晩持ち帰ることになる。たまに人数が減ったとき、時間に間に合えば、ラリはたのみこんでトイレ休憩をとらせてもらい、カナダまでいく。宝石や宝飾品、現金が、ラリのマットレスの下でひそかに増えていく。

日が暮れて夜になっても、一生残る数字を刻まれるために並ぶ男たちの列は、長短の差はあれ残っている。ラリはロボットのように、自動的に手をのばして紙を受け取り、差し出された腕をとって、数字を入れる。「さあ、終わった」「次、どうぞ」自分が疲れているのはわかっているが、それにしても次の腕はあまりにも重く、ラリはつかみそこねてしまう。巨大な男が目の前に立っている。厚い胸、太い首、がっしりした体。

「腹が減ってたまらん」男が小声でいう。

そのとき、ラリは今まで決してしなかったことをする。「名前は？」

「ヤクブだ」

ラリはヤクブの腕に数字を彫りはじめる。終わるとあたりを見回し、見張り役の親衛隊員が疲れていてろくに監視していないことを確認する。ラリはヤクブをうながして、自分の後ろの、投光照明灯が届かない暗闇に連れていく。

「終わるまで、そこで待っていてくれ」

最後のひとりに数字を入れると、ラリとレオンは道具とテーブルをかたづける。ラリはレオンに手をふり、また夕食に間に合わなかったことをわびて、自分が隠し持っている食べ物を明日の朝持っていくと約束する。明日じゃなくてもう今日かもしれない。ヤクブを隠れさせたまま、ラリは時間をかせぎ、親衛隊員が残らずいってしまうのを待つ。ようやくだれもいなくなる。さっと監視塔に目をやると、だれもこちらをみていない。ラリはヤクブについてくるよう身振りで示し、足早に自分の部屋に向かう。部屋に入ると、ラリはドアを閉め、ヤクブはベッドに座る。ラリはくぼんだマットレスの一角を持ちあげて、パンとソーセージをとり出す。それを差し出すと、ヤクブはあっという間にたいらげる。

ヤクブが食べ終わると、ラリはたずねる。「どこからきたんだ?」

「アメリカだ」

「なんでこんなところに?」

「ポーランドにいる家族に会いにきていて、足止めをくっちまった——出国できなくなったんだ——それで集められて、ここに運ばれてきた。家族がどこにいるかもわからん。ばらばらだ」

「住んでいるのはアメリカなのに?」

「そうだ」

「そうか。ひどい話だな」

「あんたの名前は?」ヤクブがたずねる。

「ラリだ。タトゥー係と呼ばれている。ぼくと同じように、きみもここでうまくやっていけると思う」

「どういうことだ。なにがいいたい?」

「その体だよ。ドイツ軍は人類史上最悪の残酷なやつらだけど、まったくのばかってわけじゃない。それぞれの仕事にふさわしい人間をみつけるこつをわきまえている。そしてきみにもぴったりの仕事をあてがうに違いない」

「どんな仕事だ？」

「なんだろうな。そのうちわかるさ。どこの収容棟に入るかはわかっているか？」

「第七収容棟だ」

「ああ、そこならよく知っている。いこう、こっそり入るんだ。番号を呼ばれたときにいたほうがいいからな。あと二、三時間で点呼だ」

二日後の日曜日。それまで五週連続で日曜日も働いていたラリは、ギタに会いたくてたまらない。今日は太陽の光を浴びながら構内を歩き、ギタをさがす。ある収容棟の角をまわって、歓声と拍手におどろく。収容所では耳にすることのない音だ。ラリは人混みをかきわけて、みなが注目しているものに近づく。人垣の真ん中で、被収容者と親衛隊員の両方に囲まれて、ヤクブがなにかやってみせている。

三人の男が大きな材木を運んでくる。ヤクブが受けとり、ひょいと投げる。男たちはあわてて、ぶつからないように逃げる。別の男が持ってきた金属棒を、今度は半分に折る。ショーはしばらく続き、どんどん重いものが持ちこまれては、ヤクブの怪力が証明されていく。

群衆が静まりかえる。フーステクが親衛隊員の護衛を従えて近づいてくる。ヤクブは怪力ショーを続けていて、新たな観客に気づかない。フーステクがみている前で、鋼鉄の棒を頭上に掲げ、ねじ曲げる。それだけみれば十分だ。フーステクからあごで合図された近くの親衛隊員が、ヤクブに歩み寄る。ヤクブに触れようとはせず、ライフルで進ませたい方向を示す。

人がまばらになり、ラリはギタをみつける。走っていってギタとその友だちに近づく。ひとりかふたりがラリをみとめ、くすくす笑う。その声は死の収容所にはあまりにも不似合いで、ラリはその響きを楽しむ。ギタが輝かんばかりにほほえむ。その腕をとって、ラリは司令部の裏のいつもの場所に向かう。地面はまだ冷たくて座れないので、ギタは建物に寄りかかり、顔をあおむけて日差しを浴びる。

「目を閉じて」ラリがいう。

「どうして？」

「ぼくがいう通りにして。だいじょうぶだから」

ギタは目を閉じる。

「口を開けて」

ギタは目を開ける。

「目を閉じて、口を開けるんだよ」

ギタはいわれた通りにする。ラリは鞄からチョコレートの小さなかけらをとり出す。それをギタの唇にのせ、ギタがその感覚をたしかめるのを待ってから、少しずつ押して口の中に入れていく。ギタが舌をチョコレートに押しつける。ラリはチョコレートをつまんで唇の間にもどす。湿り気をおびたチョコレートを優しくギタの唇にこすりつけると、ギタはうれしそうになめていく。チョコレートを押して口の中に入れると、ギタは少しかじって手にとり、目をまるくする。チョコレートを味わいながら、ギタはいう。「どうしてチョコレートって、食べさせてもらうと、こんなにおいしくなるのかしら?」

「わからない。ぼくは食べさせてもらったことなんかないからね」

ギタはラリがまだ持ったままの小さなチョコレートのかけらを手にとる。

「目を閉じて、口を開けて」

同じ儀式がくり返される。ギタはチョコレートの最後のかけらをラリの唇にすりつけると、そっとキスをして、チョコレートをなめる。ラリが目を開けると、ギタの目は閉じている。ラリはギタを抱き寄せ、ふたりは熱いキスを交わす。ようやくギタは目を開け、ラリの頬をつたう涙をぬぐう。

「あなたのその鞄には、ほかになにが入っているの?」ギタがからかうようにたずねる。

ラリは鼻をすすり、笑う。「ダイヤモンドの指輪。それともエメラルドのほうがいい?」

「じゃあ、ダイヤモンドを。ありがとう」ギタも調子を合わせる。

ラリは鞄をひっかきまわし、ダイヤモンドがひと粒はめこまれた精妙な銀の指輪をとり出すと、ギタに手渡す。「どうぞ」

ギタの目が指輪にくぎづけになる。ダイヤモンドが太陽の光を反射している。「どこで手に入れたの？」

「カナダで働いている女の子たちが、宝石とお金をみつけてくれたんだ。それで食べ物や薬を買って、きみやほかの人たちにあげているのさ。ほら、受けとって」

ギタは手をのばし、指輪をはめてみようとするが、ひっこめる。「いいえ、あなたが持ってて。賢く使ってちょうだい」

「わかった」ラリは指輪を鞄にしまいかける。

「待って。もう一回みせて」

ラリは指輪を二本の指ではさみ、くるくると角度を変えてみせる。

「こんなにきれいなもの、はじめてみたわ。さあ、もうしまって」

「これよりもきれいなものを、ぼくはひとつだけ知っている」ラリはいって、ギタをみつめる。

ギタは顔を赤らめ、横を向く。

「チョコレートをもう少しちょうだい。まだ残っているなら」

ラリが小さな塊を渡す。ギタはひとかけ折って口に入れ、しばらく目を閉じている。そして残りを袖に入れ、袖口を折って落ちないようにする。

「さあ」ラリがいう。「みんなのところにもどろう。友だちにわけるといい」

ギタがラリの顔に手をのばし、頬をなでる。「ありがとう」

ラリの体がふらつく。ギタと近すぎてめまいがしたのだ。

ギタがラリの手をとり、歩きだす。ラリはついていく。中央の敷地に出たとき、ラリはバレツキをみつける。ふたりは手をはなす。視線だけで、ギタにすべてを伝える。言葉を交わさず、次はいつ会えるかもわからないまま、ギタとはなれるのはつらい。近づいてくるラリを、バレツキがにらみつけている。

「ずっとさがしてたんだぞ」バレツキがいう。「仕事がある、アウシュヴィッツだ」

アウシュヴィッツまでいく途中、ラリとバレツキはいくつかの作業班とすれちがう。それぞれ数人ずつのグループだが、日曜日に働かされているのは、なにかの罰に違いない。班を監視している親衛隊員たちは、バレツキに大声であいさつをするが、バレツキは無視している。今日のバレツキはひどく様子がおかしい。いつもならよくしゃべるのに、今日は全身に緊張感を漂わせている。ゆくてに、三人の被収容者が地面に座りこんでいるのがみえる。背中合わせでたがいに寄りかかり、疲れ切っているようだ。三人はラリとバレツキをみあげるが、動こうとしない。バレツキは歩調もゆるめず、背中のライフルを前にまわして構え、彼らに向けて続けざまに発砲する。

ラリは凍りつき、死んだ男たちを凝視する。ようやく顔をあげ、去っていくバレツキをみて、ラリの脳裏によみがえったのは、同じようないわれのない暴力をはじめてみたときのことだった。無防備な者たち——暗闇で厚板の上にしゃがんでいた男たち。ビルケナウに到着した最初の晩のことが、目の前にありありと浮かぶ。バレツキはどんどん先へいき、ラリは怒りが次に自分に向けられることを恐れる。急いでバレツキに追いつきながらも、少しだけ距離をあけておく。バレツキにはラリがついてきていることがわかっているはずだ。今一度、ふたりはアウシュヴィッツの入り口に到着し、ラリは頭上に掲げられた文字をみあげる。

〈働けば自由になれる〉

ラリは声に出さずに神に悪態をつく。だが、耳を傾けてくれる神などいないのかもしれない。

9

一九四三年三月

ラリは管理局に出向き、指示を受ける。気候がよくなり少しずつすごしやすくなってきている。雪は一週間降っていない。管理局に入るとさっと室内を見回し、ギタがいつもの場所にいることを確認する。いる。今日もチルカの隣に座っている。ふたりはとても親しくなり、ダナとイヴァナも喜んでチルカを自分たちの小さなグループに迎えたようだ。いつものウインクをふたりに投げると、控えめな笑みがもどってくる。ラリはカウンターの後ろにいるポーランド人の女に近づく。

「おはよう、ベラ。いい天気だね」

「おはよう、ラリ」ベラが答える。「これが今日の仕事よ。今日はどの番号にも、頭にZの文字がついているっていってたわ」

ラリが数字のリストをみてみると、たしかにどの番号もZではじまっている。

「なんの印だろう?」

「わからないわ、ラリ。なにもきいていないの。あなたのほうがいろいろ知っているでしょ。わたしはいわれたことをするだけよ」

「それはぼくも同じだよ、ベラ。ありがとう。じゃあ、またあとで」

書類を抱え、ラリは出口に向かう。

「ラリ」ベラが呼び止める。

ラリはふり返る。ベラがギタのほうにうなずいてみせる。「なにか忘れていない?」

ラリはベラにほほえみ、ギタの顔をみて眉を上げる。数人の女が手を口にあて、職場を監視している親衛隊員のほうを心配そうにみやる。

レオンが外で待っている。ラリは指示を伝えながら、いっしょに仕事場に向かう。トラックがすぐそばで積荷を降ろすのをみて、ふたりははっとする。手を借りて降りてくる人たちの中に、年とった男女ばかりか、子どもたちがいたからだ。これまでビルケナウで子どもの姿をみることはなかった。

「まさか子どもには番号をつけませんよね。おれはやりませんよ」レオンがきっぱりという。

「バレツキがきた」彼から指示があるだろう。なにもいわないでくれ」

バレツキが大股で近づいてくる。「気がついているようだが、今日はいつもと違うんだ、タトゥー係。あれが新しいお仲間だ。これからいっしょに暮らすんだから、親切にしてやるんだな。数ではあっちが多い――ずっと多いぞ」

　ラリはなにもいわない。

「あいつらはヨーロッパの汚物だ、おまえらよりたちが悪い。ジプシーだよ。〔定住せず移動して暮らすロマやシンティといった諸部族はジプシーと総称され、中世から現代にいたるまで、ヨーロッパのキリスト教徒による差別の対象となってきた。ナチスは彼らを「劣等人種」とみなして絶滅する政策をとり、支配下の東欧諸国も彼らをかばわなかった〕どういうわけだか総統はあいつらをここに、おまえたちといっしょに住まわせることにしたんだ。どう思う？　タトゥー係さんよ」

「子どもたちにも番号をつけるんですか？」

「だれでも、番号を持ってきた者にはつける。仕事はおまえらにまかせた。おれは選別でいそがしいんだ。そっちのことでわずらわせるなよ」

　バレツキが大股で去っていくと、レオンがつぶやく。「おれはやらない」

「とにかく様子をみよう、どうなるかまだわからない」

　まもなく男女が、腕に抱かれた赤ん坊から腰の曲がった老人までがやってくる。ラリとレオンは、子どもには番号を入れなくていいと知ってほっとするが、番号を差し出している中にはまだ幼いと思われる者もいる。ラリは自分の仕事をこなし、親が番号をつけられているあいだ、横で立っている子どもには笑いかけ、たまに幼い子を抱えている母親がいれば、かわいい赤ちゃんだねと話しかける。バレツキは声が届かないところにいる。一番大変なのは年老いた女に番号をつけるときで、まるで歩く死人のように虚ろな目をして、もしかしたらすぐ近くまで迫っている運命を悟っているのかもしれない。そんな女たちには「ごめんなさい」と声をかける。相手が理解していないかもしれないことは承知の上だ。

司令部では、ギタとチルカがデスクで仕事をしている。ふたりの親衛隊員がいきなり近づいてくる。ひとりに腕をつかまれて乱暴に立たされたチルカは、恐怖のあまり息が止まりそうになる。ギタがみている前で、管理局から連れ去られていく。チルカは、わけがわからず、すがるような目でふり返る。ギタが気づかないうちに、管理局担当の親衛隊員が近づいてきて、ギタの頭をなぐる。「仕事にもどれ」という明確なメッセージだ。

チルカは抵抗しながら、長い廊下を引きずられ、同じ建物の知らない場所に連れていかれる。チルカの抵抗などものともせず、ふたりの男は閉じたドアの前で立ち止まり、ドアを開けて、文字通りチルカを中に放りこむ。チルカは起きあがり、あたりを見回す。大きな四柱式のベッドが部屋の大部分を占めている。ほかには鏡台、ランプが置かれたベッドサイドテーブル、椅子がある。だれかが椅子に座っている。見覚えがある。収容所指導者(ラーガーフューラー)シュヴァルツフーバー――ビルケナウの上級司令官だ。堂々とした風采(ふうさい)で、収容所内でみかけることはほとんどない。膝まである革の長靴をステッキでたたいている。無表情でチルカの頭の上のほうをみつめている。チルカはあとずさり、ドアに背中をつける。手をドアのとってにかける。突然、ステッキが鋭い音を立て、チルカの手をたたく。チルカは痛みに悲鳴をあげ、床にへたりこむ。

シュヴァルツフーバーが歩み寄り、ステッキを拾いあげる。チルカの横に立ち、上からみおろす。鼻の穴がふくらんでいる。息づかいも荒く、チルカをにらみつける。帽子を取って、部屋の向こうに放る。もう一方の手では、まだ脚をステッキで強くたたいている。バシッと音がするたびにチルカは身をすくめ、なぐられる覚悟をする。シュヴァルツフーバーがステッキを使ってチルカのシャツを押しあげる。これからなにが起きるかを理解したチルカは、震える手でボタンを上からふたつはずす。するとシュヴァルツフーバーはステッキをチルカのあごの下に入れ、むりやり立ちあがらせる。男の横ではチルカは小さくみえる。男の目にはなにもうつっていないかのようだ。この男の魂はすでに死に、肉体もいずれそのあとを追うときを待っているのだ。

シュヴァルツフーバーが両手を前に出し、チルカはその身振りを「服を脱がせろ」という意味だと判断する。一歩近寄り、それでも腕ひとつぶんの距離を保ちながら、チルカは上着についているたくさんのボタンをはずしはじめる。背中をステッキでたたかれ、せかされる。相手がしかたなくステッキを放すと、上着を脱がせる。シュヴァルツフーバーは上着を受けとると、帽子と同じように投げる。そして自分でランニングシャツを脱ぐ。チルカはベルトとファスナーをはずしにかかる。ひざまずき、ズボンを足首までおろすが、長靴がひっかかって脱がせることができない。

不意にバランスを崩して、チルカは床に激しく叩きつけられる。シュヴァルツフーバーに押し倒されたのだ。シュヴァルツフーバーは膝をつき、チルカにまたがる。おびえたチルカは身を守ろうとするが、シャツを引きちぎられる。手の甲で顔をはたかれ、チルカは目を閉じて、避けられない運命を受け入れる。

その日の夕方、ギタは走って管理局から収容棟にもどる。頬に涙がつたっている。少し遅れてダナとイヴァナがもどると、ギタがベッドで泣いている。なにをいっても泣きやまず、ただチルカが連れていかれたというばかりだ。

それは時間の問題だった。タトゥー係になって以来、ラリはずっと収容棟をひとりじめしていた。毎日もどってくるたびに、まわりの建物の建設が進んでいるのがみえる。ラリがいるのはひとつの独立した収容所で、眠っているひとり部屋は普通の収容棟ならカポが使う部屋だが、ラリはだれのカポでもない。いずれ、奥に並んでいる空のベッドに人が入るだろうということは、容易に想像がついた。

そして今日、ラリが収容棟にもどると、子どもたちが表で走りまわり、追いかけっこをしている。これで生活は一変するだろう。年上の子どもたちが何人かかけよってきて、あれこれたずねるが、ラリには理解できない。だがそのうちに、自分たちの訛ったハンガリー語で、細かいところはむりだが、意思疎通ができるとわかったようだ。ラリは自分の部屋を収容棟の新しい住人たちにみせ、できるかぎり厳しい声で絶対に入ってはいけないといいきかせる。理解はしたようだが、従ってくれるだろうか？　様子をみるしかない。ジプシーの文化はあまり知らないが、もしかしたらマットレスの下にあるものの保管場所をほかに考える必要があるかもしれない。〔キリスト教社会において一般的な共同体に属さない彼らに対しては、「倫理観が劣る」「盗みをする習性がある」などの偏見が根強く存在している〕

ラリは収容棟に入り、多くの男たちと握手し、女たち、特に年配の女に会釈する。相手はラリがここでしていることを知っていて、ラリはさらに詳しく説明する。彼らが知りたいのは、これからどうなるかということだ。もっともな質問だが、ラリには答えられない。影響がありそうなことを耳にしたら、なんでも教えると約束する。相手は感謝しているようだ。多くの人が、ユダヤ人と話すのははじめてだという。ラリのほうも、これまでジプシーと話をした覚えはない。

その夜、ラリは寝つけない。赤ん坊の泣き声や、子どもが親に食べ物をねだる声に慣れるには少し時間がかかりそうだ。

10

数日のうちに、ラリは名誉ロマ族として認められたようだ。正式に「ジプシー収容所」と呼ばれるようになった場所にもどるたび、ラリは子どもたちに迎えられ、とりかこまれて「いっしょに遊ぼう」「鞄の中の食べ物を出してみせて」などとせがまれる。子どもたちはラリが食べ物を持っていて、だれかにわけることもあるのは知っているが、ラリはわけられるときには大人に渡して、一番必要としている人たちに配ってもらうのだと説明している。大人の男も毎日大勢やってきて、自分たちのこれからについて、なにかわかったことはないかとたずねてくる。ラリは耳にしたら必ず教えるからといい、今の状況をできるだけ受け入れるよう忠告する。そして子どもたちに学校のようなものを用意してやることを勧める。自分たちが暮らしていた場所や家族、文化について話してやるだけでもいいのだ。

うれしいことに、ラリの提案は実行に移され、年配の女たちが教師の役目を引き受けた。女たちの目に、それまでみられなかった小さな輝きが宿るようになった。もちろん、自分がもどってくれれば、進行中の授業をどうしても邪魔してしまう。ラリはときどき子どもたちといっしょに座って耳を傾け、自分とはまったく違う民族と文化について学ぶ。次々に質問しても、女たちはこころよく答えてくれ、子どもたちもラリが質問をするとますます興味を持ち、さらに多くのことを学ぶようになる。生まれてからずっと同じ家で、家族といっしょに暮らしてきたラリには、ロマ族の放浪の民としての生活は好奇心をそそられる。自分のこれまでの快適な生活、世界の中に自分の居場所が決まっているという感覚、教育や人生経験は、ともに生活するようになった人たちが経てきた旅や困難と比べると、平凡で、ありきたりに思えてくる。ラリはある女がよくひとりでいるのをみかける。子どもも家族もなく、かかわろうとする人も愛情を示す人もいない様子だ。彼女はよく、子だくさんの母親に手を貸しているが、それ以上親しくなることはない。五十代にみえるが、ラリはロマ族が実年齢より年を取ってみえる場合が多いことを知っている。

ある晩、いっしょに子どもたちを寝かしつけたあと、ラリは女のあとについて外に出る。

「今日はお手伝いをありがとうございました」ラリが話しかける。

女はかすかにほほえみ、積まれたレンガに座って休む。「子どもを寝かしつけるなんて、わたし自身がうんと小さいころからやってますからね。目をつぶっていたってできますよ」

ラリは女の隣に腰かける。「そうですか。でもご家族はここにいないんですね？」

女は悲しげにうなずく。「夫と息子は発疹チフスで死にました。今はわたしだけ。……ナディアです」

「お気の毒に、ナディア。おふたりのこと、きかせてください。ぼくはラリといいます」

その夜、ラリとナディアは夜ふけまで語り合う。しゃべるのはもっぱらラリで、ナディアはきくほうがいいようだ。ラリが話すのは、スロヴァキアの家族のことや、ギタを愛していること。ナディアはまだ四十一歳だということがわかる。息子は三年前に六歳で亡くなり、その二日後には夫が亡くなった。ラリが意見を求めると、ナディアからは、自分の母親が口にしそうな答えが返ってくる。だからナディアにひかれたのだろうか？　だからギタを守りたいと思うように、彼女を守りたいと思うのだろうか？　ラリは自分が激しいホームシックにかかっていることに気づく。この先待っていることへの恐怖から目をそらしていられなくなる。これまで悲観的に考えまいとしてきたのに、家族がどうしているか、無事でいるか、心配でたまらなくなる。家族を助けられないのなら、目の前にいるこの女の人のためにできることをしよう。

数日後、収容棟にもどったラリに、小さな男の子がよちよちと近づいてくる。ラリは男の子を抱きあげる。男の子の重みとにおいに、幼い甥を思い出す。別れてから一年以上たつ。感極まり、ラリはつらくなって男の子を下におろすと、足早に中に入る。このときばかりは子どもたちはひとりもついてこない。そっとしておいたほうがいいとわかるのだ。

ラリはベッドに横になり、家族との最後のときを思い返す。別れたのは列車の駅で、ラリはそこからプラハへいったのだ。母がスーツケースを詰める手伝いをしてくれた。涙をぬぐいながらラリが詰めた洋服を出しては、「どこにいくことになっても、心を和ませ、家を思い出すため」に本を入れた。

プラットホームで列車に乗りこもうとしたとき、ラリははじめて父の目に涙が浮かんでいるのをみた。ほかの家族なら、だれが泣いてもおかしくなかったが、強くたのもしい父だけは泣かないと思っていた。客車の窓からみた父は、兄と妹に抱えられ、列車からはなれるようながされていた。母はプラットホームの端まで走ってきて、両手をのばし、必死に「わたしのかわいい坊や」にふれようとしていた。幼いふたりの甥は、自分たちの世界が変わろうとしていることも知らずに、無邪気に列車の横を走り、追いかけっこをしていた。

洋服と、母が詰めるのにまかせたわずかな本が入ったスーツケースを抱きしめ、ラリは頭を窓にあずけて泣いた。家族の気持ちばかりを考えていて、自分がとり返しがつかないほど大きなものを失ったことに気づいていなかった。

自分が置かれた状況を嘆いてばかりいてもしかたがないと、ラリはまた外に出て、子どもたちを追いかけまわし、子どもたちにつかまったり、よじ登られたりする。木なんかなくたって、タトゥー係にぶらさがればいいじゃないか。夜には男たちのグループといっしょに外に座る。たがいに家族の思い出や家庭生活の話をし合い、文化の違うところ、似ているところをみつけるのに夢中になる。昼間の感情を心に濃く宿したまま、ラリはいう。「そう、前みたいに暮らしていたら、あなたたちとかかわることはなかったでしょうね。もしかしたら、あなたたちがこっちに歩いてきたら、背を向けたかもしれないし、道の反対側に渡っていたかもしれない」

しばらく沈黙が流れてから、ひとりが声をあげる。「おい、タトゥー係。こっちこそ、前だったらあんたとかかわらなかったね。こっちが先に道の反対側に渡っていたよ」

笑い声があがり、中から出てきた女たちに静かにするようにいわれる――子どもたちが起きたら面倒だと。男たちは中に入り、素直におとなしくなる。ラリは外に残る。まだ疲れていないから眠れない。ナディアの気配を感じ、ふり向くと、戸口に立っているのがみえる。

「いっしょに座りませんか」ラリはいう。

ナディアが隣に座り、夜の闇をみつめる。ラリはその横顔をまじまじとみる。とても美しい。刈りあげられていない茶色い髪が豊かに肩に流れ、顔のまわりでそよ風に揺れるので、ナディアはしじゅうかきあげては耳にかけている。ラリにはなじみのある、母のしぐさだ。一日じゅう、くる日もくる日も、きつくまとめたりスカーフでおさえたりしていた髪がほつれてくると、よくこうしてかきあげていた。ナディアの話し声は、これまできいたことがないほど静かな地声だ。ささやいているわけではない――これがもともとの声なのだ。ラリにはようやく、ナディアの声をきいて自分が悲しくなるわけがわかってくる。感情がないのだ。語っている内容が、家族との幸せな思い出であっても、ここにいる絶望であっても、声の調子は変わらない。

「あなたの名前は、なんという意味なんですか?」ラリはたずねる。

「希望。希望という意味です」ナディアは立ちあがる。「おやすみなさい」ナディアはいう。ナディアはいってしまい、ラリの返事は間に合わない。

11

一九四三年五月

ラリとレオンの毎日の生活をあいかわらず左右しているのは、ヨーロッパじゅうから運ばれてくる被収容者の到着だ。春から夏になっても、絶えることはない。

今日、ふたりがかかりきりになっているのは、女性被収容者の長い列だ。選別作業は少しはなれたところで行われている。ふたりはいそがしすぎて、そちらには注意を払っていない。腕と紙切れが目の前に現れ、作業をする。そのくり返しだ。今日の被収容者たちがことのほか静かなのは、もしかしたら不穏な空気を察知したからかもしれない。ラリの耳に突然きこえてきたのは、だれかの口笛の音だ。聞き覚えのあるメロディ、たぶんオペラだろう。口笛は大きくなり、ラリは音のするほうにちらりと目をやる。白衣の男が列に沿って歩いてくる。ラリは頭を低くして、作業のリズムを崩さないようにする。被収容者たちの顔をみてはいけない。紙を受けとり、番号を彫る。これまで何度となくしてきたように。

口笛がやむ。医者がラリの横に立ち、消毒薬のつんとするにおいを漂わせている。のぞきこみ、ラリの仕事ぶりを観察し、タトゥーを入れている最中の腕をつかむ。満足したらしく、きたときと同じようにあっという間に去っていく。別のメロディをでたらめに吹きながら。ラリが顔をあげてレオンをみると、まっ青になっている。バレツキがふたりのそばに現れる。

「どうだ、新しい医者は?」

「ちゃんとごあいさつしなかったので」ラリはもごもごと答える。

バレツキが笑う。「今度の医者は、できればあいさつしてもらいたくないようなやつだぞ、嘘じゃない。おれだってこわい。ぞっとするようなやつなんだ」

「名前はなんというんですか?」

「メンゲレ、ドクトル・ヨーゼフ・メンゲレ殿だ。この名前、覚えておいたほうがいいぞ、タトゥー係さんよ」

「選別の場所でなにをしていたんですか?」

「ドクトル殿は、はっきり伝えたかったんじゃないか。『これからは選別にちょくちょく顔を出すぞ』ってな。特定の患者をチェックしてるんだ」

「つまり、病気を治すためにいるわけじゃないんですね」

バレツキは腹を抱えて笑う。「おまえはときどき、本当におもしろいことというよな、タトゥー係さんよ」

ラリは仕事にもどる。しばらくして口笛が背後で始まり、その音で全身に怖気が走って、ラリは手をすべらせ、タトゥーを入れていた若い娘の腕を誤って刺してしまう。娘は悲鳴をあげる。ラリは腕にしたたる血をぬぐいとる。メンゲレが歩み寄る。

「どうかしたかね、タトゥー係。きみがタトゥー係だろう?」メンゲレはたずねる。

その声に、ラリの背筋がぞっとする。

「はい、その、そうです、はい……タトゥー係です。ドクトル殿」ラリはしどろもどろになる。

メンゲレはそばまできてラリをみおろす。黒い目は石炭のようで、思いやりのかけらもない。奇妙な笑みを顔に浮かべて、また歩きだす。

バレツキが近づいてきて、ラリの腕を強くたたく。「大変な一日だったな、タトゥー係さんよ。ちょっと休んでトイレ掃除でもするか?」

その夜、ラリは乾いてシャツにこびりついた血を、水たまりからくんだ水で洗う。完全には洗い落とせないが、残ったしみは、今日という日を思い出す印にしようと思う。メンゲレとはじめて会った日を覚えておこう。あの医者は、痛みをやわらげるのではなく、生み出す男なのではないだろうか。あの医者の存在自体が周囲の人々をどれだけおびえさせるか、ラリは考えたくもなかった。そう、このしみを残しておいて、自分の生活におとずれた新たな危機を忘れないようにしよう。あの男にはつねに気をつけないといけない。あの男の心はメスより冷たい。

次の日、ラリとレオンはまたアウシュヴィッツにいって、若い女たちに番号をつけている。口笛を吹く医者がいる。娘たちの列の前に立ち、手の動きひとつで運命を決めている。右、左、右、右、左、左。ラリには判断の規準がわからない。娘たちはみな人生のすばらしい季節にいて、元気で健康だ。メンゲレがこちらをみて、ラリがみていることに気づく。ラリが目をそらすことができないまままみていると、メンゲレは次の娘の顔を大きな手でつかんで、後ろや前、上や下に動かし、口を開けさせる。そしてぴしゃりと顔をたたくと、左に押しやる。不合格だ。ラリはメンゲレをにらみつける。メンゲレが親衛隊員を呼びつけ、なにかいう。親衛隊員はラリのほうをみて、近づいてくる。まずい。

「なにかご用ですか?」ラリは虚勢を張ってたずねる。

「黙れ、タトゥー係」親衛隊員はレオンのほうを向く。「道具を置いて、いっしょにこい」

「待ってください——連れていかれては困ります。みてください、番号をつけなくてはいけない人がまだこんなに大勢いるんですよ」ラリはいいながら、若い助手のことが心配でたまらない。

「ならさっさと仕事をしろ。でないとひと晩じゅうここにいることになるぞ、タトゥー係。そんなことをしてドクトル殿のご機嫌を損ねたいのか」

「連れていかないでください、お願いします。ぼくたちに仕事をさせてください。ぼくがなにかドクトル殿のお気にさわるようなことをしたなら、謝ります」ラリはいう。

親衛隊員がラリにライフルを向ける。「おまえもくるか、タトゥー係？」

レオンがいう。「おれがいきますよ。心配しないでください、ラリ。なるべく早くもどってきますから」

「すまない、レオン」ラリはもう仲間をみることができない。

「だいじょうぶです。おれはだいじょうぶですから。仕事にもどってください」

レオンが連れていかれる。

その日の夕方、ラリはひどく落ちこみ、ひとりでとぼとぼと、うなだれてビルケナウにもどる。ふと道ばたにあるものが目にとまる。鮮やかな色。花だ。一輪の花がそよ風に揺れている。血のように赤い花びらがまっ黒な芯をとりまいている。ほかにも咲いていないかさがすが、まったくない。それでもこれは花だ。ラリはまた、次はいつ、大切な人に花をあげられるだろうと考える。ギタと母の姿が浮かぶ。ラリがだれよりも愛しているふたりの女の姿が、あと少しで手が届きそうなところに浮かんでいる。悲しみが波のように押し寄せ、ラリはおぼれそうになる。ふたりが会うことはあるのだろうか？　ギタは母からいろいろ教わるのだろうか？　母はギタをあたたかく迎えて、ぼくと同じように愛してくれるだろうか？

ラリが女性を誘う術を学び、練習した相手は母だった。そんなことをしているとは、母は気づいていなかったはずだが、ラリにはわかっていた。ラリには自分のしていることがわかっていた。どうすれば母が喜び、どうすると喜ばないかを学び、すぐに女性といるときにふさわしい振る舞いとふさわしくない振る舞いがわかるようになった。若い男はだれでも、まず手始めに母親から学ぶものだとラリは思っているが、本人たちは自覚していないことが多いようだ。その話を何人かの友人にしてみたことがあったが、相手はびっくりして、自分はそんなことはしないといいはった。さらに追及して、父親より母親のほうが大目にみてくれることが多いのではないかとたずねると、みな一様にそれらしい振る舞いをしていることを認めた――母親が許してくれるのは、父親より甘いからだと思いこんでいたのだ。ラリには自分のしていることがよくわかっていた。

母の気持ちをつかむ方法は、女性とつきあうときの基礎となった。ラリはどんな女性にも魅力を感じた。肉体的にだけでなく、精神的にも。ラリは女性と話すのが好きだったし、話しているうちに、相手の機嫌がよくなっていくのをみるのが好きだった。ラリにとってはどの女性も美しく、それを相手に伝えるのはちっとも悪いことではないと思っていた。母と妹は無意識のうちに、女性が男性に求めていることをラリに教えてくれ、これまでラリはその教えに従うよう努力してきた。「心づかいを忘れずにね、ラリ。小さなことを大切にすれば、大きなことは自然にうまくいくものよ」母は優しい声でいった。

ラリはかがんでそっと短い茎を摘む。どうにかしてこれを明日ギタにプレゼントしよう。部屋にもどると、大切な花を注意深くベッドの横に置き、眠りに落ちて夢もみない。しかし翌朝目を覚ますと、花びらは散り、黒い芯の横でちぢれている。この場所で生き続けられるのは死だけなのだ。

12

ラリはその花をみないですむように、収容棟の外に捨てにいく。バレツキがいるが、無視して部屋にもどる。バレツキがついてきて、戸口に寄りかかる。動揺しているラリをしげしげとみている。ラリは自分が座っている下に宝石や現金やソーセージやチョコレートの宝の山があることが気になる。そこで鞄をつかむと、バレツキを押しのけるように外に出て、相手についていてこさせる。

「おい待て、タトゥー係さんよ。話があるんだ」

ラリは立ち止まる。

「たのみがある」

ラリは黙ったまま、バレツキの肩の向こうをみている。

「おれたち――つまり親衛隊員たちのことだが――なにかお楽しみがあればいいと思ってるんだ。気候もよくなってきたことだし、サッカーの試合なんかいいんじゃないかということになった。どう思う?」

「きっと楽しいでしょうね」

「そう、そうなんだよ」

バレツキはラリをじらし、なにかいうのを待っている。

ラリはとうとう根負けする。「それで、ぼくにどうしろっていうんですか?」

「よくきいてくれた、タトゥー係さんよ、被収容者を十一人集めて、親衛隊員チームと親善試合をしてもらいたいんだ」

ラリは笑いとばそうかとも考えるが、バレツキの肩の向こうに定めた視線は動かさない。長いことじっくり考える。この奇妙な要求になんと返事をすればいいだろうか。

「それは、補欠なしということですか?」

「補欠なしってことだ」

「いいですとも、やりましょう」なんだってこんな返事をしちゃったんだ? ほかにいくらでもましな言い草はあっただろう。「ふざけるな」とか。

「よし、決まりだ。メンバーを集めろ。試合は中央の敷地で二日後——日曜日だ。ああ、それからボールはこっちで用意する」大声で笑いながら、バレツキは歩きだす。「ところで、タトゥー係さんよ、今日は休みだ。移送がないからな」

ラリは宝を小さな包みにわけてすごす。食べ物はロマ族の人と第七収容棟の仲間、そしてもちろんギタとその友だちのため。宝石と現金は種類別にわける。現実感のない作業だ。ダイヤモンドはダイヤモンド、ルビーはルビー、ドルはドル。みたことのない通貨まであり、「南アフリカ準備銀行」、「南アフリカ(スイド・アフリカーンス)」などと書かれている。どれほどの価値があるのか、なぜビルケナウまでやってきたのか見当もつかない。宝石をいくつか持って、ヴィクトルとユリをさがし、今日の買い物をする。それからしばらく同じ収容棟の少年たちと遊びながら、第七収容棟の仲間が労働からもどってきたときになんと切り出そうかと、あれこれ考える。

夕方になり、ラリは何十人もの男たちに囲まれている。みな疑わしげな表情だ。

「おまえ、ふざけているんだろう」ひとりがいう。

「違う」ラリは答える。

「おれたちに親衛隊の野郎どもとサッカーをしろっていうのか？」

「そうだ。今度の日曜日に」

「おれはやらないぞ。おまえがなんといったって、やらないからな」同じ男がいう。

集団の後ろのほうから声がする。「おれはやるよ。前に少しやってたんだ」小柄な男が男たちをかきわけてきて、ラリの前に立つ。「ヨエルだ」

「ありがとう、ヨエル。チームにようこそ。あと九人必要だ。失うものなんてないじゃないか。いい機会だと思う。あいつらとちょっとばかりやりあって、おとがめなしなんだから」

「第十五収容棟にいる知り合いが、ハンガリーのナショナルチームでプレーしていたんだ。きいてみようか？」別の被収容者がいいだす。

「きみもどう？」ラリはたずねる。

「ああ、いいとも。おれもヨエルだ。ほかのみんなにもきいてみる。どうだ、日曜日の試合の前に練習するか？」

「サッカーができてユーモアのセンスもある——気に入ったよ。明日の夜にまたくるから、集まり具合を教えてくれ。ありがとう、大ヨエル」ラリはもうひとりのヨエルのほうをみる。

「他意はないよ」

「了解」小ヨエルが答える。

ラリは鞄からパンとソーセージをとりだし、近くのベッドに並べる。出ていくときに、ふたりの男が食べ物をわけ始めたのが目に入る。受けとった者はそれをひと口大にわけ、配っていく。押し合うことも、けんかすることもなく、命を救う栄養が規律正しく分配されていく。だれかがいっているのがきこえてくる。「ほら、大ヨエル。おれのをやるよ――エネルギーが必要だろ」ラリは笑みを浮かべる。いやな気分で始まった一日が、飢えた男の高潔な行いとともに終わっていく。

試合の日、ラリがのんびり中央の敷地に入っていくと、親衛隊員が白線をひいている。とても長方形とはいえない。だれかが自分を呼んでいるのがきこえ、「チーム」が集まっているのがみえる。ラリは仲間に加わる。

「やあ、ラリ。おまえとおれを入れて十四人集めた――何人か補欠がいるから、だれかが倒れてもだいじょうぶだろ」大ヨエルが誇らしげにいう。

「すまない。補欠はなしっていわれているんだ。きっかり十一人。元気なのを選んでくれないか」

男たちは顔を見合わせる。手が三つあがり、はずれていく。ラリがみていると、数人がストレッチをしたり、ジャンプをしたり、まるでプロ選手のウォーミングアップのようなことをしている。

「ずいぶん慣れた感じの人がいるね」ラリは小さな声で小ヨエルにいう。

「そりゃそうだ。六人はセミプロでプレーしていたんだ」

「嘘だろ!」

「嘘じゃない。あいつらに目にものみせてやろうぜ」

「小ヨエル、それはだめだ。勝つわけにはいかない。そういえば、はっきりいっていなかった」

「メンバーを集めろっていうから集めたんだ」

「ああ。でも勝つのはまずい。あいつらに恥をかかせるようなことはできない。機嫌を損ねて、銃を乱射されたりしたら大変だ。まわりをみてくれ」

小ヨエルは集まった何百人もの被収容者をみる。収容所は興奮に包まれ、被収容者たちは押し合いへし合い、みやすい場所にいこうと白線で囲ったピッチの周辺に集まっている。小ヨエルはため息をつく。「おれからみんなにいっとくよ」

ラリは群衆を見回す。さがしている顔はひとつだけ。ギタは友だちといっしょにいて、こっそり手をふってくれる。ラリは手をふり返す。かけよってさっと抱きあげ、司令部の裏に消えてしまいたくてたまらない。ドンドンという大きな音にふり返ると、親衛隊員たちが太いポールを地面に打ちこみ、ピッチの両端にゴールポストを作っている。

バレッツキが近づいてくる。「こっちにこい」

ピッチの端に集まっていた被収容者たちが左右にわかれ、親衛隊チームが入ってくる。だれも軍服を着ていない。何人かはサッカーをしやすい服装をしている。半ズボンにランニングシャツ。チームのあとから入ってきたのは大勢の護衛を引き連れたシュヴァルツフーバー司令官とラリの上司のフーステクで、ラリとバレッツキに近づいてくる。

「これが被収容者チームのキャプテン、タトゥー係です」バレッツキがラリをシュヴァルツフーバーに紹介する。

「タトゥー係か」シュヴァルツフーバーは護衛のひとりに話しかける。「なにか賞品になるようなものはあるか?」

親衛隊の高官が優勝カップを隣の兵士から受けとり、司令官にみせる。

「こちらを用意いたしました」高官はカップを差し出す。

シュヴァルツフーバーはカップを受けとって高く掲げ、みんなにみせる。親衛隊が歓声をあげる。「試合を始めろ、強いほうが勝ちだ」

かけ足でチームのもとにもどりながら、ラリはつぶやく。「強いほうが生き残って、明日の朝日を拝めるようにしてくれればいいのに」

ラリが加わり、チームはピッチの中央に集まる。観客が歓声をあげる。審判がボールを親衛隊チームのほうに蹴り、試合が始まる。

開始後十分、被収容者チームが二度ゴールを決める。ラリはゴールに気をよくしていたが、親衛隊の怒りに満ちた顔に理性をとりもどす。仲間の選手にそっと、ペースを落とし、前半戦の残りをやりすごそうと伝える。こっちはもういい思いをしたから、今度は親衛隊に花を持たせてやろう。前半は二対二で終わる。親衛隊チームが休憩時間に飲み物をもらっているあいだ、ラリたちは集まって作戦を練る。ラリはなんとかチームメイトに勝つわけにはいかないことを納得してもらう。そして結論が出た。みている被収容者たちの士気を高めるため、あと二点までは入れてもだいじょうぶだろうが、最終的には一点差で負ける。

後半戦が始まると、灰が選手と観客の上に降ってくる。遺体焼却炉が稼働しているのだ。このビルケナウの中心業務は、サッカーのために中断されることはない。さらに一点、被収容者チームがゴールを決め、親衛隊チームも一点を追加する。すさまじく劣悪な食事の悪影響が出始め、被収容者は力を使い果たす。親衛隊がさらに二本ゴールを決める。被収容者たちは手を抜くまでもなく、それ以上戦うことができなくなる。親衛隊チームが二点リードしたまま、審判の笛が鳴り、試合終了。シュヴァルツフーバーがピッチに入り、親衛隊チームのキャプテンに優勝カップを贈呈する。それをキャプテンが高く掲げると、控えめな歓声がそこにいる見張りや兵士からあがる。親衛隊員たちが勝利を祝おうと宿舎にもどるとき、フーステクがラリの横を通りかかる。

「よくやった、タトゥー係」

ラリはチームメイトを集め、すばらしかったと声をかける。群衆がまばらになり始める。ラリはあたりを見渡して、ギタをみつける。先ほどの場所から動いていない。ギタにかけより、手をとる。ふたりはほかの被収容者たちの間を縫うようにして、司令部に向かう。ギタが建物の裏の地面にすとんと腰をおろすと、ラリはまわりを見回し、詮索する目がないことをたしかめる。安心したラリは、ギタの隣に座る。ラリがみつめていると、ギタは指を草にはわせ、熱心に調べている。

「なにをしているんだい？」

「四つ葉のクローバーをさがしているの。びっくりするくらいたくさんあるのよ」

ラリはうれしくなってほほえむ。「まさか」

「本当よ。何度かみつけたことがあるの。イヴァナはしょっちゅうみつけるのよ。ずいぶんおどろいた顔ね」

「おどろくさ。きみはここから出られるはずがないって信じているんだろう。それなのに幸運の印をみつけようとしている」

「自分のためじゃないの。出られるはずがないっていったのは本心よ」

「じゃあ、だれのために？」

「知ってる？　親衛隊員ってすごく迷信深いの。だから四つ葉のクローバーをみつけたら大切にとっておくの。お金代わりみたいなものね」

「わけがわからないよ」

「親衛隊員ににらまれたとき、四つ葉のクローバーを渡すと、なぐられずにすむことがあるの。食事のときに持っていくと、食べ物を余分にもらえることもある」

ラリは優しくギタの顔をなでる。愛する女性を守れないことが、苦しくてたまらない。ギタはまた前かがみになって、さがし始める。片手で草をむしり、ラリに投げてほほえむ。ラリも笑い返す。ふざけて肘で押すと、ギタはあおむけになる。ギタの上にかがみこみながら草をむしり、ゆっくり顔の上にふりかける。ギタはふっと草を吹き飛ばす。もう一度草をむしり、今度は首と胸にかける。ギタはそのままにしている。ラリはギタのシャツの一番上のボタンをはずし、草をかけ、胸の間に消えていくのをみつめる。

「キスしてもいい？」ラリがたずねる。

「どうしてキスしたいの？　前に歯を磨いたのは、もう覚えていないくらい昔なのよ」

「ぼくもだ。だからおあいこだな」

ギタは返事のかわりに、ラリのほうに顔をあげる。このあいだのはかないキスが、一年間相手を求め続けた気持ちに火をつけていた。おさえ続けてきた気持ちがぶつかり、ふたりはたがいをたしかめ合う。もっとほしい、もっと必要なのだ。

そのひとときを突然終わらせたのは、近くで吠える犬の声だ。犬がいるということは、そばに人間がついているということだ。ラリは立ちあがり、ギタの手をひいて立ちあがらせ、抱きしめる。最後に一度、キスをしてから、ふたりは走って安全な敷地にもどり、人混みにまぎれこむ。

女性収容所の敷地まできて、ふたりはダナとイヴァナ、チルカをみつけ、近づいていく。

ラリはチルカの顔色が悪いことに気づく。「チルカはだいじょうぶ？」ラリはたずねる。「具合がよくないみたいだけど」

「がんばっていると思うわ。状況のわりには」

「病気なのかい？　薬をさがそうか？」

「いいえ、病気ではないの。あなたは知らないほうがいいわ」

友人たちのほうに近づきながら、ラリはギタに顔を寄せ、小声でいう。「教えてくれ。なにか力になれるかもしれない」

「今度ばかりはむりなの、わたしの大好きなあなたでも」ギタは友だちに迎えられ、去っていく。チルカはうつむいて、少し遅れてついていく。

大好きなあなたといってくれた！

13

その夜、ラリはベッドに横たわっている。こんな幸せな気持ちになったのは、思い出せないくらい久しぶりだ。

ギタは自分のベッドで、眠っているダナの横で丸くなっている。目をしっかり開けて暗闇をみつめ、ラリといっしょに地面にあおむけになっていたあの瞬間を思い起こしている。ラリのキス、ラリを求め、このままここにいたい、もっと先にいきたいと熱望していた自分の体。顔をほてらせながら、次に会ったときの展開を頭の中で夢想する。

立派な四柱式ベッドの中で、チルカはシュヴァルツフーバーの腕の中にいる。シュヴァルツフーバーの手に体をまさぐられているが、チルカはなにもみていない、なにも感じていない。感覚がまひしている。

アウシュヴィッツにある専用の食堂で、ヘスはひとり用の優雅なテーブルについている。上等の食べ物が上等の食器にのっている。ヘスは一九三二年のシャトー・ラトゥールをクリスタルのゴブレットに注ぐ。ワインを揺らし、香りをかぎ、味をたしかめる。仕事のストレスや緊張に、人生のささやかな贅沢を邪魔されるつもりはない。

酔っ払ったバレツキはよろけながら、アウシュヴィッツにある宿舎の自室に入る。ドアを蹴って閉め、足をふらつかせ、ベッドにぶざまに倒れこむ。苦労してピストルのついたベルトをはずし、ベッドの支柱にかける。ベッドに大の字になり、天井からぶらさがっている明かりに気づく——消し忘れた電球の光がまぶしい。何度か失敗したあとようやく起きあがったバレツキは、ぎこちない手つきでピストルをさがしあて、ホルスターから抜く。二発目で往生際の悪い電球を始末する。ピストルが床に落ち、バレツキは意識を失う。

翌朝、ラリはギタにウインクしながら、管理局でベラからインクと指示を受けとる。ラリの顔から笑みが消えたのは、ギタの隣に座っているチルカをみたからだ。うつむいたまま、今日もラリに気づいていない。これ以上放っておくことはできない。ラリはなんとしてでもギタから、チルカになにがあったのかをききだそうと決める。外に出ると、ひどい二日酔いで機嫌の悪いバレツキが待っている。

「急げ。トラックを待たせてるんだ。これからアウシュヴィッツにいくぞ」

ラリはバレツキについてトラックに向かう。バレツキは助手席に乗りこみ、ドアを閉める。ラリは意味を察し、荷台に登る。そこでアウシュヴィッツまでの道のりを、左右に激しく揺さぶられながら耐える。

アウシュヴィッツに着くと、バレツキはラリに、自分は横になって休むから、ひとりで十号館にいけという。十号館にたどり着くと、正面に立っている親衛隊員に、裏にまわれといわれる。ラリは建物がビルケナウの収容棟と違うのに気づく。

建物の角にそって曲がると最初に目に入ったのは、裏の空き地の一部を囲っている金網のフェンスだ。次第に、囲われた場所でなにかがかすかに動いていることがわかってくる。ラリはふらふらと前に進みながら、フェンスの向こうの光景から目がはなせない。女たち、それも何十人もが裸でいる――ほとんどが倒れて、座っている者や立っている者もいるが、動いている者はみあたらない。ラリが立ちつくしていると、見張りがひとり、囲いの中に入ってきて、女たちの間を歩きまわり、左手を持ちあげて、数字をさがしている。ラリがつけたかもしれない数字。目当ての番号をみつけると、見張りはその女を引きずって、裸体の間を進んでいく。ラリは女たちの顔をみる。虚ろな顔。表情のない顔。何人かはフェンスにもたれている。アウシュヴィッツやビルケナウにあるほかのフェンスと違い、この柵には電気が流れていない。自ら死ぬという選択肢さえ奪われているのだ。

「だれだ？」背後でたずねる声がする。

ラリはふり向く。ひとりの親衛隊員が裏口から出てきたのだ。ラリはゆっくりと鞄を持ちあげてみせる。

「タトゥー係です」

「なら、どうしてこんなところで突っ立ってるんだ？　中に入れ」

白衣の医師や看護師がひとり、またひとりとおざなりなあいさつをしてくるなか、ラリは大きな部屋を横切り、デスクへ向かう。ここにいる被収容者たちは人間にはみえない。人形使いに捨てられたあやつり人形のようだ。ラリはデスクの後ろに座っている看護師に近づき、鞄を持ちあげてみせる。

「タトゥー係です」

看護師はラリの顔をみてうんざりしたように鼻で笑い、立ちあがって歩きだす。ラリはそのあとについていく。看護師が先に立って、長い廊下を進み、大きな部屋に入る。五十人ほどの若い女たちが列をつくっている。静かだ。部屋はすえた臭いがする。列の先頭でメンゲレがひとりの女を検査していて、乱暴に口を開け、尻を、それから胸をつかむ。涙が静かに女の頬をつたう。検査が終わると、メンゲレは手をふって女を左に追いやる。不合格。次の女があいた場所に押しだされる。

看護師に連れられてラリが近づくと、メンゲレは検査の手をとめる。

「遅いぞ」メンゲレはほくそ笑み、みるからにラリを困らせておもしろがっている。そして自分の右側に立っている数人の女を指す。

「とっておくぶんだ。番号をつけろ」

ラリは歩きだす。

「タトゥー係、そのうちおまえさんにもきてもらおう」

ラリがふり返ると、思った通り、しっかりと結んだ唇にぞっとするような笑みが浮かんでいる。ふたたびラリの全身に悪寒が走る。両手が震える。ラリは歩調を速め、小さなテーブルへと急ぐ。そこには別の看護師が座り、身分証明書をそろえて待っている。看護師は場所を空け、ラリが仕事にとりかかれるようにする。ラリは両手の震えをなんとかおさえ、道具とインク壺を並べていく。メンゲレに目をやると、別のおびえた女を目の前に立たせ、両手をあげて、髪から胸へとなでていく。

「こわがらなくていい。なにも痛いことはしない」メンゲレが女にいっているのがきこえる。

ラリは女が恐怖に震えるのをみている。

「ほらほら。だいじょうぶだ。ここは病院なんだ。みんなの世話をするところだ」

メンゲレが近くの看護師にいう。「毛布を持ってきてあげなさい。このかわいらしい若い人のために」

そして女のほうに向き直っていう。「わたしがちゃんと世話をしてあげよう」

女はラリのほうに送られる。ラリは頭を低くしたまま準備をすると、一定のリズムで、看護師がみせる番号を彫っていく。

仕事が終わり、建物を出たラリは、ふたたびフェンスで囲まれた場所をみる。だれもいない。ラリは膝をついてえずくが、なにも出てこない。もどすものはなにもなく、体から出てくる液体は涙しかない。

その夜、ギタが収容棟にもどると、数人が新しく入っている。以前からの住人は、新入りをうらみがましくみている。この先待っている恐怖について話さなければならないのも、食料をわけ合うのもいやなのだ。

「ギタ。あなたなの、ギタ？」弱々しい声が呼びかける。

ギタは女たちに近寄る。その多くが年上だ。ビルケナウでは年配の女をみかけることはあまりない。若くて働ける者たちが入る場所だからだ。ひとりの女が進み出て、両手を広げる。

「ギタ、わたしよ。お隣のヒルダ・ゴールドシュタインよ」

ギタは目をこらして、はっと気づく。故郷のヴラノフ・ナド・トプロウ〔スロヴァキア東部の町〕で隣に住んでいた女だ。最後に会ったときより顔色が悪く、やせている。

思い出がいちどきによみがえる。過去のにおいや手ざわり、情景。見慣れた玄関、チキンスープのにおい、キッチンのシンクのそばに置いてあるひびの入った石けん、あたたかい夏の夜の、楽しげな声、母のぬくもり。

「ゴールドシュタインさん……」ギタは近づき、女の手を握りしめる。「連れてこられたんですね」

相手はうなずく。「みんな連行されたの、一週間くらい前かしら。わたしはほかの人たちと引きはなされて、列車に乗せられたの」

一瞬、希望を感じる。「わたしの両親と妹もいっしょでしたか?」

「いいえ。ご家族が連れていかれたのは数か月前よ。ご両親と妹さんたち。お兄さんたちはそれよりずっと前に出ていって——お母さんの話では、レジスタンス〔ナチスドイツの侵攻に抵抗する活動〕

に加わったって」

「家族がどこに連れていかれたか、ご存じですか？」

ゴールドシュタイン夫人はうなだれる。「ごめんなさい。きいた話では、その……その……」

ギタは床にくずおれる。ダナとイヴァナがかけよってきて、座りこみ、ギタを抱える。三人の頭の上で、ゴールドシュタイン夫人はくり返す。「ごめんなさい。ごめんなさい」ダナとイヴァナが泣きだし、涙の出ないギタを抱きしめる。ふたりは言葉にならない慰めの言葉をギタにささやく。いってしまった。なんの思い出も浮かばなくなってしまった。自分の中がすっかり空っぽになってしまったみたい。ギタはふたりに向かって、かすれた声でとぎれとぎれにたずねる。「わたし、泣いてもいい？　ほんの少しだけ」

「いっしょにお祈りしようか？」ダナがたずねる。

「いいえ。ちょっぴり涙を流したいだけ。人殺しにはそれ以上なにもやるものですか」

イヴァナとダナが自分たちの涙を袖の内側でぬぐっていると、涙が静かにギタの頰を流れ始める。ふたりはかわるがわる、その涙をふく。自分でもそんな力があったことにおどろきながら、ギタは立ちあがって、ゴールドシュタイン夫人を抱きしめる。ギタを包んでいるのは、この悲しみの瞬間を目撃している人たちの共感だ。女たちは黙って見守りながら、それぞれまっ暗な絶望の中にいて、自分の家族はどうなっただろうかと考えている。ゆっくりと、ふたつのグループにわかれていた女たち――長くいるものと新しくきたもの――がひとつになる。

夕食後、ギタはゴールドシュタイン夫人といっしょに座り、故郷の近況をきかせてもらう。ひと家族、またひと家族といなくなり、町が崩壊していった様子を。強制収容所の話も少しずつ伝わってきていたという。まったくわかっていなかったのは、強制収容所が死の工場と化していたこと。それでも連れていかれた人たちがもどってこないことにはみんな気づいていた。しかし、安全な場所を求めて近隣の国に逃れたのはごくひと握りだったという。ギタには、はっきりとわかる。ここで働かされたら、ゴールドシュタイン夫人は長くは生きられない。自分よりずっと年上で、肉体的にも精神的にも参っているのだから。

翌朝、ギタは女のカポに近づいて、相談を持ちかける。ラリにたのんでなんでもあなたのほしいものを手に入れてもらうから、ゴールドシュタイン夫人には重労働をさせないで、日中も収容棟にいさせてあげてほしい、と。ギタはカポに、ゴールドシュタイン夫人に毎晩、トイレ代わりのバケツを空にする仕事をさせてはどうかと提案する。これまでカポが日ごとに収容者を指名してやらせてきた仕事で、カポは自分の悪口をいっていると思った人間にやらせることが多い。カポが見返りとして要求したのはダイヤモンドの指輪だ。ラリの財宝のうわさをきいているのだ。交渉は成立した。

その後の数週間、ラリは毎日アウシュヴィッツにいく。五つの遺体焼却炉はフル稼働しているのに、まだ多くの被収容者たちにタトゥーをしなくてはならない。ラリはアウシュヴィッツの司令部で指示とインクを受けとる。ビルケナウの司令部のほうにいく時間も用事もなく、ギタに会うことができない。ギタに伝言で、自分の無事を知らせたい。

バレツキは上機嫌で、陽気といってもいいほどだ——秘密があるから、当ててみろという。ラリはバレツキの子どもっぽい遊びにつき合う。

「ぼくたちを全員、家に帰してくれるんですね？」

バレツキは笑ってラリの腕をたたく。

「昇進したのですか？」

「そうじゃないことを祈ったほうがいいぞ、タトゥー係。おれが昇進したら、おれほど優しくないやつがおまえの面倒をみることになる」

「わかりました。降参です」

「じゃあ、教えてやろう。おまえらみんな、いつもより配給が増えて、毛布ももらえる。来週の数日間な。赤十字がきて、おまえらの〝休暇村〟を視察するそうだ」

ラリは考えこむ。それはどういうことだろう？　外の世界がついにここで起きていることに気づいたのだろうか？　ラリはバレツキの前で感情を出さないように気をつける。

「それはうれしいですね。この収容所が収監の人道的基準を満たしていることが認められると思いますか？」

ラリには、バレツキの脳がぐるぐる動いているのがわかる。回転音がきこえてきそうだ。バレツキが理解に苦しんでいるのをみるのはおもしろいが、笑みを浮かべるようなことはしない。

「赤十字がいるあいだの何日かは、いい食事が出るぞ——まあ、赤十字にみせるところだけだがな」

「制限つきの視察なんですね？」

「おれたちだって、ばかじゃないからな」バレツキは笑う。

ラリはその言葉を受け流す。

「ひとつ、お願いしてもいいですか？」

「いってみろ」

「ギタに手紙を書きたいんです。元気にしているけど、アウシュヴィッツの仕事でいそがしくて会えないって。届けてもらえますか？」

「もっといい方法がある。おれが直接伝えてやるよ」

「ありがとうございます」

ラリをはじめ、一部の選ばれた被収容者には、たしかに数日間、配給が増えたが、それもすぐに元通りになり、ラリには赤十字が本当に収容所にきたかどうかさえわからないままだった。バレツキには、その程度の話をでっちあげるくらい、簡単なことだろう。ラリは、ギタへの伝言が届くと信じるしかない――かといって、バレツキが素直に伝えてくれるとも思えない。ただじっと待って、仕事のない日曜日がなるべく早くきてくれることを願い続ける。

ようやくその日がきて、仕事が早く終わる。ラリが走って収容所から収容所へ移動し、ビルケナウの司令部に着くと、ちょうど労働者たちが帰るところだ。じりじりしながら、ラリは待つ。どうしてギタは今日にかぎって最後まで出てこないんだ？　ようやくギタが現れる。ラリの心臓が高鳴る。すぐにギタの腕をつかみ、建物の裏に連れていく。震えているギタを、壁に押しつける。

「死んでしまったかと思った。もう二度と会えないかと。もう……」ギタはとぎれとぎれにいう。

ラリは両手でギタの顔をなでる。「伝言をきいていないのか、バレツキから？」

「いいえ。だれからも、なんの伝言ももらってないわ」

「あいつめ。まあ、しかたがない。じつはアウシュヴィッツにいかされてたんだ。毎日、何週間も」

「わかるよ。だけど、ぼくはこうしてここにいる。それから、きみにいいたいことがある」

「なに?」

「まず、キスさせてくれ」

ふたりはキスをし、しがみつくように激しく抱き合う。ギタがラリから身をはなす。

「わたしにいいたいことってなに?」

「美しいギタ。きみはぼくに魔法をかけた。ぼくはきみを愛している」

ラリはまるでこの言葉をいうために生まれきたような気がする。

「どうして? どうしてそんなことがいえるの? よくみて。わたしはみにくい、わたしは汚れている。髪なんか……前はとてもきれいな髪だったけれど」

「今の、そのままのきみの髪が好きだ。将来その髪がどうなったって、ぼくはきみが好きだ」

「わたしたちに将来なんてないわ」

ラリはギタの腰に手をまわして抱き寄せ、ギタの目をのぞきこむ。

「ある。ぼくらには明日がある。ここに着いた日の夜、ぼくは自分に誓ったんだ。この地獄を生き抜いてやるって。ぼくらは生き残って、自由な生活を手に入れて、好きなときにキスをして、好きなときに愛し合うんだ」

ギタは顔を赤らめて、目をそらす。ラリは優しくギタの顔を自分のほうに向けさせる。

「どこでも、いつでも、好きなときに愛し合うんだ。きいてる？」

ギタがうなずく。

「ぼくを信じてくれる？」

「信じたいわ。でも――」

「でもはなしだ。とにかくぼくを信じて。さあ、収容棟にもどったほうがいい。カポにあやしまれる前に」

歩きだそうとするラリをギタが引き止め、激しくキスをする。

唇をはなして、ラリがいう。「またしばらく、音信不通になろうかな」

「そんなの許さない」ギタはラリの胸をたたく。

その夜、イヴァナとダナはギタを質問攻めにし、ギタの顔に笑みがもどったのをみてほっとする。

「家族のこと、話したの？」ダナがたずねる。

「ううん」

「どうして？」

「話せないわ。つらすぎて話せない……それにわたしに会えて、とてもうれしそうにしていたし」

「ギタ、もしもラリが言葉通りにあなたを愛しているなら、あなたが家族を亡くしたことを話してもらいたいはずよ。あなたを慰めたいはず」

「そうかもしれないわね、ダナ。でも話したらふたりとも悲しくなってしまう。そんなふうにふたりの時間をすごしたくないの。自分がいる場所も、家族に起きたことも、忘れてしまいたい。ラリに抱きしめられると、忘れられるの、ほんの一瞬だけど。わたし、間違ってる？　現実から少しでもいいから逃れたいと思うなんて」

「いいえ、ちっとも間違ってないわ」

「ごめんなさいね。わたしだけ逃げ場所がある、ラリがいる。わかってね。あなたたちふたりも同じようになってほしいって、心から願っているのよ」

「わたしたち、とてもうれしいのよ。あなたにラリがいてくれて」イヴァナがいう。

「わたしたちのひとりでも、小さな幸せがあれば十分。いっしょに幸せにひたれるんですもの。あなたが幸せをわけてくれている――わたしたちはそれで十分なの」ダナがいう。

「だからわたしたちのあいだで隠しごとはなしよ、いいわね？」と、イヴァナ。

「隠しごとはなし」とギタ。

「隠しごとはなし」とダナ。

14

翌朝、ラリが管理局に姿をみせて、正面カウンターにいるベラの前まで歩いていく。

「ラリ、どこにいってたの?」ベラが心からの笑みを浮かべてたずねる。「みんな、なにかよくないことでもあったんじゃないかと心配していたのよ」

「アウシュヴィッツだ」

「ああ、それ以上いわないで。持っていくものが少なくなっているでしょう——ここで待っていて。補充するから」

「たくさんはいらないよ、ベラ」

ベラはふり返って、ギタをみる。「もちろんよ。明日もきてもらえるようにしなくちゃ」

「きみはぼくのことが本当によくわかっているね、ベラ。ありがとう」

ベラが席をはずし、ゆっくりとインクをとりにいくと、ラリはカウンターに身を乗り出してギタをみつめる。ラリが入ってきたのは気づいているはずだが、恥ずかしがってうつむいたままでいる。ギタが指で唇をなでる。ラリはギタに触れたくて全身の血が熱くなる。

もうひとつ、ラリの目に入ったのは、ギタの隣、チルカの席があいていることだ。ラリはあらためて、チルカに起きていることをはっきりさせようと心に決める。

管理局を出て、選別場に向かう。すでに新しい被収容者を乗せたトラックが到着している。テーブルを準備していると、バレツキが現れる。

「客人だ、タトゥー係」

ラリが顔をあげる前に、ききなれた声が弱々しくささやくのがきこえる。

「こんにちは、ラリ」

レオンがバレツキの横に立っている――血の気がなく、やせて、猫背になって、注意深く片足を一歩前に出している。

「ふたりにしてやるから、近況報告でもしろ」バレツキが笑みを浮かべて立ち去る。

「レオン、よかった。生きていたんだ」ラリはかけ寄ってレオンを抱きしめる。全身骨ばかりなのがシャツの上からでもわかる。腕を伸ばして体をはなし、じっくりとみる。

「メンゲレか。メンゲレなんだな?」レオンはうなずくことしかできない。ラリはレオンのやせた腕を優しくなで、顔に触れる。

「あいつめ。いつか報いを受ければいい。ここの仕事が終わったらすぐにたくさん食べ物を持ってくる。チョコレートでも、ソーセージでも。なにがほしい? 太らせてやる」

レオンは弱々しくほほえむ。「ありがとう、ラリ」

「きいてる。あいつは被収容者を飢えさせるんだって。だけど、それは女性にしかやらないと思っていた」

「そんなもんじゃない」

「どういうことだ?」

レオンがまっすぐラリの目をみつめる。「あいつはおれの睾丸を切りとった」レオンの声は強く、はっきりとしている。「どういうわけか、睾丸を切られたら食欲がなくなってしまって」

ラリはぎょっとしてよろよろとあとずさり、レオンに背を向ける。ショックを受けたところをみせたくない。レオンはすすり泣きをこらえ、声をふりしぼりながら、地面に目をやってどこかに焦点を合わせようとする。

「すみません。こんなこと話すべきじゃなかった。心配してくれてありがとうございます。感謝してます」

ラリは深呼吸をして、怒りを必死にこらえる。本当は大声でわめきたい、復讐したくてたまらない。仲間をこんな目にあわせるなんて。

レオンが咳払いする。「できれば仕事に復帰したいんです」

ラリの顔に思いやりがあふれる。「もちろんだ。もどってきてくれてうれしい――だがその前に、体力をとりもどさないと。ぼくの部屋で休んだらどうだ？　もしジプシーになにかいわれたら、ぼくの仲間で、ぼくにいわれてきたといえばいい。食べ物はマットレスの下にある。ここの仕事が終わったら、ぼくもいくよ」

親衛隊の高官が近づいてくる。

「さあ、いけ。急いで」ラリがいう。

「急げないんですよ、この体じゃ」

「そうか、すまなかった」

「いいんです。じゃあ、いきます。またあとで」

高官はレオンが立ち去るのをみやると、それまでやっていたことを再開する。だれが生き、だれが死ぬかを決めるのだ。

次の日、管理局に顔を出したラリは、今日は休みだといわれる。アウシュヴィッツにもビルケナウにも被収容者が到着する予定はなく、ドクトル殿からの手伝いの要請もない。ラリは昼までレオンとすごす。第七収容棟の顔なじみのカポに賄賂を渡してレオンを入れてもらい、体力がもどったらラリと働くのだといい含めておく。カポに渡した食料は、ロマ族の友だちとギタにわけるつもりだったものだ。

ラリがレオンを置いて第七収容棟を出ると、バレツキに呼ばれる。「タトゥー係、どこにいたんだ？　さがしたぞ」

「今日は休みだといわれました」

「それがそうじゃなくなったんだ。こい、仕事だ」

「鞄をとってきます」

「道具のいらない仕事だ。こい」

ラリは早足でバレツキについていく。向かっているのは、遺体焼却炉のうちのひとつだ。

ラリはバレツキに追いつく。「どこにいくんです？」

「こわいのか？」バレツキが声をあげて笑う。

「あなたがぼくだったらこわいでしょう？」

「いいや」

ラリは胸が苦しくなる。呼吸が浅くなる。逃げたほうがいいのか？　逃げたら、バレツキに銃口を向けられるに決まっている。だからって、どうだというんだ？　銃弾のほうが、焼却炉よりいいに決まっている。

第三遺体焼却炉のすぐ近くまできて、ようやくバレツキはラリを安心させる気になる。そして大きな歩幅をゆるめる。

「心配するな。さっさといくぞ。面倒なことになってふたりともオーブンで焼かれちまう前にな」

「ぼくをお払い箱にするんじゃないんですね？」

「まだしない。ここにいるふたりの被収容者に同じ番号がついてるらしくてな。たしかめてくれ。おまえか、あの玉を抜かれた男のどっちかが番号をつけたはずなんだ。どっちがどっちか、はっきりさせろ」

赤レンガの建物が目の前にそびえている。大きな窓がその使用目的を隠そうとしているが、煙突の大きさが恐ろしい正体を物語っている。入り口で出迎えたふたりの親衛隊員はバレツキと冗談をいい合い、ラリを無視する。ふたりが建物の中の閉じたドアを指さし、バレツキとラリはそちらに歩いていく。ラリはビルケナウの死への最後の道を見回す。そばにいる特命労働隊（ゾンダーコマンド）〔強制収容所の被収容者からなる部隊〕は、不本意にも親衛隊の奴隷となり、どんな人間も進んでやりたいとは思わない仕事に取りかかるところだ。仕事はガス室から遺体を運び出し、焼却炉に入れること。ラリは目を合わせて知らせようとする。ぼくも敵に使われているんだ。ぼくも同じ信仰を持つ人たちを汚すことによって、可能なかぎり生きのびることを選んだんだ。しかしだれも目を合わせようとしない。ほかの被収容者から、特命労働隊のことと、その特別待遇のことはきいている――宿舎が別で、食料の配給が多く、あたたかい服が着られ、夜には毛布をかけて寝られるらしい。彼らの生活が自分の生活と重なり、ラリは気が滅入る。自分もまた収容所での役割ゆえに、軽蔑されているのだろう。そんな孤独感を特命労働隊の男たちに伝えて共有することができないまま、ラリは歩き続ける。

案内されたのは大きな鉄の扉だ。前に見張りが立っている。

「だいじょうぶだって。ガスは全部抜けた。これから焼却炉に移すんだが、その前に番号を確認してくれ」

見張りがラリとバレツキのためにドアを開ける。ラリは精いっぱい背筋を伸ばし、バレツキの目をみて、差し出した手を左から右にふる。

「お先にどうぞ」

バレツキが笑いだし、ラリの背中をたたく。「いや、先にいけ」

「いえ、お先にどうぞ」ラリはくりかえす。

「いや、タトゥー係が先だ」

親衛隊員がドアをめいっぱい開け、ふたりは洞穴のような部屋に入っていく。何百もの裸体が部屋を埋めつくしている。死体は重なり合い、どれもねじ曲がっている。死人の目がみつめている。さまざまな年齢の男たち。子どもたちは下のほうにいる。血、嘔吐物、尿、糞便。死のにおいが充満している。ラリは息を止めようとする。肺が焼ける。脚が体重を支えきれない。背後でバレツキの声がする。「ひでえな」

残酷な人間のその一言は、残酷な沼をさらに深くするだけで、ラリはずるずるとおぼれていく。

「こっちだ」親衛隊員にいわれ、ふたりがついていくと、部屋の片隅にふたりの男の死体が並べられている。親衛隊員がバレツキに向かって話しだす。さすがのバレツキも口がきけず、身振りでラリがドイツ語を理解することを伝える。

「このふたりには同じ番号がついている。どういうわけだ?」親衛隊員がたずねる。

ラリは首を横にふり、肩をすくめるしかない。ぼくにわかるわけがないじゃないか。

「よくみろ。どっちが正しいんだ?」親衛隊員がぶっきらぼうにいう。

ラリはかがみこみ、一方の腕をとる。膝をつく口実ができたのがありがたい。これで体がしっかりしてくれればいいがと思う。持っている腕に刻まれた番号をじっとみる。

「そっちは?」ラリはたずねる。

乱暴にもう一本の腕が差し出される。ラリは両方の番号をみくらべる。

「ここをみてください。これは3ではなく、8です。一部が薄くなっていますが、8なんです」

見張りが冷たくなった腕に正しい番号を書きなぐる。ラリは許可を待たずに立ちあがり、建物を出る。バレツキが追いかけてきたときには外にいて、体を二つ折りにして大きく息をしている。

バレツキが少し待っている。

「だいじょうぶか？」

「だいじょうぶなもんか。あなたたちは人でなしだ。あと何人、ぼくたちを殺すつもりですか？」

「そりゃ、そうなるよな。わかるよ」

バレツキはただの若者、無教養な若者だ。しかしラリは疑問に思わずにいられない。なぜあの人たちをみて、彼らの顔やよじれた体に刻まれた死の苦しみをみて、平気でいられるのか？

「ほら、いくぞ」バレツキがいう。

ラリは体を起こして並んで歩きだすが、バレツキのほうをみることができない。

「知ってるか、タトゥー係。間違いなくおまえは、オーブンの中に入って生きて出てきたたったひとりのユダヤ人だよ」

バレツキは大声で笑い、ラリの背中をたたくと、大股で先を歩いていく。

15

ラリは意を決して収容棟を出ると、敷地を横切っていく。ふたりの親衛隊員が近づいてきて、ライフルを構える。ラリは歩調をゆるめることなく、鞄を持ちあげてみせる。

「政治局！」

ライフルが下げられ、ラリはそれ以上なにもいわずに通りすぎる。女性収容所に入り、まっすぐ第二十九収容棟に向かう。出迎えたカポは建物に寄りかかり、退屈そうにしている。女たちは仕事で出払っている。動く気配すらないカポに、ラリは近づいていき、鞄から大きな板チョコをとり出す。バレツキからタトゥー係と被収容者4562番との関係を邪魔するなと警告されているカポは、賄賂を受けとる。

「ギタを連れてきてください。ぼくは中で待っています」

カポはチョコレートを大きな胸に押しこみ、肩をすくめると、司令部のほうに歩いていく。

ラリは収容棟の中に入り、ドアを閉める。しばらくすると、日の光が差しこみ——ドアが開いたのだ——ギタがきたことがわかる。ギタは薄暗闇の中にラリがうつむいて立っているのをみつける。

「どういうこと?」

ラリが一歩近づく。ギタは一歩あとずさり、閉じたドアに背中をつける。みるからに動揺している。

「どうした? ギタ、ぼくだよ」

ラリはさらに一歩近寄り、ギタが震えているのをみてびっくりする。

「なにかいってくれ、ギタ」

「嘘……嘘でしょ……」ギタはくりかえす。

「だいじょうぶ。ぼくだ、ラリだよ」ラリはギタの両方の手首をとり、しっかり握る。

「わからないの? カポが呼びにきたりしたら、頭にどんなことがよぎるか。ちょっとでも想像したことがある?」

「ギタ……」

「どうしてこんなことができるの？　どうしてカポに呼びにこさせたりするの？」

ラリはなにもいうことができない。ラリが手の力を抜くと、ギタはつかまれていた手首をふりほどいて顔をそむける。

「本当にごめん。こわがらせるつもりはなかったんだ。ただ、カポにきみを呼んできてくれるようたのんだだけなんだ。どうしても会いたかったから」

「呼ばれて連れていかれた人は二度ともどってこないのよ。わかってる？　呼ばれたとき、もう死ぬんだって思って、あなたのことばかり考えてた。二度と友だちに会えないってことでも、わたしが連れていかれるのをみたチルカが震えているだろうってことでもなく、あなたに会えなくなるってことばかり。そしたらここにあなたがいる」

ラリはとんでもないことをしてしまったことに気がつく。自分勝手な気持ちから、愛する人をこんな目にあわせてしまった。ふいにギタがこぶしをあげて向かってくる。ラリが両手を広げると、ギタがとびこんできて、ラリの胸をたたき、涙を流す。ラリがたたかれるままになっていると、やがてギタの手から力が抜けていく。ラリはゆっくりギタの顔を上向かせ、手で涙をぬぐうと、唇を近づける。ふたりの唇が重なったとたん、ギタが体をはなし、ラリをにらみつける。ラリは両手を広げて、ギタがもどってくるのを待つ。ギタがためらっているのをみて、ラリは両腕をさげる。ギタがふたたび向かってきて、今度はラリを壁に押しつけ、シャツをはぎとろうとする。おどろいたラリは両手でギタの体をはなそうとするが、ギタは体を押しつけてきて、激しくキスをする。ラリがギタの腰を抱えると、ギタは脚をラリの腰にからませ、むさぼるようにキスをしてラリの唇を嚙む。しょっぱい血の味がするが、ラリはキスを返す。ふたりは近くのベッドに倒れこみ、たがいの服をはぎとる。なにもかも忘れて燃えあがる。長い時間をかけてふくらんだ相手を求める気持ちは、もうおさえることができない。ふたりは激しく愛し合い抱き合う。今を逃すと、二度と経験できないと感じている。ふたりはかたく結ばれ、ラリはこの瞬間、ほかのだれも愛せなくなったことを知る。ラリはあらためて決意をかためた。一日、また一日と生きのびて、千日でも何日でも生きて、ギタとの約束を守ろう。「生き残って、自由な生活を手に入れて、好きなときにキスをして、好きなときに愛し合うんだ」

ふたりは疲れ切って、たがいの腕の中で横たわっている。ギタは眠り、ラリは長いこと、ただギタをみつめている。ふたりの肉体の戦いは終わり、今は怒りがラリの中で渦巻いている。この場所はぼくたちになにをしたんだ？　ぼくたちは何者になってしまったんだ？　あとどれだけ、こうしていられるんだ？　ギタは今日、すべてが終わると思った。ぼくのせいだ。二度とあんなことはしない。

ラリは唇に触れ、痛みに顔をしかめる。暗い気持ちが晴れ、ラリは笑みを浮かべる。その痛みの原因を思い出したのだ。ラリは優しくキスをしてギタを起こす。

「おはよう」ラリはささやく。

ギタがうつぶせになり、ラリをみて不安そうな顔をする。「だいじょうぶ？　さっきのあなたは、なんだか……たしかにわたし、ここに入ってきたときはこわくてたまらなかったけど、それでも今考えると、あなたはとてもつらそうだった」

ラリは目を閉じ、深いため息をつく。

「なにがあったの？」

「今はこれしかいえない。ぼくは地獄の中の地獄に足を踏み入れたけど、そこから出てきた」

「いつか話してくれる？」

「たぶんむりだ。わかってくれ、ギタ」

ギタはうなずく。

「さあ、管理局にもどったほうがいい。チルカたちを安心させないと」

「うーん、あなたとここにいたいな、ずっと」

「ずっとは長いよ」

「じゃあ、明日まで」ギタがいう。

「いや、それもだめだ」

ギタが顔をそむけ、赤くなって、目を閉じる。

「なにを考えてる?」ラリがたずねる。

「きいているの。壁の声を」

「なんていっている?」

「なにも。苦しそうに息をして、泣いている。朝、ここを出て、夜になってももどってこない人たちのために」

「それはきみのことじゃないよ、ギタ」

「今日はね。それはわかったわ」

「明日もだ。壁がきみのために泣くことは決してない。さあ、いって、仕事をしておいで」

ギタは体を丸める。「先にいってくれない? 服をさがさなくちゃ」

もう一度キスをして、ラリは手さぐりで自分の服をさがす。服を着て、またギタに素早くキスをすると、ベッドをはなれる。収容棟の外では、カポがもどっていて、いつものように壁にもたれている。

「元気になった、タトゥー係さん?」

「ああ、ありがとう」

「チョコレートはおいしいね。あたしはソーセージも好きだよ」

「覚えておくよ」

「そうして、タトゥー係さん。じゃあね」

16

一九四四年三月

ドアをノックする音で、ラリは深い眠りから覚める。用心深くドアを開けながら、おそらくロマ族の少年だろうと思っている。しかし戸口に立っているのはふたりの若者で、あたりをきょろきょろ見回し、あきらかにおびえている。

「なんの用だい?」ラリはたずねる。

「あなたがタトゥー係ですか?」ひとりがポーランド語でたずねる。

「名乗らない相手には答えない」

「タトゥー係に会いたいんだ。ここにいるってきいたんだ」もうひとりがいう。

「中に入ってくれ。赤ん坊が起きないうちに」

若者たちが中に入ると、ラリはドアを閉め、ベッドに座るよううながす。ふたりとも背が高くやせていて、ひとりはぱらぱらとそばかすがある。

「もう一度きく。なんの用なんだ？」

「ぼくらには仲間がいて――」そばかすの若者が口ごもる。

「みんなそうだろ？」ラリは口をはさむ。

「その仲間がやっかいなことになっていて……」

「みんなそうだろ？」

ふたりの若者は顔を見合わせ、話を続けるかどうか決めかねている。

「悪かった。続けてくれ」

「そいつがみつかってしまって、処刑されるんじゃないか心配なんです」

「なにをみつかった？」

「先週脱走したけど、みつかって連れもどされたんです。どうなると思いますか？」

ラリは耳を疑う。

「いったいどうやって脱走したんだ？　それなのにどうしてみつかった？　もったいない」

「詳しいことはよくわかりません」

「まあ、絞首刑だろう、明日の朝一番に。逃走をくわだてた人間はそうなる決まりだ。知っているだろう？　そのうえ成功したんだから」

「なんとかしてもらえませんか？　あなたなら助けてくれるってききました」

「ぼくにできるのは、食べ物を少し融通するくらいだよ。それ以上はむりだ。その若者は、今どこにいるんだ？」

「外に」

「外って、この収容棟の？」

「はい」

「なんだって？　すぐに連れてこい」ラリはいって、ドアを開ける。

ひとりが急いで外に出て、すぐに連れてもどってきた若者はうなだれ、恐怖に震えている。

ラリがベッドを指さすと、若者は腰をかける。目がはれている。

「きみの友だちから、脱走したときいたんだが」

「はい」

「どうやったんだ？」

「その、外で作業をしていて、見張りに、くそしていいかきいたんです。そしたら森の中でやってこい、臭いのはたまらんからといわれて。それで作業班にもどろうとしたら、みんな歩き始めていたんです。走って追いかけたりしたら、ほかの見張りに撃たれるかもしれないと思って、また森に入りました」

「それで？」ラリはうながす。

「その、歩き続けました。そりゃそうでしょう？　つかまったのは、村に入って食べ物を盗もうとしたときです。腹が減ってたまらなくて。兵士に数字のタトゥーをみつかって、ここに連れもどされたんです」

「それで、明日の朝、絞首刑になるってわけか」

若者はがっくりうなだれる。ラリはふと思う。これはこの若者の明日の姿だ。首を吊られて死んだあとの。

「どうにかして助けてもらえないでしょうか、タトゥー係さん？」

ラリは小さな部屋をいったりきたりする。若者の袖をめくり、番号を調べる。**ぼくがつけたものだ。**ふたたびいったりきたりする。若者たちは黙って座っている。

「ここで待っていろ」ラリは強くいうと、鞄をつかみ、足早に部屋から出ていく。

投光器が外の敷地をくまなく照らし、獰猛（どうもう）な目が殺す相手を探しているようだ。建物にへばりつくようにしながら、ラリは司令部に近づいていき、管理局に入るなり、胸をなでおろす。

ベラがカウンターにいる。ベラは顔をあげ、ラリに気づく。

「ラリ、なにしにきたの？　もう仕事はないわよ」

「やあ、ベラ。ちょっときいていい？」

「もちろん、いいけど。どうしたの、ラリ」

「昼間ここにきたときに、きいた気がするんだけど、今夜、よそへの移送がある？」

「ええ。別の収容所にいく便があるわよ、真夜中に」

「何人くらい？」

ベラは手元にある移送リストを手にとる。「名前は百人分あるけど、どうして？」

「名前なんだね、番号ではなくて？」

「ええ。まだ番号はついていないの。今日着いたばかりで、若者用の収容所に送られるのよ。そこでは番号をつけないから」

「もうひとり、リストに押しこむことはできない？」

「できるわよ。だれを？　あなた？」

「いや、わかっているだろう。ぼくはギタを置いてここをはなれたりしない。別の人間だ――できればきみは知らないでいたほうがいい」

「わかったわ。入れてあげる。その人の名前は？」

「しまった」ラリはいう。「すぐにもどる」

自分自身に腹を立てながら、ラリは急いで部屋にもどる。「きみの名前――きみの名前はなんていうんだい？」

「メンデルです」

「フルネームで」

「すみません。メンデル・バウアーです」

管理局にもどると、ベラがタイプされた名簿の一番下に名前を書き足してくれる。

「見張りに怪しまれないかな？　この名前だけタイプされていなかったら」ラリはたずねる。

「だいじょうぶ。わざわざきいたりしないわ。やっかいなことに巻きこまれたくないから、かかわりあいになろうとしないはずよ。トラックに人を乗せているのがみえたら、だれでもいいからそばにいる人に声をかければいいわ」

鞄からルビーとダイヤモンドがちりばめられた指輪を出して、ベラに渡す。「ありがとう。これはきみに。持っていてもいいし、売ってもいい。彼は、ぼくが必ずトラックに乗せるから」

部屋にもどると、ラリはメンデルのふたりの友だちをベッドから立たせ、鞄を持ったまま、メンデルの隣に座る。

「腕を出して」

若者たちが見守るなか、ラリは番号をヘビに変えていく。完璧な仕上がりではないが、番号を隠すのには十分だ。

「どうしてこんなことを？」若者のひとりがたずねる。

「メンデルがいくところでは、番号をつけないんだ。もし番号がみつかれば、ここに送り返される。そして予定通り死刑執行人とご対面だ」

ラリは作業を終え、みているふたりの若者のほうを向く。

「きみたちはもう収容棟にもどりなさい。気をつけて。ぼくが助けられるのはひと晩にひとりが精一杯だ。きみたちの友だちは、明日にはもうここにはいない。真夜中の便で移送される。行き先は知らないが、どこであれ、少なくとも生き残る可能性はある。わかるね？」

三人の若者は抱き合い、この地獄を生きのびてまた会おうと誓い合う。友人たちがいってしまうと、ラリはまたメンデルの隣に腰かける。

「時間までここにいるといい。ぼくがトラックまで連れていくが、そこからはひとりだ」

「なんとお礼をいったらいいか」

「うまく逃げられたら、今度こそつかまるな。ぼくへの礼はそれで十分だ」

しばらくのち、ラリは待っていた動きが敷地内で始まった気配をききとる。

「いこう、時間だ」

そっと外に出て、ふたりで建物の壁づたいにじりじりと進んでいくと、二台のトラックが男たちを乗せているのがみえてくる。

「素早く動いて、列に割りこんだ。むりにでも中に入って、きかれたら名前をいえばいい」

メンデルは足早に去り、うまく列に割りこむ。両腕を抱えて、寒さをしのぎ、新たに自分のものとなったヘビを守る。見張りがメンデルの名前をリストにみつけ、トラックに乗るよう指示しているのがみえる。エンジンが動きだし、トラックが出発すると、ラリはこっそり部屋にもどる。

17

それからの数か月はことに過酷だった。男も女もさまざまな原因で死んでいく。多くは病気や栄養失調、寒さなどで命を落とす。何人かは電気の流れるフェンスまでいって自殺する。たどり着く前に監視塔の見張りに撃たれる者もいる。ガス室も遺体焼却炉もフル稼働で、ラリとレオンのタトゥー作業場には人があふれている。何万人もがアウシュヴィッツとビルケナウに移送されてくるのだ。

日曜日、ラリとギタは会えるときはかならず会うようにしている。会えばほかの人たちにまぎれ、こっそりと触れ合う。ひそかにふたりだけの時間をギタの収容棟ですごせることもある。そのおかげでふたりは生き続けようという堅い決意を新たにすることができ、ラリのほうはともに生きる未来を思い描く。ギタのカポはラリが持ってくる食料でどんどん太っていく。たまに、ラリがギタに会いにくる間隔が空くと、カポはずけずけときいてくる。「あんたのボーイフレンド、次はいつくるんだい？」

ある日曜日、ギタはついに、何度も問い詰められたあげく、ラリにチルカのことを打ち明ける。「チルカはシュヴァルツフーバーの慰みものなの」

「なんてことだ。いったいいつから？」

「よくは知らないわ。一年か、たぶんそれ以上」

「あいつはただの酔っ払いだ。残虐な獣だ」ラリはいい、こぶしに力をこめる。「チルカをどんな目にあわせているか、目に浮かぶ」

「いわないで！　そんなこと、考えたくもない」

「チルカはなんていっている？　ふたりでいるときのことを」

「なにも。わたしたちもきかないし。どうすれば助けてあげられるのか、わからないの」

「少しでも拒絶すれば、殺される。チルカにはたぶんそれがわかっている。そうでなきゃ、とっくに殺されているだろう。しかし、妊娠が一番心配だ」

「だいじょうぶ、だれも妊娠なんかしないわ。妊娠するには、わかるでしょう? 月のものがきていないといけないのよ。知らなかった?」

ラリはどぎまぎしていう。「えっと、いや、知ってるけど。ただ、その、これまでそんな話をしなかったから。ぼくがそこまで考えていなかったんだな」

「あなたも、あの残虐な獣も、チルカやわたしに赤ちゃんができる心配をする必要はないの。わかった?」

「ぼくをあいつといっしょにしないでくれ。チルカに伝えてほしい。きみは英雄だ、胸を張って友だちだといえるってね」

「英雄って、どういう意味? チルカは英雄なんかじゃない」ギタは不服そうにいう。「ただ生きたいだけなの」

「だから英雄なんだ。きみも英雄だよ、ギタ。きみたちふたりが生き抜こうとしていることが、ナチスの人でなしどもに対する一種の抵抗なんだ。生きようとすることは、堂々たる抗議、英雄的行為だよ」

「そうだとしたら、あなたはなに？」

「ぼくは仲間を傷つける側に加わるという選択肢を与えられ、生き残るためにその道を選んだ。ぼくにできるのは、いつの日か、犯罪者や裏切り者として断罪されないよう祈ることくらいだ」

ギタが顔を寄せ、ラリにキスをする。「あなたは英雄よ、わたしにとってはね」

時間はあっという間にたち、ほかの娘たちが収容棟にもどってきて、ふたりははっと立ち上がる。きちんと服を着ていたので、ラリは出ていくときそれほど恥ずかしい思いをせずにすむ。

「こんにちは。やあ、ダナ、会えてうれしいよ。どうも、みなさん、ごきげんよう」ラリは声をかけながら出ていく。

カポは定位置となっている建物の出入り口にいて、ラリに首をふってみせる。

「ほかの子たちがもどってくる前に帰らなきゃだめだよ。いい、タトゥー係さん？」

「申し訳ない。これからは気をつけるよ」

敷地を歩いていくラリの足どりは弾んでいる。名前を呼ばれてびっくりし、ふり返る。ヴィクトルだ。ほかのポーランド人の労働者たちといっしょに収容所から出ていくところだ。ヴィクトルがラリを呼び寄せる。

「どうも、ヴィクトル、ユリ。お元気ですか？」

「おまえさんのほうがよっぽど元気そうじゃないか。なにかあったのかね？」

ラリは手を横にふる。「なにも。なにもありません」

「品物を持ってきた。今日は渡せないかと思っていたところだ。その鞄に入るか？」

「もちろんです。すみません。ぼくのほうからもっと早くいかなくちゃいけなかったのに、その、えっと、いそがしくて」

ラリは鞄を開け、ヴィクトルとユリが品物を詰める。多すぎて入りきらない。

「残りはまた明日持ってこようか？」ヴィクトルがたずねる。

「いいえ、いただいていきます。ありがとう。明日、代わりの品を持ってきます」

チルカのほかにもうひとり、ビルケナウにいる何万人もの娘の中で、親衛隊に髪を伸ばすことを許されている娘がいる。年齢はギタと同じくらい。ラリはこれまで話をしたことがなかったが、ときどきみかけていた。娘は、その流れるような長いブロンドの髪のせいで人目につく。ほかの娘はみな、なんとか工夫して刈りあげられた頭を隠そうと、シャツを裂いたりして作ったスカーフを巻いている。ラリは一度バレツキにたずねたことがある。あの娘はどういう待遇なのか？　どうして髪を伸ばすことを許されているのか？

「あの娘が収容所にきた日は、ヘス司令官が選別をしてたんだ。司令官はあの娘をみて、とても美しいと思って、髪をそのままにしとけといったんだ」

ラリはこれまでにもたびたび、ふたつの収容所でおどろくようなものをみてきたが、ヘスが、目の前を通りすぎる何十万人もの女の中でたったひとりだけを美しいと思ったことが、どうにも信じがたかった。

ソーセージをズボンにつっこんで、部屋へ急いでいたラリが角を曲がると、そこにその娘がいる。収容所でただひとりの「美しい」娘がこちらをみつめている。ラリはこれまでに出したことのないようなスピードで部屋にかけもどる。

18

春がきて、無慈悲な冬という悪魔を追い払う。あたたかな気候に一筋の希望を感じるのは、自然の厳しさを乗り越え、支配者の残酷な気まぐれにも耐えてきた人々だ。バレツキでさえ、冷淡な態度が少し和らぐ。

「知ってるぞ。おまえはあれこれ手に入れられるんだろう、タトゥー係さんよ」バレツキがいつもより小さな声でいう。

「なんの話かわかりません」ラリはいう。

「品物だ。手に入れられる。わかってるんだって。外部につてがあるんだろう?」

「どうしてそんなことをいうんですか?」

「いいか、おれはおまえが気に入ってる。わかってるだろう? おまえを撃ったりしないじゃないか」

「ほかの人はずいぶん撃ちましたよね」

「だが、おまえは撃ってない。兄弟みたいなもんだ、おまえとおれは。人にいえないことだって話したじゃないか」

ラリは兄弟という言葉に反論しないことにする。

「あなたが話すのを、ぼくはきいているだけです」

「おまえがアドバイスをして、おれがきくことだってあったぞ。おれもガールフレンドに優しい手紙を書いたんだ」

「それは知りませんでした」

「今は知ってるな」バレツキは真剣な面持ちになる。「いいか、きいてくれ——手に入れてもらいたいものがあるんだ」

ラリははらはらする。だれかにこの会話をきかれていないといいが。

「だからぼくは……」

「もうすぐガールフレンドの誕生日なんだ、ナイロンのストッキングを手に入れてくれないか。贈りたいんだ」

ラリはおどろいてバレツキをみる。

バレツキがにやっと笑う。「手に入れてくれたら、おまえは撃たない」バレツキは声をあげて笑う。

「やってみます。何日かかかるかもしれません」

「あまり待たせるなよ」

「ほかになにかぼくにできることは？」

「なにもない。今日は休みだ。ギタちゃんのところにでもいってろ」

ラリは身をすくめる。バレツキにギタと会っていることを知られているだけでもいやなのに、こんな人でなしの口からギタの名前をきくなんて、ぞっとする。

バレツキにいわれた通りにする前に、ラリはヴィクトルをさがしにいく。しばらくしてユリに会い、ヴィクトルが病気で今日は休んでいるときく。ラリは、それは気の毒にといって、立ち去ろうとする。

「おれにできることはあるかい？」ユリがたずねてくる。

ラリはふり返る。「どうかな。いつもとは違うたのみなんだ」

ユリは片方の眉をあげる。「力になれるかもしれない」

「ナイロンのストッキングなんだ。知ってるかな、女性が脚にはく」

「おれだってガキじゃないぜ、ラリ。ストッキングくらい知ってるさ」

「一足、手に入れられないか？」ラリは手の中にあるふた粒のダイヤモンドをみせる。

ユリがダイヤモンドを受けとる。「二日くれ。なんとかできると思う」

「ありがとう、ユリ。お父さんによろしく。早く元気になるといいね」

ラリが敷地内を女性収容所に向かっていると、飛行機の音がきこえてくる。みあげると、小さな飛行機が敷地の上を低空飛行し、旋回を始める。低く飛んでいるので、ラリにはアメリカ空軍のマークがはっきりみえる。

ひとりの被収容者が声をあげる。「アメリカ軍だ！　アメリカ軍がきたぞ！」

だれもがみあげる。数人がぴょんぴょんと跳びはね、両手をふる。ラリが敷地を取り囲んでいる監視塔に目をやると、見張りの兵士たちは完全な警戒態勢に入っていて、ライフルを敷地内で騒いでいる男女に向けている。被収容者たちの中にはパイロットの注意をひこうと手をふっているだけの者もいるが、多くは遺体焼却炉を指さして叫んでいる。「爆弾を落とせ、爆弾を落とせ！」ラリもそれに加わろうかと考えているうちに、飛行機はふたたび上空にきて、三度目の旋回を始める。数人の被収容者が遺体焼却炉に向かって走り、指さして、なんとかメッセージを伝えようとしている。「爆弾を落とせ、爆弾を落とせ！」

飛行機はビルケナウ上空を三回まわると、高度をあげ、飛び去っていく。被収容者たちは叫び続ける。多くが膝をつき、自分たちの叫びがききとどけられなかったことに落ちこんでいる。ラリがあとずさり、近くの建物に身を寄せた瞬間、銃弾が監視塔から敷地内へ降り注ぎ、逃げ遅れた何十人もの人を直撃する。

このときとばかり発砲する見張りを目の当たりにして、ラリはギタに会いにいく予定をやめにする。そして収容棟にもどると、泣き叫ぶ声と悲鳴が待っている。女たちが抱えている子どもたちは、銃弾を受けてけがをしている。

「飛行機をみて飛びだして、ほかの人たちと走りまわっていたんだ」男のひとりが教えてくれる。

「なにかぼくにできることは？」

「ほかの子どもたちを中に入れてくれ。みせたくないんだ」

「わかりました」

「ありがとう、ラリ。ばあさんたちに手伝わせよう。遺体はどうしよう。置きっぱなしにはしたくないし」

「親衛隊員がそのうち集めにきますよ。だいじょうぶです」ラリには自分の言葉がひどく冷淡できこえる。目の奥に熱い涙がこみあげてくる。ラリは立ったまま、もぞもぞと足を動かす。「お気の毒です」

「あいつらはおれたちをどうするつもりなんだろう?」男がいう。

「ぼくにはわかりません。だれにどんな未来が待っているのか」

「ここで死ぬのか?」

「できればそうならないようにしたい。しかしわからないんです」

ラリは子どもたちを集め、中に連れて入る。泣いている子もいれば、ショックのあまり泣くことさえできない子もいる。年配の女が数人手伝いにきてくれる。生き残った子どもたちを収容棟の奥に連れていき、お話をきかせようとするが、今日はうまくいかない。子どもたちの気持ちをなだめることができないのだ。ほとんどの子どもたちが心に傷を受け、黙りこんでいる。

ラリは部屋にいって、チョコレートを持ってくると、ナディアと手分けをして子どもたちに配る。受けとる子どももいれば、チョコレートさえおびえたようにみているだけの子どももいる。ラリにできるのはそこまでだ。ナディアがラリの手をとり、立ちあがらせる。

「ありがとう。あなたはできるかぎりのことをしてくれた」ナディアがラリの頬を手の甲でなでる。「あとはわたしたちだけにしてちょうだい」

「男の人たちを手伝ってきます」ラリは震える声でこたえる。

ふらつく足で外に出る。男たちを手伝い、小さな遺体を積みあげて、親衛隊員が持っていけるようにする。すでにあちこちに横たわっている遺体の回収が始まっているのがみえる。母親の中には大切な子どもを引き渡すことを拒む者もいて、ラリの胸は悲しみでいっぱいになる。命を失った小さな体が母親の腕からもぎとられていく。

「イスカダル・ヴェイスカダシュ・シュメイ・ラバ――神の名が崇められ、聖とされますように……」ラリはカディッシュ〔ユダヤ教の礼拝で唱えられるアラム語の祈り。死者の追悼のために捧げられる〕を小声で暗唱する。ロマ族の人たちがどのように、どんな言葉で死者を弔うかわからないが、考える前に、犠牲になった人たちを自分なりに送る言葉が口をついて出た。ラリは長いこと外に座り、空をみあげて、アメリカ軍はなにをみて、なにを思ったのだろうと考える。数人の男たちがその沈黙に加わり、沈黙はうねりとなって広がっていく。悲しみが壁となり、男たちをとり囲む。

ラリは日付を思い出す。一九四四年四月四日。その週、仕事の予定表をみたとき、「四月」の文字がひっかかった。四月、四月がどうしたというんだ? そして気づいた。あと三週間で、自分がここにきて丸二年になる。二年。すごい。まだ息をしているなんて、すごい。息絶えた人たちが数え切れないくらいいるのに。ラリは最初の誓いを思い起こす。生きて、人殺したちが報いを受けるのをみとどける。もしかしたら、本当にもしかしたら、飛行機に乗っていた人たちがここで起きていることを理解して、救いの手を差し向けてくれているかもしれない。今日亡くなった人たちにとっては手遅れだが、もしかしたらその死はまったくのむだにはならないかもしれない。そう考えていよう。それを励みに、ベッドから起きあがる力にしよう。明日の朝も、あさっての朝も、その次の日の朝も。

頭上にまたたく星は、もう慰めにならない。星をみても、思い出すばかりだ。過去の生活と今の生活との間の大きな隔たりのことを。少年のころ、あたたかな夏の夜に、みんなが寝静まってからこっそり外に出て、夜風に顔をなでられながら眠りについたことを。女の子と手をつなぎ、公園や湖畔を頭上の何千もの星に照らされて歩いた晩のことを。あのころは、美しい夜空をみあげるたび、心が安らいだ。どこかでぼくの家族も同じ星をみていて、ラリはどこにいるのだろうと思ってくれているのかもしれない。どうか星がぼくよりも家族に、より多くの慰めをもたらしてくれていますように。

一九四二年三月はじめ、ラリが両親と兄妹に別れを告げたのは、故郷のクロムパヒだった。前年の十月に、ブラティスラヴァでの仕事を辞め、アパートも引き払っていた。きっかけになったのは旧友に再会したことで、その友人はユダヤ人ではなく、政府の仕事をしており、ラリに警告してくれた。ユダヤ人の市民すべてをとり巻く政治情勢が変わりつつあり、ラリの人好きのする性格だけではこれから起こる事態を乗り越えることはできないというのだ。そしてラリに仕事を紹介して、この仕事なら迫害から身を守ることができるだろうといった。友人の上司と面談したラリは、スロヴァキア国民党党首の助手の職を紹介され、受けた。スロヴァキア国民党に属するかどうかは、宗教とは関係がない。党の綱領はスロヴァキアの国をスロヴァキア人で守ろうと訴えている。軍服そっくりの党の制服に身を包み、ラリは何週間も国じゅうをまわって、会報を配り、大会や集会でスピーチをした。党が特に力を入れていたのは若者に訴え、団結し、政府に働きかけようと呼びかけることだった。当時の政府は、ヒトラーを非難することも、スロヴァキアの全国民を守ることもまったくできずにいたからだ。

ラリは、スロヴァキアに住むすべてのユダヤ人が、外出時には服に黄色のダヴィデの星〔ふたつの正三角形を逆向きに組み合わせた形。ユダヤ教の象徴〕をつけるよう命じられていることを知っていた。ラリは命令に従わなかった。こわかったからではない。自分はスロヴァキア人だと思っていたからだ。スロヴァキア人であることに誇りとこだわりを持っており、一歩も譲るつもりはなかった。ユダヤ人であるのはたまたまで、それまでラリがなにかをしたり、だれかと友だちになったりする支障になったことは一度もない。それが話題になれば、自分はユダヤ人だと認め、話を続けるだけだ。ユダヤ人であることは、ラリという人間の大きな特徴ではなかった。ベッドルームでの話題ではあっても、レストランやクラブでの話題ではなかったのだ。

一九四二年二月、ラリは前もって忠告された。ドイツ外務省がスロヴァキア政府にユダヤ人を労働力として国外に送るよう要請したというのだ。ラリは家族のもとを訪れるために休職を申請して許可され、いつでも党の職にもどってくればいいといってもらった——仕事を失う心配はないということだ。

自分を世間知らずだと思ったことはない。当時ヨーロッパで暮らしていた多くの人と同じように、ヒトラーの台頭や、総統が小さな国々を恐怖に陥れていることを懸念してはいたが、ナチスがスロヴァキアを侵略するようなことがあるとは思ってもいなかった。侵略する必要などないはずだった。政府はナチスがほしがるものを、ほしがるときに与えており、ナチスにとってはまったく脅威ではなかった。スロヴァキアはただそっとしておいてほしかっただけだ。家族や友人とのディナーや集まりの席で、他国でのユダヤ人迫害の噂が話題になることはあったが、スロヴァキアのユダヤ人が特に危険にさらされているとは考えてもいなかった。

しかし、ラリは今ここにいる。二年がたった。ラリが暮らしている社会は、大きく——ユダヤ人とロマ族に——二分されていて、国籍ではなく民族でグループが決められていることが、ラリにはいまだに納得がいかない。ある国がほかの国を脅かすことはある。国は力を持ち、軍隊を持っている。だが、多くの国に散らばっている民族が、だれかを脅かすなんてことがあるのだろうか？　自分が生きているかぎり――この先短いか長いかはともかく――納得がいく日がくることはないだろう。

19

「あなたは信仰をなくしてしまったの？」ギタが、すぐ後ろに座っているラリの胸にもたれかかる。ふたりはいつもの司令部の裏にいる。ギタが今この質問をしようと決めたのは、ラリの返答を目ではなく、耳で受け止めたいからだ。

「どうしてそんなことをきく？」ラリはいいながら、ギタの頭をなでる。

「そう思うから」ギタは答える。「それがわたしには悲しいの」

「ということは、きみはなくしていないってこと？」

「わたしが先にきいたのよ」

「そう、ぼくは信仰をなくしたんだと思う」

「いつ?」

「ここにきた最初の夜だ。きみには話したと思う。あのとき起きたこと、ぼくがみたこと。慈悲深い神がいるなら、なぜそんなことをお許しになるのか、ぼくにはわからない。あの夜からいろいろあったけど、ぼくの考えを変えるようなことは何もなかった。むしろその逆だ」

「信じるものは必要よ」

「信じているものはあるよ。きみとぼく、そしてここから出るということ、そしてふたりで自由な生活を手に入れて、好きなときに――」

「わかってる。いつでもどこでも好きなときに」ギタはため息をつく。「ああ、ラリ、そうなったらどんなにいいかしら」

ラリはギタを自分のほうに向かせる。

「ぼくはユダヤ人という枠にはめられたくないんだ。ユダヤ人であることを否定はしない。だけどその前にぼくは男だ。きみを愛するひとりの男なんだ」

「もしわたしが信仰を持ち続けたいっていったら? わたしにとって、今でも信仰が大切だとしたら?」

「ぼくは一切口出ししない」

「いいえ、するわ」

ふたりに気まずい沈黙がおとずれる。ラリはギタをみつめ、ギタはうつむいている。

「ぼくはいっこうにかまわないんだよ、きみが信仰を持ち続けたって」ラリは穏やかにいう。

「それどころか、応援するよ。それがきみにとって大切なことで、きみがぼくのそばにいるために必要なことなら。ふたりでここを出たら、きみの信仰生活を支えるし、ぼくたちに赤ちゃんが生まれたら、きみの信仰に合わせたらいい。それでどうだい？」

「赤ちゃん？　わたしには子どもは産めないかもしれないわ。この体は壊れてしまったの」

「ここを出たら、ぼくはきみを少し太らせる。そしたら赤ちゃんができるだろう。きっと美しい赤ん坊だよ、お母さんによく似た」

「ありがとう、ラリ。あなたの話をきいていると、未来を信じたくなるわ」

「よかった。ということは、きみの名字と出身地を教えてもらえるってこと？」

「まだだめ。いったでしょう。この場所を出る日にって。どうかもうきかないでね」

ギタと別れてから、ラリはレオンたち第七収容棟の男数人をみつけだす。気持ちのいい夏の日で、太陽と友人との交流を今だけでも楽しんでおくつもりだ。みんなで収容棟の壁にもたれて座る。気取らない会話。サイレンの音に、ラリはみんなにさよならをいって、自分の収容棟に向かう。棟に近づくにつれ、なにかがおかしいことに気づく。ロマ族の子どもたちが立ちつくしている。かけよって出迎えることもなく、ラリに道をあける。ラリが声をかけても、返事をしない。その理由は、部屋のドアを開けた瞬間にわかる。ベッドの上に広げられているのは、マットレスの下にあった宝石や現金だ。ふたりの親衛隊員が待ち構えている。

「説明してもらおうか、タトゥー係？」

ラリには言葉がみつからない。

親衛隊員のひとりが、ラリの手から鞄をひったくり、道具やインク壺を床にぶちまける。そして宝石と現金を鞄に入れる。ピストルを抜き、ラリの目の前に立ちはだかると、親衛隊員たちは身振りでいけと命じる。子どもたちがあとずさるなか、ラリは引きたてられ、ジプシー収容所から出ていく。もう二度ともどることはないだろうと思いながら。

ラリはフーステク親衛隊曹長の前に立たされて、鞄の中身が曹長のデスクの上に広げられている。

フーステクは宝石をひとつひとつ手にとっては、じっくりと検分していく。「これだけのものをどこで手に入れた？」フーステクは顔も上げずにたずねる。

「被収容者たちからもらいました」

「どの被収容者だ？」

「名前は知りません」

フーステクが顔を上げ、鋭い目つきでラリをみる。「これだけもらっておいて、だれだかわからないというのか？」

「はい、わかりません」

「そんなことを、わたしが信じると思うか？」

「本当です。もらいはしましたが、名前はききませんでした」

フーステクがこぶしでデスクをたたき、宝石が音を立てる。

「この件で、わたしは非常に腹を立てている。おまえはいい仕事をしている。それなのに代わりをさがさなくてはならなくなった」フーステクはラリを連れてきた親衛隊員たちにいう。

「十一号館へ連れていけ。あそこにいけば、すぐに名前を思い出すだろう」

ラリは外に連れ出され、トラックに乗せられる。ふたりの親衛隊員がラリの両側に座り、それぞれがわき腹にピストルを押しつける。四キロの道のりのあいだに、ラリは口をつぐんだまま別れを告げる。ギタに、そしてふたりで想像したばかりの未来に。目を閉じて、心の中で家族ひとりひとりに呼びかける。兄と妹の顔を、以前ほど鮮明に思い出せなくなっている。母の顔は、はっきりと目に浮かぶ。しかし、どうやって母親に別れを告げたらいいのだろう。自分に生命を与え、生き方を教えてくれた人なのに。母に別れをいうことなどできない。父の顔が目の前に浮かび、ラリが息を呑んだので、親衛隊員のひとりがピストルをわき腹に強く押しつける。最後にみた父は泣いていた。父のことを、そんな姿で覚えておきたくなくて、別の姿を思い出そうとしていると、父が愛馬に馬車をひかせていたときの姿がよみがえる。父はいつもとても優しく馬に話しかけていて、子どもたちにみせる表情とは対照的だった。賢い兄のマックス。ラリは兄に話しかける。ぼくは兄さんを失望させていないよね、兄さんだったらどうするか考えて、行動するようにがんばってきたんだ。妹のゴールディを思い浮かべ、悲しみに押しつぶされそうになる。

トラックが突然止まり、ラリは隣の親衛隊員に勢いよくぶつかる。

ラリは十一号館の小さな部屋に入れられる。十号館と十一号館の噂は広く知られている。懲罰牢だ。この隔離されたふたつの建物の奥にあるのが「死の壁」、銃殺刑が行われる場所だ。ラリは考える。自分も拷問されたあげく、そこに連れていかれるのだろう。

二日間、ラリは牢に座っている。明かりはドアの下のすき間から入ってくるだけだ。ほかの囚人たちの泣き声や悲鳴をききながら、ラリはギタとすごした一秒一秒を思い起こしている。

三日目、ラリは牢に差しこんできた日の光に目がくらむ。大男がドア口に立ちふさがり、液体の入ったボウルを手渡す。ラリは受けとり、目が慣れてきて、その男がだれか気づく。

「ヤクブ、ヤクブか？」

ヤクブが部屋に入ってくる。天井が低いので、前かがみになっている。

「タトゥー係さん、どうしてこんなところにいるんだ？」ヤクブはショックを受けている。

ラリはよろよろと立ちあがり、両手をのばす。「気になっていたんだ。きみはどうしているかと思ってね」

「あんたがいった通り、ぴったりの仕事をあてがわれた」

「じゃあ、衛兵になったんだ」

「ただの衛兵じゃないぜ」ヤクブはすごみのある声でいう。「まあ、座って食え。おれがここでなにをしていて、あんたがこれからどうなるか、話してやるから」

ラリはおそるおそる座り、ヤクブに渡された食べ物をみる。にごった薄いスープにひとかけらのジャガイモが入っている。ついさっきまでは空腹でしかたがなかったのに、食欲はどこかにいってしまったようだ。

「あんたの親切を忘れたことはなかったよ」ヤクブはいう。「ここにきた夜には、きっと餓死すると思っていた。そんなとき、あんたが食べ物をくれた」

「まあ、きみにはほかの人よりたくさん必要だからね」

「あんたの噂はきいてる。食べ物をこっそり手に入れてるって。本当なのか?」

「そのせいでここにいるんだ。カナダで働いている被収容者たちからこっそり金や宝石をもらって、それを使って食べ物や薬を村の人たちから買って、みんなにわけている。たぶんおもしろく思わない人がいて、密告したんだろう」

「だれが密告したか知らないのか?」

「きみは知っているのか?」

「いや、それはおれの仕事じゃない。おれの仕事はあんたから名前を聞き出すことだ——逃亡したり抵抗したりしようとしている被収容者の名前や、もちろん、あんたに金や宝石を渡した被収容者の名前をな」

ラリは顔をそむける。ヤクブが残酷なことをいっているのが、だんだんわかってくる。

「あんたと同じだよ、タトゥー係さん。おれは自分がやらなきゃいけないことをやる。生き残るためにな」

ラリはうなずく。

「あんたをぶんなぐって、名前を吐かせる。おれは人殺しなんだ、ラリ」

ラリはうなだれて首をふり、知っているかぎりの悪態をつく。

「おれにはそうするしかないんだ」

さまざまな感情がラリの体をかけめぐる。死んでいった仲間たちの名前が脳裏をよぎる。ヤクブに彼らの名前をいったらどうだろう？　いや。いずれ本当のことがわかって、またここに連れもどされるだけだ。

「問題は、おれはあんたから名前をききだせないってことだ」

ラリはヤクブをみつめる。わけがわからない。

「あんたはおれに親切にしてくれた。だからおれは実際より激しくなぐっているようにみせかけるが、あんたが名前をいう前に殺しちまう。無実の人の血はできるだけ流したくないんだ」

ヤクブが説明する。

「ああ、ヤクブ。思ってもみなかったよ。きみがそんな仕事をさせられることになるなんて。本当にすまない」

「ユダヤ人を殺すのが仕事でも、ひとりを殺してほかの十人が助かるなら、おれは殺す」

ラリは片手をのばし、大男の肩にかける。「きみはきみの仕事をやってくれ」

「イディッシュ語（中欧・東欧のユダヤ人たちが話していたドイツ語の一種）で話せ」ヤクブが顔をそむけていう。

「ここの親衛隊員は、たぶんあんたのことも、あんたがドイツ語を話すことも知らない」

「わかった。イディッシュ語で話す」

「またあとでくる」

牢がまた暗くなり、ラリは自分の運命に思いをめぐらす。だれの名も明かすまいと決意をかためる。ここまできたら、あとはだれに殺されるかだけの違いだ。退屈して、夕食が冷めるのをおもしろく思っていない親衛隊員か、大勢を救うためにひとりを殺しているヤクブか。心が自然と落ち着き、ラリは死を受け入れる。

だれかがギタに、ぼくの身に起きたことを知らせてくれるだろうか、ラリは考える。それともギタはこのまま一生、知らずにいるのだろうか？

ラリの疲れきった体は、深い眠りに落ちていく。

「ラリはどこだ？」父親がどなりながら、家に入ってくる。

またラリが仕事にこなかったのだ。父親はいつもより遅く、夕食に帰ってきた。ラリの分の仕事までしていたからだ。ラリは走って母の後ろに隠れ、母を長椅子のそばからひっぱって、盾にしようとする。母は後ろに手をのばし、ラリの体でも服でもかまわずにつかんで、守ろうとする。さもなければ少なくとも頭をなぐられることにはなるだろう。父は母をむりに引きはなしたりはせず、それ以上ラリに近づこうとはしない。

「わたしにまかせてちょうだい」母がいう。「晩ごはんのあとにおしおきしますから。さあ、座りましょう」

ラリの兄と妹はあきれたように目をぐるりと動かす。これまで何度、同じことをみたりきいたりしてきたことか。

その夜遅く、ラリは母に約束する。これからはもっと父さんの手伝いをしますと。しかし父の手伝いは大変だ。ラリは自分もいつか父のようになるのではないかと恐れている。歳より老け、いつも疲れていて、妻の姿や一日かけて用意してくれる料理にほめ言葉のひとつもいえない。そんなふうにはなりたくない。

「ぼくのこと、好きなんだよね、母さん？」ラリはたずねたものだ。ふたりだけで家にいるとき、母はぎゅっと抱きしめてくれた。「そうよ、ラリ。あなたはわたしのお気に入り」兄や妹がいるときには「あなたたちみんなが、わたしのお気に入りよ」兄や妹が同じ質問をするのをきいたことはないが、ラリがいないときにしていたかもしれない。子どものころ、ラリはよく家族に宣言していた。ぼくは大きくなったら母さんと結婚するんだ。父はきこえないふりをしていた。兄や妹からは、母さんはもう結婚しているからむりだといわれ、かっとなってけんかになった。母は仲裁に入り、ラリをわきに連れていって、「あなたもいつかだれかを愛して、大切にするようになるのよ」といってきかせた。ラリはそんなことは信じたくなかった。

青年になってからも、毎日走って家に帰り、出迎えてくれた母と抱き合った。母のあたたかい体と柔らかな肌にふれ、額にキスをしてもらった。

「手伝うよ、なにをすればいい？」ラリはいった。

「あなたは本当にいい子ね。いつかすばらしい夫になるわ」

「いい夫になるにはどうすればいいか、教えてよ。父さんみたいになりたくないんだ。父さんは母さんを笑顔にしない。母さんの手伝いもしない」

「父さんは一生懸命働いて、わたしたちの生活費を稼いでくれているのよ」

「わかっているよ。けど両方したっていいじゃないか。生活費を稼いで、母さんを笑顔にすればいい」

「まだまだいろいろ学ばないと、大人にはなれないわね、ラリ」

「それなら教えて。妻になる人には、ぼくを好きになってほしいんだ。いっしょにいて幸せでいてほしいんだ」

母が座り、ラリは向かいの椅子に座る。「最初に学ばなくちゃいけないのは、お嫁さんの話をきくこと。働いて疲れるのはしかたがないけれど、お嫁さんの話をきけないほど疲れてしまってはだめ。お嫁さんが好きなものを覚えること。そしてもっと大切なのは、お嫁さんがきらいなものを覚えること。できるときには、ちょっとしたプレゼントをあげること——お花とか、チョコレートとか——女の人はプレゼントが好きなのよ」

「最後に父さんからプレゼントをもらったのはいつ？」

「それはどうでもいいの。あなたはお嫁さんがほしいものを覚えなさい、わたしがもらったものじゃなくて」

「ぼくがお金を稼ぐようになったら、母さんにお花やチョコレートをプレゼントするよ。約束する」

「お金は貯めておきなさい、あなたの心をつかむ娘さんのためにね」

「どうすれば、この人がそうだってわかるの？」

「だいじょうぶ、ちゃんとわかるから」

母はラリを抱き寄せて、髪をなでた。わたしの坊や、かわいい息子。

母の姿が薄れていく――涙があふれ、おもかげがにじみ、ラリはまばたきをする――そして次に浮かぶのは、ギタを腕に抱いているところ、その髪をなでているところだ。

「母さんがいっていた通りだった。ちゃんとわかったよ」

ヤクブがやってきて、ラリをひっぱって廊下を進み、窓のない狭い部屋に入れる。電球がひとつ、天井から下がっている。奥の壁に固定された鎖の先で、手錠が揺れている。床にはカバの木の枝を束ねた鞭(むち)。ふたりの親衛隊員は話しこんでいて、ラリには目もくれない。ラリはすり足であとずさるが、目は床からあげない。前ぶれもなく、ヤクブがラリの顔をぶんなぐり、ラリは後ろに倒れて、壁にぶつかる。親衛隊員たちがようやくこちらを向く。ラリは立ちあがろうとする。ヤクブが右足をゆっくりと後ろにあげる。ラリには蹴られることがわかる。ヤクブの靴の先が肋骨にふれたとたんにのけぞり、大げさにのたうち、あえぎ、胸をおさえる。ゆっくり起きあがったところに、ヤクブがもう一度顔をなぐる。今度はもろにそれを受ける。ヤクブがなぐろうとしていることは伝わっていたのだが。強打された鼻から血がほとばしる。ヤクブがラリを乱暴に立たせ、手錠をかけて鎖につなぐ。

ヤクブが鞭を拾いあげ、ラリの背中からシャツをはぎとって、五回打ちすえる。さらにラリのズボンと下着を引きおろし、尻も五回鞭で打つ。ラリの叫び声は演技ではない。ヤクブはラリの頭をぐいとひっぱる。

「おまえのために盗みを働いたやつの名前を教えろ！」ヤクブが大声でおどすようにいう。

親衛隊員たちはのんびり傍観している。

ラリは首を横にふり、哀れっぽく訴える。「知りません」ヤクブはさらに十回、ラリを打つ。血が脚を流れ落ちていく。ふたりの親衛隊員は興味を持ち始め、近寄ってくる。ヤクブがラリの頭を後ろにひっぱり、どなりつける。「いうんだ！」そしてラリに耳打ちする。「知らないといって気絶しろ」また声が大きくなる。「名前を教えろ！」

「きかなかったんです！　知りません。本当なんです……」

ヤクブがラリの腹をなぐる。ラリはがくりと膝を折り、白目をむいて、気を失ったふりをする。ヤクブが親衛隊員たちのほうを向く。

「弱っちいユダヤ人です。名前を知っていたら、とっくに吐いてますよ」ヤクブは鎖からぶらさがっているラリの脚を蹴る。

親衛隊員たちはうなずいて、部屋から出ていく。

ドアが閉まると、ヤクブはすぐさまラリの手錠をはずし、そっと床に寝かせる。シャツの中に隠しておいた布でラリの体の血をぬぐい、そっとズボンをひっぱりあげる。

「すまない、ラリ」

ヤクブはラリを助け起こし、牢に連れもどってうつ伏せに寝かせる。

「よくがんばった。しばらくは、うつ伏せでしか眠れないだろう。あとで水と清潔なシャツを持ってくるからな。今は少し休め」

そのあと二日間、ヤクブは毎日ラリに食べ物と水を持ってきて、ときどきシャツを替える。そしてラリの傷の程度と、それが治りつつあることを教えてやる。ラリには傷跡が一生残ることがわかる。タトゥー係には当然の報いかもしれない。

「何回ぼくを打った？」ラリはたずねる。

「知らん」

「いや、知っているはずだ」

「終わったことだ、ラリ、傷も治ってきている。もう忘れろ」

「きみはぼくの鼻を折ったのか？　鼻で息をしにくくなった」

「おそらくな。だがひどくはない。腫れはひいたし、形だってほとんど崩れてない。あんたはあいかわらずハンサムだ。これからも女たちに追いかけられるだろうよ」

「ぼくは追いかけられたくなんかないけどね」

「どうして？」

「もうひとりに決めたんだ」

次の日、ドアが開き、ラリがあいさつをしようと顔をあげると、ヤクブではなくふたりの親衛隊員が立っている。ふたりは身振りでラリに立ってついてくるよう指示する。ラリは座ったまま、気持ちを落ち着かせようとする。いよいよか？　ぼくは死の壁にいくのだろうか？　ラリは心の中で別れを告げる。家族に、そして最後にギタに。親衛隊員はしびれを切らし、牢に踏みこんでライフルを向ける。ラリは親衛隊員のあとから、震える脚で外に出る。太陽を顔に感じるのは一週間以上ぶりで、ラリはよろめきながらふたりの親衛隊員に挟まれて歩いていく。

顔を上げ、自分の運命に向き合おうとしたラリの目に入ったのは、数人の被収容者たちが近くのトラックに乗せられているところだ。もしかしたら、終わりではないのかもしれない。脚から力が抜け、親衛隊員に引きずられるようにして、残りの短い距離を進む。乱暴にトラックに乗せられたラリは、後ろをふり返らない。ひたすら側面にしがみついたままのラリを乗せ、トラックはビルケナウに向かって走っていく。

20

ラリがトラックから助け降ろされ、ひっぱられていった先は、親衛隊曹長フーステクのオフィスだ。ふたりの親衛隊員に両側から腕をつかまれている。

「この男からはなにも聞き出せませんでした。あのユダヤの大男にやらせたのですが」親衛隊員のひとりがいう。

フーステクがラリのほうを向き、ラリは顔をあげる。

「では本当に名前を知らないのか？　しかも銃殺もされなかった？」

「はい」

「そしてわたしのところに舞いもどってきた。またわたしのお荷物になったというわけだ」

「はい」

フーステクは親衛隊員に命令する。

「第三十一収容棟に連れていけ」そしてラリのほうを向く。「いささかきつい仕事をしてもおう。おまえさんの寿命がつきる前にな。これは冗談ではないぞ」

ラリはオフィスから引きずり出される。親衛隊員たちに歩調を合わせようとするが、敷地を半分ほど歩いたところであきらめ、足の皮膚が砂利にこすれるにまかせる。親衛隊員たちは第三十一収容棟のドアを開け、ラリを中に放りこんで去っていく。ラリは床に横たわる。身も心も疲れ果てている。数人の男が、恐る恐る近づいてくる。ふたりが起きあがらせようとするが、ラリが痛がって悲鳴をあげるのでやめる。ひとりがラリのシャツをめくりあげると、背中と尻の大きなミミズ腫れが現れる。男たちは、今度は優しくラリを抱えあげ、ベッドに寝かせる。ラリはとたんに眠りに落ちていく。

「あの顔には見覚えがある」男のひとりがいう。

「だれなんだ？」別の男がきく。

「タトゥー係だ。見覚えがないか？　おまえの番号をつけたのも、この人かもしれない」

「そういや、そうだ。だれかのご機嫌を損ねたのかな」

「おれは第六収容棟にいたときに、この人から食べ物を余分にもらったことがある。この人はいつも食べ物を配ってくれてた」

「それは知らなかった。おれはこの収容棟にずっといるんだ。到着した日にだれかのご機嫌を損ねちまったらしい」男たちは声をひそめて笑う。

「この様子じゃ、夕食をとりにいけないな。おれのを少し持って帰ってくるか。明日になったら食べ物がいるだろうからな」

しばらくして、ラリを起こしたふたりの男は、それぞれに小さなパンのかけらを持っている。ふたりが差し出すパンを、ラリはありがたく受けとる。

「ここから出ないと」

男たちは笑う。

「そうだな。あんたにはふたつ方法がある。ひとつは手っ取り早くて、もうひとつはちょっと時間がかかる」

「どんな方法なんだい？」

「明日の朝になったら外に出て、死体を運んでいる荷車に飛び乗るのが手っ取り早い。さもなきゃ、おれたちといっしょに野原に出て、さんざん働いて、そのうちくたばるか、それともあいつらに撃ってくれって泣きつくかだ」

「ぼくはどっちの方法も選ばない。別の方法をみつけないと」

「まあ、がんばれ。だがまずは休んだほうがいい。明日は長い一日になるぞ、その体調じゃなおさらだ」

その夜、ラリは家をはなれたときのことを夢にみる。

はじめて家を出たときはまだ若く、前途有望で、自力で未来を切り拓こうと思っていた。好きな仕事をみつけて成長したい。さまざまな経験を積んで、ヨーロッパの憧れの町を訪れたい。本の中だけでしか知らなかったパリやローマやウィーンを。そしてなによりも、この人しかいないという人をみつけたかった。その人と恋に落ち、変わらぬ愛情を注ぎ、母に教わったように花やチョコレートをプレゼントして、ともに時間をすごしたり、話をきいたりするのだ。

二度目に家を出たときは、決まっていないこと、わからないことがあまりに多く、不安だった。この先になにがあるのか？

プラハに到着したのは、家族を残しての、長くつらい旅の果てだった。教えられたように政府の担当部署に出向くと、近くで泊まるところをみつけて、いき先が決まるまで週に一度顔を出すように指示された。一か月後の四月十六日、荷物を持って近くの学校にいくようにいわれた。そこにラリと同じように集まってきたのは、スロヴァキアじゅうからきた多くの若いユダヤ人の男だった。

ラリはいつも身なりに気をつけていて、生活が変わってもきちんとしてみえるよう努力した。毎日、学校のトイレで洋服を洗い、清潔にした。どこにいくかは知らなかったが、到着したときにはなにがなんでも恥ずかしくない姿をしていたかった。

五日間、ぼんやり座っていた。退屈したり、おびえたりしたが、たいていは退屈していた。そしてようやく荷物をまとめろといわれ、ほかの男たちと鉄道の駅まで歩かされた。いき先についてはなにもきかされなかった。家畜用の貨車が入ってきて、乗るようにいわれた。汚れた貨車に乗るのはプライドが許さないと断る者もいた。ラリはなりゆきを見守っていた。そしてはじめて同じ国の人間がライフルをユダヤ人に向け、頑として乗ろうとしない者をなぐるのをみた。ラリはほかの男たちと貨車に乗りこんだ。これ以上乗れないくらい貨車がぎゅう詰めになると、ラリの目の前で扉がガシャンと閉じられ、かんぬきがかけられる音がした。スロヴァキア軍の兵士、ラリを守ってくれるはずの人たちの手によって。

何度も何度も、ラリの耳には扉がガシャンと閉じられ、かんぬきがガチッとかけられる音がきこえる。ガシャン、ガチッ。

翌朝、ふたりの親切な仲間に支えてもらい、ラリは収容棟を出て外に立ち、点呼を待つ。こんなふうにまっすぐ立つのは何日ぶりだろう？　番号、番号。生き残りは、つねに番号で管理される。カポのリストにある番号に印がついているということだけが、その人間が生きていることを示している。ラリの番号はリストの最後にある。第三十一収容棟では一番の新入りだからだ。一回目に呼ばれたときにぼんやりしていて、突つかれる。古くなった薄いコーヒーを飲み、薄っぺらでかび臭いパンを食べると、追い立てられて労働に向かう。

アウシュヴィッツとビルケナウ、ふたつの収容所の間の野原で、ラリたちは大きな石をひとつの場所から別の場所へ運ばされる。すべての石を運び終えると、もとの場所にもどせと命じられる。こうして一日がすぎていく。ラリは何百回もこの野原の横を通り、この作業が行われているのをみていた。いや、違う。なんとなく視界に入っていただけだ。働いている人たちの苦しみに、ちゃんと目を向けていなかった。ラリがすぐに気づいたのは、親衛隊員が、石を運ぶのが一番遅かった者を撃ち殺すことだった。

ラリは全身の力をふりしぼる。筋肉が痛むが、気持ちはへこたれない。一度、運び終わるのが最後から二番目になる。一日の仕事が終わると、生き残った者は殺された者の死体をかついで収容所にもどる。ラリはその仕事を免除されるが、特別扱いは今日だけだといわれる。明日は最後までみんなと同じ仕事をしなくてはならない。それまで生きていればの話だが。

足を引きずりながらビルケナウに帰ってくると、バレツキが門の内側に立っているのがみえる。バレツキはラリに歩調を合わせて歩きだす。

「きいたぞ、なにがあったか」

ラリはバレツキをみる。「バレツキさん、ひとつお願いしていいですか？」たのみごとをするのは、まわりの人たちに自分は違う、親衛隊員の名前を知っていて、たのみごとができる人間だと宣言するようなものだ。敵と親しいとみなされることは、ひどい屈辱だが、どうしてもたのみたいことがあった。

「さあな……どんなことだ？」バレツキはそわそわしはじめる。

「ギタに伝言を届けてもらえませんか？」

「本当に居場所を知らせたいのか？　死んだと思われたほうがましなんじゃないか？」

「とにかく、ぼくがいる場所――第三十一収容棟――を教えて、チルカにもいっておいてほしいと伝えてください」

「彼女の友だちにも居場所を教えるのか？」

「はい、だいじなことなんです。彼女ならわかってくれます」

「へえ。気が向いたら伝えてやるよ。けど、本当なのか？　ひと財産分のダイヤモンドをマットレスの下に貯めこんでたってのは」

「知らないんですか？　ルビーも、エメラルドも、アメリカのドルも、イギリスや南アフリカのポンドもですよ」

バレツキは首を横にふって笑い声をあげ、ラリのまだ痛む背中をたたいて去っていく。

「チルカです。チルカに伝えるよう、ギタにいってください」ラリはバレツキの背中に声をかける。

バレツキは手を後ろでふって、ラリにもういけと合図する。

バレツキが女性収容所に入っていくと、女たちが夕食のために並んでいる。チルカはバレツキがカポに近づいて、ギタを指さすのをみる。カポが指をふって、ギタを呼びよせる。チルカが近くにいたダナを引き寄せる。ギタはゆっくりとバレツキに近づく。バレツキの声はきこえないが、その言葉にギタが両手で顔をおおう。それから友だちのほうをふり返り、腕の中に飛びこむ。

「生きてる！　ラリが生きてるの！」ギタはいう。「チルカに伝えてほしいんですって、第三十一収容棟にいるって」

「なぜわたしに?」

「わからない。でもラリがどうしても伝えてほしいっていったらしいの」

「チルカにどうしろっていうのかしら?」ダナがたずねる。

チルカは顔をそらし、懸命に頭を働かせる。

「わからない」ギタは冷静に考える気になれない。「ただはっきりしたのは、ラリが生きてるってことよ」

「チルカ、どう思う? あなたになにかできることがあるの?」ダナはもう一度たずねる。

「考えてみるわ」チルカは答える。

「ラリが生きている。わたしのラリが生きている」ギタはくりかえす。

その夜、チルカはシュヴァルツフーバーの腕の中にいる。シュヴァルツフーバーはまだ眠っていないようだ。チルカが口を開き、話しだそうとしてやめたのは、シュヴァルツフーバーがチルカの体の下にあった腕を引き抜いたからだ。

「だいじょうぶですか?」チルカはおずおずとたずねながら、なれなれしい質問をして怪しまれたのではないかと不安になる。

「ああ」

その声に、これまできいたことのない優しさを感じたチルカは、思い切って切り出す。「わたしはこれまで、あなたのおっしゃることにはすべて従ってきました。でも、わたしからは、なにもお願いしたことはありません。そうですね?」チルカはおずおずという。

「そうだな」シュヴァルツフーバーはいう。

「ひとつ、お願いしたいことがあるんです」

ラリは次の日もなんとか乗り切る。一人前に働き、殺された男のひとりをかついで帰るのにも協力する。自分がどうしようもなくいやになるのは、自分の苦痛のことばかり考えて、死んだ男への思いやりを持てないからだ。**ぼくはどうしてしまったんだ?** 一歩進むごとに肩が痛み、倒れそうになる。**負けるな、負けるな。**

収容所にもどると、ラリの視線はふたりの人物に吸いよせられる。被収容者と親衛隊員の宿舎をへだてているフェンスのすぐ向こうにいる、小柄なチルカ。そして、そのかたわらの収容所指導者シュヴァルツフーバー。フェンスのこちら側にいる衛兵と話をしている。ラリが立ち止まり、死体の脚を抱えていた手をゆるめたので、死体の頭のほうをかついでいた仲間がバランスを崩して転ぶ。ラリがチルカをみると、チルカはラリをちらりとみかえしてから、シュヴァルツフーバーになにかいう。シュヴァルツフーバーはうなずいて、ラリを指さす。ふたりは立ち去り、衛兵がラリに近づいてくる。

「ついてこい」

ラリは抱えていた脚を地面にそっと置くと、はじめて死んだ男の顔をみる。思いやりの気持ちがもどってきて、ラリは頭を下げる。またひとつ、悲劇的な終わりを迎えた命に。そしていっしょに死体をかついできた男と、申し訳なさそうに目を合わせると、急いで衛兵を追いかける。残された第三十一収容棟の被収容者たちはみな、ラリをじっと見送る。

衛兵がラリにいう。「おまえを前の部屋に連れていけとの命令だ。ジプシー収容所だ」

「ひとりでいけます」

「勝手にしろ」衛兵は去っていく。

ラリはジプシー収容所の外で立ち止まり、走りまわっている子どもたちをながめる。何人かがラリをみて、なぜもどってきたのかと不思議そうな顔をする。タトゥー係は死んだときいていたのだ。子どもがひとり、ラリにかけ寄って、腰に腕を巻きつけ、抱きしめて、「おかえりなさい」と歓迎する。ほかの子どももそれに加わり、すぐに大人たちも収容棟から出てきて、あいさつする。「どこにいっていたんだ?」みんなはたずねる。「けがをしているのか?」ラリはどの質問もはぐらかす。

ナディアが人々の一番後ろに立っている。ラリはナディアと目を合わせる。男や女や子どもたちをかきわけて、ナディアの前で立ち止まる。指でナディアの頬の涙をぬぐう。「また会えてうれしいです、ナディア」

「みんな、あなたがいなくて寂しかったのよ。わたしも寂しかった」

ラリにはうなずくことしかできない。早くこの場をはなれなければ、みんなの前で泣きくずれてしまいそうだ。ラリは自分の部屋に飛びこんでドアを閉め、世界からひとりになると、もとのベッドに横になる。

21

「おまえは本当にネコじゃないのか?」

声がきこえてきて、ラリは自分がどこにいるのか必死で思い出そうとする。目を開けると、バレツキがにやにやしながらみおろしている。

「なんですか?」

「ネコにきまってる。どうみたって、ここにいるほかの人間よりたくさん命を持ってる（欧米の古いことわざで、ネコには九つの命があるといわれている）」

ラリは起きあがろうとする。

「それは……」

「チルカか、ああ、わかってる。うらやましいよ、上層部にお友だちがいるなんて」

「喜んでぼくの命を差し出しますよ。チルカがそんなお友だちからはなれられるなら」

「もう少しで命を差し出すところだったくせに。まあ、おまえが死んだって、あの女の役には立てないがな」

「ええ、あの状況については、ぼくにできることはなにもありません」

バレツキは笑う。「おまえ、自分がこの収容所を支配しているとでも思ってるのか？　ふん、支配してるのかもしれないな。おまえはまだ生きてる。とっくに死んでるはずなのにな。いったいどうやって十一号館から抜け出したんだ？」

「さっぱりわかりません。外に出されたときには、死の壁にいくんだと覚悟しました。そしたらトラックに乗せられて、ここに連れてこられたんです」

「おれが知るかぎり、懲罰牢から生きて出てきたやつはいない。たいしたもんだ」

「そういう記録なら、喜んで作りますよ。ぼくはどうしてこの部屋にもどってこられたんですか?」

「単純なことだ。仕事とセットだからな」

「どういうことです?」

「おまえはタトゥー係だ。おれにいえるのは、神に感謝しろってことだけだ。あとがまの去勢男には、おまえほどの腕がなくてさ」

「フーステク曹長が前の仕事にもどしてくれたんですか?」

「おれなら曹長には絶対に近よらない。曹長はおまえをもどすどころか銃殺刑にしたがったくらいだ。だがシュヴァルツフーバー司令官は意見が違った」

「なんとかしてチョコレートぐらいは手に入れないと。チルカのために」

「タトゥー係さんよ、やめとけ。おまえは厳重に監視されてる。さあ、こい。仕事にいくぞ」

部屋を出るとき、ラリはいう。「すみません、ストッキングを差しあげられませんでした。手配はしたんですが、あんなことになってしまって」

「いいよ、まあ、努力をしてくれたんだろうし。どっちみち、あの女はもうおれのガールフレンドじゃないんだ。ふられたよ」

「それは残念です。ぼくのアドバイスのせいでなければいいんですが」

「いや。ただ、ほかに男ができただけだ。同じ町の——同じ国にいられるうらやましい——男がな」

ラリはもっとなにかいおうかと思うが、この話はもう続けないことにする。バレツキが先に立って収容棟を出て、敷地に入っていくと、男たちを乗せたトラックが到着し、選別が始まっている。ラリは、レオンが働いているのをみてほほえむ。あいかわらずタトゥーを入れる針を落としたり、インクをこぼしたりしている。バレツキがゆっくり立ち去り、ラリはレオンに後ろから近づく。

「手伝おうか？」

レオンがふり返った拍子に、インク壺がひっくり返る。レオンはラリの手をつかみ、大喜びで力強くふる。

「よかった！　もどってきたんですね！」

「ぼくもうれしいよ。体の具合は？」

「まだ座って小便しています。それ以外はだいじょうぶです。あなたがもどってきたから、すっかり元気になりました」

「じゃあ仕事にかかろう。ずいぶん大勢送られてきたみたいだ」

「ギタは知っているんですか？　あなたがもどったこと」

「知っていると思うよ。ギタの友だちのチルカが、ぼくを出してくれたんだ」

「チルカってあの……？」

「ああ。明日ふたりに会いにいってみるよ。さあ、針を一本貸してくれ。けちをつけられて、また前の場所に送り返されるのはごめんだからね」

レオンは使っていた針をラリに差し出し、自分には鞄をひっかきまわして別の針を取りだす。ふたりはいっしょに作業を始め、ビルケナウにやってきたばかりの新入りたちにタトゥーを入れていく。

次の日の午後、ラリが司令部の外で待っていると、娘たちが仕事を終えて出てくる。チルカとギタが気づく前に、ラリは目の前に姿をみせる。一瞬、ふたりは立ち止まったかと思うとラリに飛びつき、しっかり抱きしめる。チルカが泣きだす。ギタは涙を流さない。ラリは体をはなし、ふたりの手をとる。

「ふたりともあいかわらずきれいだね」ラリはふたりにいう。

ギタがあいているほうの手で、ラリの腕をたたく。

「死んだかと思ったのよ。また。もう二度と会えないかと思った」

「わたしも」チルカがいう。

「ぼくは生きてる。ふたりのおかげだ。死んでないよ。ここに、きみたちといっしょにいる。

ここがぼくのいるべき場所だ」

「でも……」ギタが泣きだす。

ラリはギタを引き寄せ、しっかり抱きしめる。

チルカがラリの頬にキスする。「先にいくわね。もどってきてくれて、本当にうれしいわ、ラリ。ギタがつらすぎて死んじゃうんじゃないかってこわかったの。あなたがいつまでも帰ってこなかったらどうなってたか」

「ありがとう、チルカ。きみはいい友だちだ。ギタにとっても、ぼくにとっても」

チルカはほほえみを浮かべて歩き去る。

何百人もの被収容者が敷地内を行き来する中、ラリとギタはそこに立ったまま、次になにをすればいいかわからない。

「目を閉じて」ラリがいう。

「なに？」

「目を閉じて、十まで数えて」

「でも――」

「いいから、やってごらん」

まず右目、そして左目も、ギタはいわれた通りに閉じる。十まで数え、目を開ける。「どういうこと?」

「ぼくはまだここにいる。二度ときみのそばからはなれない」

「さあ、もういかないと」

ふたりは女性収容所に向かう。カポに渡すものがない以上、ギタを遅刻させるのは危険だ。ふたりはそっと肩を寄せる。

「自分でもわからないの。あとどのくらい、こんなことに耐えられるのか」

「永遠に続くはずはないよ、ギタ。くじけないで、たのむから、くじけないでくれ。残りの人生をいっしょにすごそう」

「でも――」

「でもはなしだ。約束しただろう。生きてこの場所を出て、いっしょに自由な生活を手に入れるって」

「どうしてそんなことができるの?　明日どうなるかさえわからないのに。そうでしょう、あなた、ひどい目にあったばかりじゃない」

「でも今はきみとここにいる。違う?」

「ラリ――」

「だいじょうぶだよ、ギタ」

「教えて、なにがあったのか。どこにいたのか」

ラリは首を横にふる。「いえない。ぼくはもどってきて、きみとここにいる。何度もきみにいってきたじゃないか。ぼくたちはここを出て、いっしょに自由な生活を手に入れるんだ。ぼくを信じると誓ってくれ、ギタ」

「わかった。誓うわ」

ラリはギタの言葉の響きにうっとりする。

「いつか、きみは今の短いせりふをまったく違う状況でいう。そのとき、ぼくたちの前にはラビがいて、まわりには家族や友だちがいるんだ」

ギタはくすくす笑い、ラリの肩に一瞬頭をあずける。ふたりは女性収容所の入り口に到着する。

ラリが自分の収容棟にもどろうと歩いていると、ふたりの若者が近づいてきて、並んで歩きだす。

「タトゥー係ですね？」

「そういうきみたちは？」ラリはたずねる。

「食べ物をわけてくれるとききました」

「だれにきいたか知らないが、それは違う」

「お礼はします」ひとりがいって、握っていた手を広げ、小さいが完璧なダイヤモンドをみせる。

ラリは思わずうなる。

「どうぞ、受け取ってください。なんでもいいんです。わけてもらえるなら心から感謝します」

「どこの収容棟にいるんだ?」

「第九収容棟です」

いったいネコにはいくつ命があるんだろう?

翌朝、ラリは正門の近くで、鞄を手にうろついている。二回、親衛隊員が近づいてくる。「政治局」ラリは二回ともそういって、やりすごす。しかし以前より警戒心は強い。ヴィクトルとユリが収容所に入ってくる男たちの列をはなれ、ラリに親しげにあいさつする。

「きいてもいいかね? いったいどこにいっていたんだ」ヴィクトルがたずねる。

「きかないほうがいいと思います」ラリは答える。

「またやるつもりかい?」

「前のようにはいきません。量を減らしますが、いいでしょうか？　できれば食べ物を少し。ストッキングはいらなくなりました」

「わかった。よくもどってきてくれた」ヴィクトルが心をこめていう。

ラリが手を差し出し、ヴィクトルがその手を握り、ダイヤモンドが受け渡される。

「前金です。明日、会えますか？」

「明日」

ユリが横でみている。「また会えてうれしいよ」ユリは小声でいう。

「ぼくもだ、ユリ。大きくなったんじゃないか？」

「ああ、そうみたいだ」

「ところで」ラリはいう。「チョコレートを持っていないかい？　どうしてもガールフレンドといっしょにすごしたいんだ」

ユリは鞄からチョコレートを取り出し、ラリに渡しながらウインクする。

ラリはその足で女性収容所の第二十九収容棟に向かう。カポがいつもの場所に、日を浴びて立っている。そして近づいてくるラリをじっとみる。

「タトゥー係じゃない、また会えてうれしいね」カポはいう。

「やせましたか？　元気そうだ」ラリは軽く皮肉をこめていう。

「しばらくぶり」

「もどってきました」ラリはカポにチョコレートを渡す。

「呼んできてあげる」

ラリはカポを見送る。カポは司令部に歩いていき、外にいる女の親衛隊員に話しかけている。それからラリは収容棟に入って座り、ギタがドアから入ってくるのを待つ。すぐにギタが現れる。ドアを閉め、ラリに近づく。ラリは立ちあがって、ベッドの支柱にもたれる。伝えるべき言葉がすんなりと口から出てこないのではないか不安になる。表情を引きしめ、なにげないふりを装う。

「いつでも、どこでも、好きなときに愛し合う。ぼくらは自由じゃないけど、ぼくは今を、そしてここを選ぶ。きみは？」

ギタがラリの胸に飛びこんで、息もつけないほどのキスをラリの顔に浴びせる。ふたりが服を脱ぎかけたとき、ラリは手を止め、ギタの手をとる。

「きみにどこにいっていたかきかれたとき、ぼくはいえないと答えたのを覚えてる？」

「ええ」

「今でもいえないんだけど、きみに隠しておけないことがあるんだ。いいかい、こわがらないで。ぼくはだいじょうぶだから。少し拷問を受けたんだ」

「みせて」

ラリはゆっくりとシャツをずらし、ギタに背中を向ける。ギタはなにもいわず、そっと指で背中の赤い腫れをたどっていく。指に続いて唇が傷をたどり、ラリにはこれ以上なにもいわなくていいことがわかる。ふたりはゆっくりと優しく愛し合う。ラリはこみあげてくる涙を懸命にこらえる。それはこれまで感じたことがないほどの、深い深い愛だった。

22

ラリは長く暑い夏の日々を、ギタとともに、ギタへの思いとともにすごす。仕事量は減らないどころか、何千人ものハンガリー系ユダヤ人がアウシュヴィッツとビルケナウに毎週到着するようになった。その結果、男性収容所でも女性収容所でも、もめごとが起きている。ラリにはその理由がわかってきた。被収容者は、腕につけられた番号が大きいほど、まわりからばかにされるようになる。国籍が違う人間が大量に到着するたびに、なわばり争いが起こる。ギタから女性収容所の様子もきいている。一番長くいるスロヴァキア人の女たちは、ハンガリー人の女たちに腹を立てている。自分たちが厳しい交渉の末に勝ち取ったわずかな特権を、ハンガリー人の女たちが自分たちも同じようにもらえないのはおかしいと主張し始めたからだ。ギタたちは、自分たちのこれまでの苦労が認められるべきだと考えている。たとえば、カナダで手に入れた普段着を着ているのは、青と白の縦縞模様の囚人服を着ないですむように努力したからだ。その特権を、新入りに許すつもりはない。親衛隊員は、けんかが起きてもどちらにも味方しない。かかわった者はどちら側であれ、同じように容赦なく罰せられる。わずかばかりの食事を抜かれ、体罰を受けることもある。ライフルの台尻やステッキで一回だけ打たれることもあれば、激しく打たれることもあり、その様子を仲間の収容者たちはむりやりみさせられる。

ギタとダナはけんかに巻きこまれないようにしている。それでなくてもギタは、つまらない嫉妬の的になりやすく、悩まされることが多い。司令部で働くことができ、安全な立場にいると思われているチルカと仲がよく、そしてもちろん、ボーイフレンドのタトゥー係が会いにくるからだ。

ラリは収容所のいさかいとはほぼ無縁だ。レオンとわずかな仲間、そして親衛隊と仕事をしているため、何千人という単位でともに飢え、働き、争い、生き、死んでいく男たちの苦境から距離をおくことができる。ロマ族の人たちといるおかげで、安心して生活できる自分の場所があると思っていられる。ラリは自分の慣れ親しんだ日常が、大部分の人たちと比べて居心地のよいものであることに気づいている。命じられた仕事をし、なんとか時間をやりくりしてはギタとすごし、ロマ族の子どもと遊び、大人と――ほとんどが若者だが、年配の女たちとも――話をする。ラリが感心するのは、ロマ族の女がみんなのことを、血のつながりに関係なく大切にしていることだ。ラリは年配の男とはあまりつきあわない。彼らはたいてい座っていて、子どもとも、若者とも、年配の女とさえ話さない。そんな男たちをみていると、ラリは自分の父親を思い出す。

夜ふけにラリは目を覚ます。親衛隊員のどなり声、犬の吠え声、女や子どもの悲鳴。ドアを開けて外をみると、同じ収容棟の男や女、子どもたちが建物から引きずり出されている。ラリがみている前で、最後の女が幼い子どもを抱え、乱暴に突き飛ばされて、夜の闇の中に出てくる。ラリがみんなのあとから外に出て立ちすくんでいると、ジプシー収容所のまわりの収容棟からも次々に人が追い出されてくる。何千もの人々が、近くに停まった何台ものトラックに乗せられていく。明るく照らされた敷地内で、何十人もの親衛隊員と犬が人々を囲いこみ、命令に即座に従わなかった者を容赦なく撃つ。「トラックに乗れ!」

ラリは通りかかった顔見知りの親衛隊員を呼び止める。「どこに連れていくんです?」

「いっしょにいきたいのか、タトゥー係?」親衛隊員はそういって、歩き続ける。ラリは暗がりにまぎれ、群衆に目をこらす。ナディアをみつけてかけよる。「ナディア」ラリはすがるようにいう。「いかないで」

ナディアは勇敢な笑みを浮かべる。「しかたがないのよ、ラリ。みんなといっしょにいきます。さようなら、ラリ。あなたと友だちになれて……」親衛隊員に押され、ナディアは最後までいうことができない。

ラリが呆然と立ちつくし、みている前で、やがて最後のひとりがトラックに乗せられていく。トラックがすべて走り去ると、ラリは重い足を引きずって引き返す。収容棟は不気味な静けさに満ちている。ベッドにもどる。とても、眠れそうにない。

朝になると、ラリは暗い気持ちのまま、レオンといっしょに猛烈に働く。新たな被収容者が移送されてきたのだ。

メンゲレは押し黙った人の列を確認し、ゆっくりタトゥー係の机に近づいてくる。それをみたレオンの手が震える。ラリは表情でレオンを落ち着かせようとする。しかし、レオンから体の大切な一部を奪った男がほんの数メートル先にいるのだ。メンゲレが立ち止まり、ふたりの作業をみつめる。時おりタトゥーをのぞきこみ、ラリとレオンを動揺させる。死神を思わせる傲慢な笑みが消えることはない。ラリと視線を合わせようとするが、ラリは自分が数字を刻んでいる腕より上を決してみない。

「タトゥー係、タトゥー係」メンゲレがいって、テーブルに身を乗り出す。「今日あたり、おまえさんにきてもらうかもしれないぞ」メンゲレはさぐるように首をかしげ、ラリを不快にさせて楽しんでいるようだ。それから気がすんだように、ぶらぶらと去っていく。

なにかがそっと頭にのったのを感じ、ラリは顔をあげる。灰だ。近くの遺体焼却炉から吐き出されている灰だ。手が震え、タトゥーの針をとり落とす。レオンが落ち着かせようとする。

「ラリ、どうしたんですか？　なにかあったんですか？」

ラリは涙にむせびながら叫ぶ。「人殺し、人殺しどもめ！」

レオンがラリの腕をつかみ、落ち着かせようとしていると、メンゲレがこちらをふり返り、もどってくる。ラリはかっとなる。こらえきれない。ナディア。ラリが必死に怒りをしずめようとしているところに、メンゲレがやってくる。吐き気がこみあげてくる。

メンゲレの息が顔にかかる。「すべてとどこおりなくいっているかね？」

「はい、ドクトル殿。すべて順調です」レオンが震える声で答える。

レオンはかがみこみ、ラリの針を拾う。

「針が折れただけです。直して、すぐに作業にもどります」レオンは続ける。

「具合がよくないようだな、タトゥー係。わたしの診察を受けたいかね？」メンゲレがたずねる。

「だいじょうぶです。針が折れただけです」ラリは咳払いする。うつむいたまま顔をそむけ、仕事にもどろうとする。

「タトゥー係！」メンゲレが声を荒らげる。

ラリはメンゲレのほうに向き直る。歯を食いしばり、頭を低くしたまま。メンゲレがホルスターからピストルを抜き、腰のあたりで揺らしている。

「撃たれても文句はいえんぞ。わたしから顔をそむけたのだからな」メンゲレはピストルをあげ、ラリの額に向ける。「こっちをみろ。今、ここでおまえを撃ち殺すことだってできる。どうだ？」

ラリは顔をあげるが、視線を医者の額に向け、目を合わせまいとする。「はい、ドクトル殿。申し訳ありません、二度とこのようなことはいたしません、ドクトル殿」ラリは小声でいう。

「仕事にもどれ。時間をむだにするな」メンゲレはどなり、ふたたび歩み去る。ラリはレオンをみて、灰を指さす。今ではそこらじゅうに降ってきている。

「やつらはジプシー収容所を空にしたんだ、昨日の夜」

レオンはラリにタトゥーの針を渡し、なにもいわず仕事にもどる。ラリは顔をあげ、光を注いでくれる太陽をさがす。だが、太陽は灰と煙に隠れてみえない。

その夜、ラリが収容棟にもどると、昼間ラリとレオンが番号をつけた人たちが入っている。ラリは部屋に閉じこもる。親しくなりたくない。今夜は。これからも。収容棟に求めるのは静けさだけだ。

23

何週間も、ラリとギタはいっしょの時間をほとんど無言ですごす。ギタにいくら慰められても、ラリの心は晴れない。ギタはラリからロマ族の人たちのことをきき、ラリの苦悩を理解するが、同じようにその苦悩を感じられるわけではない。ギタがラリの「もうひとつの家族」と知り合うことがなかったのは、ギタのせいではない。ラリの話をきくのは楽しかった。子どもたちのこと、おもちゃがなくても遊ぼうと、雪やレンガのかけらをボール代わりに蹴ったり、だれが一番高く跳べるか収容棟の壁にタッチして競ったり、追いかけっこをしたりしていたこと。ギタはラリに血のつながった家族のことをきこうとするが、ラリはかたくなになり、これまで話した以上のことはいわない、ギタが自分のことを話してくれるまではいやだという。ギタは途方にくれる。どうすれば、ラリの悲しみの殻を破ることができるのだろう。ふたりはこれまで、人類の最も残酷な行為に二年半以上耐えてきた。しかし、ラリがこれほどふさぎこんだのははじめてだ。

「ユダヤ人とどこが違うっていうの？ 何千人もの同胞は？」ある日、ギタはラリに向かって叫ぶ。「あなたが今までアウシュヴィッツでみてきたことや、メンゲレがやっていることと、どこが違うっていうの？ いったいどれだけの人が、このふたつの収容所を通りすぎていったかわかっている？ わかっているの？」ラリは答えない。「わたしにはわかるの。カードに書かれた名前と年齢を――赤ちゃんからお年寄りまで――みてきたから。その人たちの名前と番号をみてきたから。数えられないくらい膨大な数よ」

ギタにいわれるまでもなく、ラリにはふたつの収容所を通りすぎていった人の数くらいわかっている。この手でひとりひとりに数字を入れてきたのだから。ラリはギタをみる。ギタは地面をじっとみつめている。ラリははっとする。自分にとってはただの番号でも、ギタにとっては名前なのだ。仕事柄、ギタは被収容者について、ラリより多くのことを知っている。名前や年齢を知ってしまうせいで、いつまでもその人たちのことが頭からはなれなくなるのだろう。

「すまない、きみのいうとおりだ。どんな死にも、同じ重さがある。これからはあまりふさぎこまないようにするよ」

「わたしといるときは、気持ちをさらけだしてくれてかまわない。でも、あんまり長く落ちこんでいるんだもの、ラリ。わたしたちには、一日だって貴重なのよ」

「きみは賢い、そして美しい。ただ、ぼくはいつまでもロマ族の人たちのことを忘れないと思うんだ」

「わたしが好きなラリは、忘れたりしない。あなたにとっては家族だったんだもの。わかってる。わたしがこんなことをいうのはおかしいけど、あの人たちの名誉のためにも、あなたは生き抜いて、この場所から出て、世界にここで起きたことを伝えなくちゃ」

ラリは顔を寄せ、ギタにキスする。愛と悲しみに胸が詰まる。

大きな爆発音がとどろき、足元の地面が揺れる。ふたりはあわてて立ちあがり、司令部の裏から表に走りでる。二度目の爆発音に、ふたりが近くの遺体焼却炉をみると、煙があがり、大混乱が起きている。特命労働隊（ゾンダーコマンド）の作業員たちが建物からかけだして、そのほとんどが収容所をとり囲むフェンスに突進していく。銃声が突然、遺体焼却炉の上からとどろく。みあげると、特命労働隊が屋根の上にいて、激しく発砲している。親衛隊が重機関銃で応戦し、数分で銃撃戦に決着をつける。

「なにが起きているの？」ギタがたずねる。

「わからない。建物に入ったほうがいい」

銃弾が周囲の地面に打ちつける。親衛隊が、目に入る者をかたっぱしから撃っているのだ。

ラリはギタを引き寄せ、建物にぴたりと体をつける。また大きな爆発音がする。

「第四遺体焼却炉だ——だれかが爆破している。ここにいないほうがいい」

司令部からかけだしてきた被収容者たちが容赦なく撃ち殺される。

「収容棟まで送ろう。きみが安全なのはあそこだけだ」

スピーカーから指示が流れる。「全員収容棟へもどれ。今移動すれば、撃たれることはない」

「よし、早くいって」

「こわいわ。いっしょに連れていって」ギタが泣き声をあげる。

「今夜は自分の収容棟にいたほうが安全だ。きっと点呼がある。かわいいギタ、収容棟の外にいるところをみつかったら危険だ」

ギタはためらう。

「さあ、いって。今夜は自分の収容棟にいて、明日はいつも通り仕事にいくんだ。さがされるようなことになったらまずい。明日も生きて朝を迎えてくれ」

ギタは大きく息を吸ってから、背を向けて走りだす。

別れ際にラリがいう。「明日、さがしにいく。愛してる」

その夜、ラリは自分で決めたルールを破り、収容棟の男たちの輪に加わる。ほとんどがハンガリー人だ。午後のできごとについて、少しでも情報がほしかった。どうやら近くの弾薬工場で働いている女たちが、わずかな量の火薬をこっそり爪の間に入れてビルケナウに持ち帰っていたという。それを受け取った特命労働隊が、サーディンの空き缶で原始的な手榴弾を作った。彼らは武器も隠していて、ピストルやナイフ、斧などを持っていた。

収容棟の男たちによれば、大がかりな反乱の噂があって、参加したいと思っていたのだが、それは今日行われるはずではなかったという。ソ連軍が迫ってきているので、その到着に合わせて反乱を起こし、収容所の解放をあと押しする計画だったという。ラリは収容棟の仲間ともっと前から親しくなっておかなかったことを後悔する。この計画を知らなかったせいで、ギタが死にかけたのだ。ラリは男たちにあれこれたずねる。ソ連軍がどこまで迫っているのか、いつごろ到着しそうなのか。あいまいな返事しかもらえないが、それでも未来が少し明るくなった気がする。

アメリカ軍の飛行機が上空を飛んでから、何か月もたっている。被収容者の移送は続いている。ラリには、ナチスの執念は少しも弱まっておらず、ユダヤ人をはじめとする「劣った者たち」を絶滅させようという決意に変わりはないように思える。それでも、最近やってきたハンガリー人たちのほうが、外の世界の新しい情報を持っているはずだ。**もしかしたら解放は近いかもしれない。**ギタに新たにわかったことを知らせよう。そしてオフィスでよく注意して、できるだけ情報を集めるよう頼んでおこう。

ようやく、一筋の希望をかいまみる。

24

その秋は身を切るように寒い日が続く。多くの人が死んでいく。ラリとギタは、わずかな希望にすがる。ギタは収容棟の仲間にソ連軍の噂を教え、生きてアウシュヴィッツを出られることを信じようと励ます。一九四五年が始まり、気温がまた大きく下がる。ギタはどうしようもなく気力が失せていく。カナダで手に入れたあたたかなコートでも寒さをしのげず、アウシュヴィッツ・ビルケナウという忘れられた世界にとらわれてまた一年をすごさなくてはならないのかという恐怖にさいなまれる。移送は減っている。そのことが親衛隊の仕事をしている被収容者、特に特命労働隊に悪い影響をおよぼしている。作業が減ったため、処刑されるおそれが出てきたのだ。ラリは蓄えを増やしてきたが、新たに手に入る宝の量がぐんと減った。それに地元の人たちが、ヴィクトルやユリも含め、働きにくることがなくなった。建設工事は中断された。ラリはうれしい知らせをきいていた。反乱によって爆破され損傷したふたつの遺体焼却炉が修繕されないことになったというのだ。ラリの記憶にあるかぎりはじめて、ビルケナウを出る人の数が入る人の数を超えた。ギタと同僚は、次々に収容所から移送される人たちの手続きを進めた。ほかの収容所に送られるという話だった。

雪が深く積もった一月下旬のある日、ラリはレオンが「去った」ときかされる。ラリはバレツキと並んで歩きながら、レオンのいき先をたずねる。バレツキは答えず、おまえもビルケナウから送り出されることになるかもしれないと警告する。しかしラリはまだとがめられることなく歩きまわり、朝晩の点呼を求められることもない。この立場にいれば収容所にとどまれるのではないかと期待しているが、ギタも同じようにとどまれるかどうかはわからない。バレツキはいつものように陰険に笑う。レオンはおそらく死んだのだろう。ラリはまだ自分が悲しめることにおどろいていた。

「あなたは自分の鏡に映った世界をみているんでしょうが、ぼくの鏡には違う世界が映ってるんです」ラリはいう。

バレツキは立ち止まり、ラリをみる。ラリはその視線を受けとめる。

「ぼくはぼくの鏡をみています。その世界では、あなたたちは負けることになっています」

バレツキは笑みを浮かべる。「自分が生きてそれをみとどけるつもりでいるのか？」

「はい」

バレツキはホルスターに入ったピストルに手をやる。「おれにはおまえの鏡をこなごなにすることができるんだぞ、今すぐにでも」

「あなたはそんなことはしませんん」

「寒い場所に長くいすぎたんだな、タトゥー係さんよ。あたたかいところにいって、正気をとりもどせ」バレツキは立ち去る。

ラリはバレツキを見送る。ラリにはわかっている。もしバレツキと闇夜に対等の立場で出会ったら、立ち去るのは自分のほうだ。あの男の命を奪うことにはなんのためらいもない。手を下すのはこっちだ。

一月下旬のある朝、ギタは積もった雪に足をとられながら、ラリのところへ、ラリの収容棟へ、決して近づいてはいけないとラリにいわれている場所に向かって走る。

「様子がおかしいの」ギタは叫ぶ。

「どういうこと？」

「親衛隊が、いつもと違うの。パニックを起こしているみたい」

「ダナはどこ？」ラリは心配してたずねる。

「わからない」

「ダナをみつけて、収容棟にもどって、ぼくがいくまで動かないで」

「いっしょにいたい」

ラリはギタを引きはなし、両肩をつかむ。

「急いで、ギタ。ダナをみつけて収容棟にもどるんだ。ぼくもあとでいくから。とにかくなにが起きているか、調べてみる。新しい被収容者がもう何週間もきていない。もしかしたら終わりの始まりかもしれない」

ギタが背を向け、しぶしぶラリからはなれる。

ラリは司令部にいき、そっとオフィスに入る。三年近くものあいだインクや指示をもらいにきた、なじみの場所に。中は大混乱だ。どなられ、おびえ、デスクで縮こまっている事務員たちから、親衛隊員たちが帳簿やカードや書類を取り上げている。親衛隊の女の職員がひとり、ラリの横を通りかかる。手には書類や帳簿をたくさん抱えている。ラリがさりげなくぶつかったので、女の職員が持っていたものをまきちらす。

「すみません。手伝います」

ふたりはかがんで書類を拾い集める。

「だいじょうぶですか？」ラリはできるだけ優しく話しかける。

「あんたは失業よ、タトゥー係さん」

「どうしてですか？　なにがあったんです？」

女の職員はラリに近づき、声をひそめる。

「収容所から退去することになったの。明日から」

ラリはどきりとする。「詳しく教えてください。お願いします」

「ソ連軍が、すぐそこまで迫ってきてるらしい」

ラリは司令部から女性収容所に走る。第二十九収容棟のドアは閉まっている。外で見張っている者がいない。中に入ると、女たちが奥で抱き合っている。チルカまでいる。女たちはラリをとり囲み、おびえた顔で質問を浴びせる。

「わかっているのは、親衛隊が記録を廃棄しているということだけだ。ソ連軍が迫ってきているといっていた」収容所からの退去が翌日から始まるという知らせはふせておく。いき先がわからないことを明かしてしまえば、さらに混乱を招くだけだ。

「親衛隊はわたしたちをどうするつもりかしら」ダナがたずねる。

「わからない。あいつらだけが逃げて、ソ連軍が収容所を解放してくれればいいんだが。もっと調べてみるよ。なにかわかったら、また知らせにくる。収容棟をはなれないで。やたらと発砲したがる衛兵がいるかもしれないから」

ラリはダナの両手を握る。「ダナ、これからどうなるかわからないけど、チャンスがあるうちにいわせてくれ。ぼくはこれからもずっときみに感謝する、きみがギタの友だちでいてくれることに。きみはこれまで何度も、くじけそうになったギタを支えてくれた」

ふたりは抱き合う。ラリはダナの額にキスをしてから、ギタのもとにいかせる。それからチルカとイヴァナのほうを向き、ふたりをいっしょに抱きしめる。

ラリはチルカにいう。「きみほど勇敢な人はいない。きみはここで起きたことに、これっぽっちも罪悪感も持っちゃいけない。きみにはなんの罪もないんだ——忘れないでほしい」

チルカはすすり泣きながら答える。「生きのびるためにはこうするしかなかった。わたしがやらなかったら、だれかほかの人があのブタの手にかかって苦しむことになったでしょう」

「きみは命の恩人だ、チルカ。一生忘れない」

ラリはギタのほうを向く。

「なにもいわないで」ギタはいう。「絶対に、ひとこともいっちゃだめ」

「ギタ……」

「だめ。いわないで。ただ明日会おうとだけいって。わたしがあなたにいってほしいのはそれだけ」

ラリは女たちを見回し、もうなにもいうべきことは残っていないことに気づく。みんなこの収容所に少女としてやってきて、今では——まだ二十一歳にもなっていないというのに——傷つけられ、ぼろぼろになっている。これから大人になっても、なれたはずの女性にはなれないだろう。未来への道はねじ曲げられ、もとにもどすすべはない。思い浮かべていた将来像、娘として、姉妹として、妻として、母として、働く女性として、旅する女性として、恋人として描いていた自分たちの姿は、ここで目撃し、耐えなければならなかったことによって、永久に汚されてしまった。

ラリは女たちを残し、バレツキをさがしにいく。明日からどうなるのか、情報がほしい。だが、バレツキはどこにもみあたらない。重い足取りで収容棟にもどると、ハンガリー人の男たちが不安そうにしている。ラリはきいてきたことを伝えるが、彼らの不安をぬぐうことはできない。

夜になってから、親衛隊員がすべての女性収容棟に入ってきて、ひとりひとりのコートの背中に、鮮やかな赤いペンキで斜めに一本線を入れていく。女たちはふたたび印をつけられ、みえない運命を定められる。ギタ、ダナ、チルカ、イヴァナは、そろって同じ印をつけられたことにひとまずほっとする。明日なにが起こるにせよ、みんないっしょだ。生きるも死ぬも、いっしょだ。

夜もふけてから、ラリはようやく眠りにつく。しかし騒々しい物音に起こされる。少ししてやっと、ぼんやりした頭が音を認識する。ロマ族の人たちが連れ去られた夜の記憶がにわかによみがえる。今度はどんな恐ろしいことが起こるのだろう? ライフルの銃声に、すっかり目が覚める。靴をはき、肩に毛布をかけて、ラリは用心しながら外に出る。何千人もの女が並ばされている。みるからに混乱していて、監視役も、被収容者も、なにをすべきかよくわかっていないようだ。親衛隊員はラリに目もくれない。ラリは女たちの列の間をあわてていったりきたりする。だれもが寒さとこれから起こることへの不安に、身を寄せ合っている。雪が降り続いている。走ることはできない。目の前で、ひとりの女が脚を犬にかみつかれ、地面に倒れる。仲間が手をさしのべて助け起こそうとするが、犬を連れている親衛隊員がピストルを抜き、倒れた女を撃つ。

ラリは急いで歩き続け、列をみてまわり、必死にさがす。ようやくみつける。ギタが友人たちと支え合いながら、正門のほうに押されていく。しかしチルカがいない。ギタのそばにも、たくさんの顔のどこにも。ラリはふたたび、ギタに視線を向ける。うつむいているが、肩の動きですすり泣いているのがわかる。とうとうギタが泣いてしまった。しかしぼくには慰めてあげることができない。ダナがラリをみつける。ギタをひっぱって列からはずれ、ラリのほうを指さす。ギタはようやく顔をあげ、ラリをみる。ふたりの目が合う。ギタの濡れた目は必死になにかを訴え、ラリの目は悲しみにあふれている。ギタばかりをみていて、ラリは親衛隊員に気づかない。ふりおろされたライフルをよけられず、顔にまともにくらって膝をつく。ギタとダナが悲鳴をあげ、列の動きに逆らってもどってこようとする。しかしどうすることもできず、人の流れに呑みこまれてしまう。ラリはよろよろと立ちあがる。右目の上が大きく裂け、血が顔に流れている。こらえきれず、人々の流れに飛びこみ、おびえきっている女たちの列をひとつひとつさがしていく。門の近くまできたとき、またギタがみえる——手を伸ばせば届く。衛兵がラリの前に立ちはだかり、ライフルの銃口を胸に突きつける。

「ギタ！」ラリは叫ぶ。

ラリの世界がぐるぐるまわっている。みあげた空は、夜明けが近いのにますます暗くなっていくようだ。衛兵のどなり声と犬の吠え声に混じって、ギタの声がきこえる。

「フルマン。わたしの名前はギタ・フルマンよ！」

立ちふさがったままの衛兵の前で膝をつき、ラリは叫ぶ。「愛してる」

返事はない。ラリが膝をついたままでいると、衛兵がいなくなる。女たちの泣き声がやむ。犬の吠え声がきこえなくなる。

ビルケナウの門が閉ざされる。

ラリはひざまずいている。雪はひっきりなしに降っている。額の傷から流れる血が顔をおおう。ラリはひとり閉じこめられてしまった。なにもできなかった。親衛隊員が近づいてくる。

「凍え死ぬぞ。ほら、収容棟にもどれ」

親衛隊員は手を伸ばし、ラリを立ちあがらせる。最後の最後に敵がみせた優しさだった。

朝になり、砲声と爆音に、ラリは目を覚ます。ハンガリー人の男たちといっしょに外に出ると、親衛隊は恐慌状態に陥っていた。混乱の中、被収容者も見張りもてんでに動きまわり、たがいに目もくれない。

正面の門が大きく開け放たれている。

何百人もの被収容者が出ていくが、とがめられることはない。栄養失調で弱った被収容者の中には、呆然としてよろよろ歩きまわったあげく、収容棟にもどって寒さをしのぐ者もいる。ラリは歩いて門を出てみる。これまで何百回も、アウシュヴィッツにいくために通った門だ。近くに停まっている列車が煙を空に吐き出し、今にも発車しようとしている。犬を連れた衛兵が男たちを集め、列車のほうに押していく。ラリも巻きこまれて押され、気づくと列車によじ登っている。貨車の扉が大きな音を立てて閉まる。ラリは人をかきわけて壁ぎわへいき、外をのぞく。何百人もの被収容者が、まだあてもなく歩きまわっている。列車が動き出したとき、親衛隊が残った男たちに発砲しているのがみえる。

ラリは立ったまま、貨車のすきまからみつめる。容赦なく降りしきる雪の向こうに、ビルケナウが消えていく。

25

ギタたちは、ビルケナウとアウシュヴィッツにいた何千人もの女といっしょに行進させられ、足首まで雪がつもった小道を重い足取りで歩いていく。できるだけ目立たないように、ギタとダナは女たちの列の中をさがしまわっている。少しでも列から遅れれば、銃弾が飛んでくるのはわかっている。「チルカをみませんでしたか？　イヴァナをみませんでしたか？」ふたりは何百回もたずねる。女たちはたがいに支え合い、腕を組んでいる。でたらめとも思える間隔で止まれといわれ、休憩しろといわれる。寒くてたまらないが、女たちは雪の上に座り、少しでも足を休ませようとする。多くが、出発の号令がかかってもその場に残る。死んでいる者、死にかけている者、一歩も動けなくなった者。

昼が夜になり、それでも行進は続く。人数が減り、そのぶん、親衛隊の監視の目から逃れにくくなる。闇の中、ダナが膝をつく。これ以上歩けない。ギタもいっしょに立ち止まるが、ふたりはしばらくほかの女たちの陰になり、みつからずにすむ。ダナはしきりに自分を置いて先にいってとギタにいう。ギタは、ばかなこといわないでという。見捨てるくらいならいっしょにポーランドのどこかの野原で死んだほうがましだ。四人の娘がダナに、手を貸すからいっしょにいこうといってくれるが、ダナは耳を貸さない。ギタを連れていってくれという。親衛隊員が近づいてくるのをみて、娘たちはギタを立ちあがらせ、引きずっていく。ギタがふり返ると、親衛隊員はダナの横で立ち止まるが、ピストルを抜くことなく、また歩きだす。銃声は響かない。死んだと思ったのだろう。娘たちはギタを引きずり続ける。ギタが腕をふりほどいてダナのところにもどろうとしても、決してはなさない。

暗闇の中、女たちはよろよろと歩き続け、時おりきこえる銃声にもほとんど反応しない。ふり返ってだれが倒れたか確認することもなくなる。

夜が明けると、女たちは野原の真ん中で止まれといわれる。前には線路が走っている。機関車と数両の家畜運搬用の貨車が待っている。ナチスはわたしをここに連れてきた。今度は連れ去ろうとしている。ギタは考える。

いっしょに歩くことになった四人の娘はポーランド人で、ユダヤ人ではないらしい。家族のもとから連れてこられたが、その理由は自分たちもわからないという。それぞれ別の町からきて、ビルケナウではじめて知り合った。

野原の向こうにぽつんと一軒、家がある。さらに、向こうはうっそうとした森が広がっている。親衛隊がどなり声で命令する横で、機関車に石炭がくべられる。ポーランド人の娘たちがギタのほうを向く。ひとりがいう。「わたしたち、あの家まで走ることにする。撃たれたら、ここで死ぬ。でもこれ以上連れまわされるよりまし。あなたもいっしょにくる?」

ギタは立ちあがる。

ひとたび走りだしたら、ふり返らない。どの親衛隊員も、何千人もの疲れ切った女たちを列車に乗せる作業にかかりきりだ。家の玄関のドアが開いている。五人が倒れこむように中に入ると、目の前で暖炉の火が勢いよく燃えていて、娘たちの心は興奮と安堵でいっぱいになる。あたたかい飲み物が手渡され、パンもふるまわれる。ポーランド人の娘たちが堰を切ったように話しだし、家の人たちは信じられないという表情で首を横にふっている。ギタはなにもいわない。訛りでポーランド人ではないことを知られたくないからだ。ここの人には、自分もほかの四人と同じで、ただ物静かなだけだと思われたほうがいい。家の主人は、ここに置いてあげるわけにはいかないという。ドイツ軍がしょっちゅう敷地を見回りにくるのだ。主人は娘たちにコートを脱ぐようにいい、コートを持って家の裏に出ていく。もどってきたとき、赤いペンキは消え、コートはガソリンのにおいがしている。

外からは何度も銃声がきこえ、娘たちがカーテンのすきまからのぞくと、生き残った女たちが全員列車に乗せられたところだ。線路わきの雪の上には、死体がちらばっている。主人は娘たちに、近くの村に住んでいる親戚の住所を教え、パンと毛布をくれる。五人は家を出て森に入り、凍てつく地面の上で夜を明かす。体を寄せ合って丸くなり、暖をとろうとしたがむだだった。葉を落とした木々は娘たちを守ってはくれない。周囲の視線からも、冷たい風からも。

午後遅くなって、ようやく娘たちは隣村に着く。太陽は沈み、街灯の弱い光はほとんどあたりを照らさない。しかたなく通りがかりの女の人に、教えられた住所への行き方をたずねる。その人は親切で、さがしている家まで案内してくれ、娘たちが玄関のドアをノックするあいだ、待っていてくれる。

「この子たちをよろしくね」女の人はドアが開くとそういって去っていく。

ドアを開けた婦人はわきによけ、娘たちを中に入れる。ドアが閉まると、娘たちはここにきたいきさつを説明する。

「今の人がだれか、知ってるの？」婦人はいいにくそうにたずねる。

「いいえ」娘のひとりが答える。

「親衛隊員。親衛隊の高官よ」

「わたしたちがどこからきたか、わかってしまったかしら？」

「あの人はばかじゃない。きいた話じゃ、強制収容所でかなり残酷なことをしたそうよ」

年配の女がキッチンから出てくる。

「お母さん、お客さんです。かわいそうに、収容所にいたんですって。なにかあたたかいものを食べさせてあげないと」

年配の女はあれこれと娘たちの世話を焼き、キッチンに案内してテーブルにつかせる。ギタは前にこんなふうにキッチンの椅子に座ったのがいつだったか、思い出せない。女は料理用ストーブからあたたかいスープをよそってくれ、娘たちを質問攻めにする。家の人たちは、娘たちがここにとどまるのは危険だと考える。あの親衛隊員が、娘たちがいると通報するかもしれない。

年配の女が、ちょっとごめんなさいねといって家を出ていき、しばらくして、近所の人を連れてもどってくる。その人の家には、屋根裏と地下室がある。喜んで五人を屋根裏に泊めてくれるという。暖炉で火をたいているから、地下室よりあたたかいだろう。しかし日中は家にいられない。どの家も、いつドイツ軍に捜索されるかわからない。退却が始まったようだが、油断は禁物だ。

ギタと四人のポーランド人の娘は、夜は屋根裏で眠り、昼間は近くの森に隠れてすごす。噂は小さな村じゅうに広がり、地元の司祭が教区民に呼びかけたおかげで、家主のもとに毎日食料が届けられる。数週間のうちに、ドイツ軍の残党も迫りくるソ連軍にせきたてられるように去っていく。数人のソ連兵が、ギタたちが泊まっている家の向かいの敷地に宿舎を建てる。ある朝、いつもより遅く森に向かったギタたちは、宿舎の外で見張っていたソ連兵に呼び止められる。娘たちはタトゥーをみせ、説明しようとする。自分たちがこれまでどこにいたのか、なぜここにいるのか。娘たちの状況に同情して、ソ連兵は家の外に見張りをおこうといってくれる。そうすれば、昼間も森に隠れずにすむ。五人がその家に住んでいることは秘密でなくなり、出入りするときには兵士たちがほほえんだり手をふってくれたりするようになる。

ある日、ひとりの兵士がギタに直接話しかけてくる。ギタが話しだすとすぐに、兵士はギタがポーランド人でないことに気づく。ギタはスロヴァキア出身だと明かす。その日の夕方、兵士が玄関をノックして、若者を紹介する。ソ連軍の軍服を着ているが、スロヴァキアからきたのだという。ふたりは夜まで話しこむ。

娘たちは次第に気がゆるみ、夜遅くまで暖炉のそばですごし、油断がちになる。ある晩、いきなり玄関のドアが勢いよく開き、酔っぱらったソ連兵が足をもつれさせながら入ってくる。「見張り」が外で気を失って倒れているのがみえる。押し入ってきた兵士はピストルをふりまわし、ひとりの娘を選ぶと、服を乱暴に脱がせようとする。そしてズボンを脱ぐ。ギタたちは悲鳴をあげる。すぐに数人のソ連兵がかけこんでくる。同僚が娘の上にまたがっているのをみて、ひとりの兵士がピストルを抜き、頭を撃つ。兵士たちはレイプ未遂犯を家から引きずり出し、しきりに謝る。

ショックを受けた娘たちは、村を出る決意をする。そのうちのひとりが、姉がクラクフに住んでいて、もしかしたらまだいるかもしれないという。前夜の事件のことでわびにきたソ連兵の上官が、運転手と小型トラックを手配して、五人をクラクフまで送ってくれることになる。

その姉は以前と同じ、食料品店の上にある小さなアパートで暮らしていた。アパートは人であふれている。疎開していた友だちがもどってきて、家もなく、身を寄せているのだ。みんな金がない。飢えをしのぐために、毎日市場に出かけ、ひとりひとつずつ食べ物を盗んでくる。そうして手に入れたもので毎晩食事を作る。

ある日、市場に出かけたギタの耳に、祖国の言葉がきこえてくる。話しているのはトラック運転手で、野菜を荷台からおろしている。ギタがたずねると、毎週数台のトラックがブラティスラヴァからクラクフへ、新鮮な果物や野菜を運んでいるという。ギタが、帰りに乗せてほしいと頼むと、運転手はうなずく。ギタはいっしょに暮らしている人たちのところに走っていって、出ていくと告げる。ともに逃亡した四人の友だちと別れるのはとてもつらい。四人は市場までついてきて手をふってくれる。ギタとふたりの同国人を乗せたトラックは、なにが待っているかわからない場所に向けて出発する。もうずいぶん前に、両親とふたりの妹の死を受け入れたギタだったが、せめて兄たちのひとりでも生きていてくれることを祈る。レジスタンスに加わり、ソ連軍とともに戦って、命拾いしているかもしれない。

ブラティスラヴァではクラクフと同じように、収容所で生き残った人たちとぎゅう詰めのアパートで寝泊まりする。名前と住所を赤十字に届けたのは、収容所から生還した人たちがみなそうやってはなればなれになった家族や友人をさがそうとしているときいたからだ。

ある日の午後、アパートの窓から外をみていると、ふたりの若いソ連兵がフェンスを飛びこえて敷地に入ってくるのがみえる。ギタはこわくなるが、近づいてきた兵士たちが、自分のふたりの兄、ドッドとラツロだということに気づく。ギタは階段をかけおり、ドアを勢いよく開けると、思い切りふたりに抱きつく。あまり長くはいられないとふたりはいう。ソ連軍がこの町をドイツ軍から解放したとはいえ、町の人たちはソ連の軍服を着ている人間を信用していない。つかの間の再会の喜びに水を差したくなくて、ギタは残りの家族について知っていることをいわないでおく。いずれわかることだし、ほんの数分の貴重な時間に持ち出すことではない。

別れ際、ギタは兄たちに、わたしもソ連の軍服を着たことがあるのよと話す。アウシュヴィッツに到着して最初に支給された服だったの、兄さんたちよりわたしのほうが似合っていたわといって、三人で笑い合う。

26

列車は田園地帯を走っている。ラリは壁に寄りかかり、ズボンの内側に隠したふたつの小さな袋をいじっている。中には危険を承知で持ち出した宝石が入っている。多くはマットレスの下に置いてきた。部屋を捜索する人間が持っていけばいい。

夜になり、列車が車輪をきしらせながら停まると、ライフルを持った親衛隊員が全員に降りろと命令する。三年近く前、ビルケナウに着いたときにいた親衛隊員とまったく同じ調子だ。別の強制収容所に着いたのだ。同じ車両に乗っていた男が、ラリといっしょに飛びおりる。

「ここか。前にいたことがある」

「そうなのか?」ラリがたずねる。

「マウトハウゼン収容所。オーストリアだ。ビルケナウほどひどくはないが、似たようなもんだ」

「ぼくはラリ」

「ヨゼフだ。よろしく」

男たちが全員降りると、親衛隊員が手をふって中に入るよううながし、それぞれ寝場所をみつけろという。ラリはヨゼフのあとから収容棟に入っていく。ここの男たちは飢えている――骨と皮ばかりだ――が、なわばりを主張する元気は残っている。

「うせろ。ここはいっぱいだ」

ベッドにひとりずつ陣取って譲らず、入ろうとする者がいればいつでも追い払おうと構えている。さらにふたつの収容棟をまわったが、状況は同じ。ようやくふたりは少し余裕のある収容棟をみつけ、場所を確保する。寝場所を求めて新たに入ってくる者には、決まり文句を投げかける。「うせろ。ここはいっぱいだ」

翌朝、周囲の収容棟の男たちが並んでいるのがみえる。ラリははっとする。これから裸で調べられ、名前や出身地をたずねられるのだ。またか。宝石を入れた小袋から特に大きなダイヤモンドを三粒取り出し、口に入れる。急いで収容棟の裏へいき、残りの宝石をばらまいて、ほかの男たちが集まりきらないうちに列にまぎれこむ。裸の男たちの身体検査が始まる。衛兵たちが、前に並んでいる男の口をこじ開けているのをみて、ダイヤモンドを舌の裏に入れる。衛兵がくる前から口を開けておく。衛兵はちらっとみただけで通りすぎていく。

数週間、ラリたち被収容者はほとんどなにもせず、ぶらぶらしてすごす。できることといえば、観察すること、特に自分たちを見張っている親衛隊員を観察することぐらいで、ラリは近寄っていいのはだれか、避けるべきなのはだれかをみきわめようとする。そして時おりひとりの見張りに話しかけるようになる。その見張りはラリがすらすらとドイツ語を話すことに感心する。アウシュヴィッツとビルケナウのことはきいているが、いったことはなく、詳しくききたいという。ラリは現実とはまったく違う話を語ってきかせる。このドイツ人に仲間が受けた仕打ちの実態を話しても、なんの得もない。ラリはアウシュヴィッツとビルケナウでどんな仕事をしていたか話し、ぶらぶらしているより働くほうがずっと好きなのだという。数日後、見張りはラリに、マウトハウゼンの付属収容所に移りたいかとたずねる。ウィーンにあるザウラー・ヴェルケ付属収容所だ。ラリは、ここよりひどくなることはないだろうと考え、見張りの話によれば、ここより少しはましだし、司令官が年寄りであまり厳しくないらしいので、移ることにする。見張りは、ザウラー・ヴェルケではユダヤ人を受け入れていないから、信仰のことは黙っているようにと教えてくれる。

翌日、見張りがラリにいう。「荷物をまとめろ。ここから出るんだ」

ラリはあたりを見回す。「まとめてあります」

「トラックで、あと一時間ほどで出発だ。門のところに並べ。名前がリストにあるはずだ」見張りは笑う。

「ぼくの名前が？」

「そうだ。その腕の番号は隠しておけ。いいな」

「名前で呼ばれるんですか？」

「ああ——忘れるな。うまくやれよ」

「ちょっと待ってください。差しあげたいものがあるんです」

見張りは不思議そうな顔をする。

ラリは口からダイヤモンドをひと粒取り出し、シャツでぬぐうと、見張りに渡す。「これで、ユダヤ人からなにももらっていないとはいえなくなりましたよ」

ウィーン。ウィーンときいたら、いかないわけにいかない。プレイボーイ時代のラリにとっては、夢の街だった。名前そのものにロマンチックな響きがあり、おしゃれで可能性にあふれている。しかしラリにはわかっている。今のウィーンはきっと夢の街とはほど遠いはずだ。

付属収容所の衛兵たちは、やってきたラリたちをろくにチェックもせず迎える。ラリたちは収容棟をみつけ、いつどこで食事をすればいいか教えられる。ラリの頭の中は、ギタのこと、どうすればギタに会えるかということでいっぱいだ。収容所から収容所へ、そしてまた別の収容所へ——こんなことはもうたくさんだ。

到着して数日間、まわりを観察する。収容所の司令官は歩くのもやっとで、息をしているのが不思議なくらいだ。ラリは気さくな見張りに話しかけ、被収容者たちの力関係をさぐる。この中で、スロヴァキア人は自分ひとりらしいことがわかったので、人づきあいを避けることにする。ポーランド人、ロシア人、そして数人のイタリア人が同国人同士で集まって一日じゅうしゃべっていて、ラリはたいていひとりでいる。

ある日、ふたりの若者がそっと近づいてくる。「きいたぜ。あんた、アウシュヴィッツでタトゥー係をしてたんだって？」

「きいたって、だれに？」

「あんたがあそこにいて、被収容者にタトゥーをしていたのを知ってるってやつらがいるんだ」

ラリは若者の手をとり、袖をまくりあげる。番号はない。ラリはもうひとりをみる。

「きみは？　きみはいたのか？」

「いいや。だけど本当なんだろう？」

「ぼくはタトゥー係だった。それがなにか？」

「別に。ただきいただけだよ」

ふたりは立ち去る。ラリはまた物思いにふける。近づいてくる親衛隊員たちが目に入らず、気づいたときには立たされ、後ろ手にしばられて歩かされ、近くの建物に連れていかれる。ラリを目の前にした老司令官が、親衛隊員にうなずく。親衛隊員はラリの袖をまくりあげ、番号をみせる。

「アウシュヴィッツにいたのか？」司令官がたずねる。

「はい、そうです」

「そこでタトゥー係だったのか？」

「はい、そうです」

「ということはユダヤ人か？」

「いいえ、違います。カトリック教徒です」

司令官が片眉をあげる。「ほう。アウシュヴィッツにカトリック教徒がいるとは知らなかった」

「はい、いろんな宗教の人がいました。犯罪者や政治犯も」

「おまえさんは犯罪者なのか？」

「いいえ、違います」

「そしてユダヤ人でもないと？」

「はい、違います。カトリック教徒です」

「ユダヤ人ではないと二回いったな。もう一回だけきく。おまえさんはユダヤ人か？」

「違います。証拠が必要なら——おみせします」そういってベルト代わりのひもをほどいたので、ズボンが床に落ちる。ラリは指を下着の腰の部分にかけ、おろそうとする。〔ユダヤ教では男性器に割礼を施す伝統があるため、ユダヤ人をみわける手段とされた〕

「よせ。みせなくていい。わかったからいけ」

ラリはズボンをひっぱりあげ、呼吸を整えようとする。ここで動揺しているのを見破られてはいけない。足早に司令官の執務室を出る。外の控え室で立ち止まり、椅子にへたりこむ。近くのデスクにいる職員がみている。

「だいじょうぶか？」

「はい、だいじょうぶです。ちょっとめまいがしただけで。今日は何日ですか？」

「二十二日、いや、待て。四月の二十三日だ。なぜだ？」

「なんでもありません。ありがとうございます。失礼します」

外では、被収容者たちが敷地のあちこちにだるそうに座り、衛兵たちがさらにだるそうにしている。三年だ。おまえたちは、ぼくの人生から三年も奪った。これ以上、一日たりともやるものか。収容棟の裏にいき、フェンスに沿って歩きながら、フェンスを揺らして弱くなっている場所をさがす。そのうちみつかる。金網の下のほうが枠からはずれている。ラリは手前に大きく引っぱる。みられているかどうか確認するのももどかしくフェンスをくぐり、静かな足取りで収容所をあとにする。

森に入れば、ドイツ兵が巡回していてもみつからずにすむ。奥のほうに進んでいくと、砲声や銃声がきこえてくる。そちらに向かうべきか、はなれるべきか、わからない。音がやんだわずかな間に小川のせせらぎがきこえる。そちらにいくと戦闘に近づくことになるが、ラリはもともと方向感覚が鋭く、いくべきだという気がする。ソ連軍か、はたまたアメリカ軍が小川の向こうにいたら、喜んで降伏しよう。日が落ちて暗くなってくると、遠くの銃撃や砲撃の光がみえるようになる。それでも、まずは小川をみつけ、あわよくば橋か川沿いの道をみつけたい。ついてみると、目の前を流れる川はかなり幅が広い。ラリは川向こうをみつめ、砲撃に耳をすます。**きっとソ連軍だ。今からいくぞ。**川に入り、凍えるような冷たさにぎょっとする。ゆっくり泳ぎ、水をかくとき必要以上にしぶきをあげないようにする。気づかれるとまずい。動きを止め、顔をあげてきき耳をたてる。銃声に近づいている。「まずい」ラリはつぶやく。泳ぐのをやめ、流れに身をまかせて、頭上の砲火をやりすごす。丸太か死体だと思ってみすごしてくれるといいのだが。なんとか危機を脱したらしいので、大急ぎで対岸まで泳ぐ。岸にあがり、ずぶ濡れの体を引きずって木立に入ると、震えながら倒れ、意識を失う。

27

目が覚め、日光を顔に感じる。服は少し乾き、下のほうから川の音がきこえる。腹ばいになり、夜のあいだ隠れていた木立の中を、川と反対のほうに進んでいくと、舗装道路が一番高くなっている場所に出る。ソ連兵たちが歩いている。ラリはしばらく観察する。撃たれないだろうか。だが兵士たちにぴりぴりした感じはない。ラリは祖国に向かって大きく踏みだそうと決意する。

両手をあげて道に出ると、兵士たちがはっとおどろき、すぐさまライフルを向ける。

「ぼくはスロヴァキア人です。強制収容所に三年間いました」

兵士たちは顔を見合わせる。

「知るか」ひとりがいうと、兵士たちは行進を続け、横を歩くときにぶつかってくる者もいる。ラリがしばらく立っていると、さらに何人もの兵士が通りすぎ、無視していく。相手にされていない。ラリが歩きだしても、時おりちらりとみられるだけだ。ラリは兵士たちと反対の方向に進むことにする。おそらくソ連軍はこれからドイツ軍と戦うのだろうから、できるだけはなれたほうがいい。

やがて一台のジープがラリの横にきて停まる。後部座席の将校が、こちらをじっとみていう。

「だれだ?」

「ぼくはスロヴァキア人です。アウシュヴィッツに三年間入れられていました」ラリは左の袖をまくりあげ、番号のタトゥーをみせる。

「きいたことがないな」

ラリはびっくりする。信じられない。あれほどおぞましい場所が知られていないなんて。

「ポーランドにあるんです。ぼくにいえるのはそれだけです」

「おまえのロシア語は完璧だな」将校はいう。「ほかの言葉もしゃべれるのか?」

「チェコ語、ドイツ語、フランス語、ハンガリー語、ポーランド語ができます」

将校はラリに興味を持ったらしい。「それで、これからどこにいく?」

「家に、スロヴァキアに帰ります」

「ちょっと待て。おまえにぴったりの仕事がある。乗れ」

ラリは逃げたいが、おそらくむりだろうとあきらめ、助手席に乗りこむ。

「引き返せ、司令部にもどるんだ」将校は運転手に命令する。

ジープは大きく揺れながら穴や溝の上を走って、もときた道をもどっていく。数キロはなれた小さな村を抜け、舗装されていない道に折れて向かった先に大きなシャレー風の邸宅がある。丘の上に建ち、美しい谷をみおろしている。広いロータリー状の車寄せに入ると、高そうな車が数台とまっている。ふたりの衛兵が堂々とした正面玄関の両側に立っている。ジープは横滑りしながら停まり、運転士が急いで降りて、後部座席の将校のためにドアを開ける。

「ついてこい」将校がいう。

ラリはあわててあとを追い、玄関広間に入る。立ち止まり、絢爛たる光景におどろく。広い階段、美術品――すべての壁に飾られた絵画やタペストリー――みたことがないほど上質な家具。足を踏み入れた世界は、ラリの理解を超えている。今まで経験したことを考えると、胸が苦しくなる。

将校は玄関広間から続く部屋に向かい、ラリについてくるよう手招きする。入ってみると、そこはみごとな調度が整った広い部屋だ。ひときわ目をひくのは大きなマホガニーのデスクで、同じくらいの存在感を放つ人物が座っている。軍服とそれについている階級章からすると、ソ連軍の非常に高い地位にいる軍人らしい。その人物が顔をあげ、ふたりを迎える。

「そこにいるのは？」

「本人によると、ナチスに三年間とらわれていたそうであります。ユダヤ人であると思われますが、それはともかく、重要なのは、ロシア語とドイツ語の両方を話せるということであります」将校がいう。

「それで？」

「われわれの役に立つのではないかと考えました。ご存じの通り、地元民と話す際に通訳が必要であります」

高官は椅子に背をもたせ、考えているようだ。「では働かせてみよう。見張りをつけ、逃げようとしたら撃てといっておけ」ラリが将校のあとから部屋を出ようとすると、高官がつけ加える。「それから、体を洗わせ、まともな服をあてがってやれ」

「かしこまりました。きっと役に立つと思います」

ラリは将校についていく。こいつらがぼくになにを期待しているかはわからない。だが風呂と清潔な服はありがたい……。玄関広間を横切り、階段をのぼって二階までいく。上にはさらにふたつ階があるのがみえる。手前の寝室に入り、将校がクローゼットを開けると、婦人物の服ばかりが下がっている。将校はなにもいわずに歩きだし、隣の寝室に入る。今度は紳士物の服がある。

「合う服をさがせ。奥にバスルームがある」将校が指さす。「体を清潔にしておけ。少ししたらまたくる」

将校はドアを閉めて立ち去る。ラリは部屋を見回す。大きな四柱式ベッドには豪華なカーテンがかかり、いろんな形と大きさの枕が山になっている。整理ダンスは黒檀の無垢材だろうか。小さなテーブルにはティファニーランプ〔シェードがステンドグラスになったランプ。ティファニーの創業者の息子が考案したことからこう呼ばれる〕が置かれている。ゆったりした椅子には繊細な刺繍が施されている。ギタがここにいたらどんなにいいだろう。ラリはその考えを封じこめる。ギタのことを考えるのを、まだ自分に許してはいけない。今はまだ。

ラリはクローゼットに並んだスーツやシャツにそっとふれていく。普段着もよそゆきもあり、さまざまな装身具に過去の日々を思い出す。スーツを選び、鏡の前であててみて、ほれぼれする。大きさもほぼぴったりだ。ラリはスーツをベッドに放る。ワイシャツもすぐに加わる。整理ダンスから選ぶのは、柔らかい下着ときれいなソックス、そしてなめらかな茶色の革のベルト。磨きあげられた靴が別の戸棚からみつかる。スーツによく合う。ソックスもはいていない足を入れてみる。完璧だ。

ドアを開けると、バスルームがある。金色の備品類が、白いタイルでおおわれた壁や床に囲まれて輝いている。大きなステンドグラスの窓から遅い午後の日差しが注ぎ、薄い黄と深緑の光があふれている。バスルームに入ったラリは、長いこと立ちつくし、予感を楽しむ。それから湯をたっぷりはって体をひたし、湯が冷めるまでのんびりつかる。熱い湯を足す。あわてて出ることはない。三年ぶりの風呂だ。ようやくバスタブからあがり、タオルかけに何本かかっている柔らかいタオルで体をふく。寝室にもどり、ゆっくり服を着る。すべすべとしたコットンとリネン、そしてウールのソックスの肌触りを楽しむ。どこもちくちくしたり、あたったりせず、やせ細った体からぶざまにたれさがることもない。この服の持ち主はかなりやせているに違いない。

しばらくベッドに座り、将校がもどってくるのを待つ。それから、もう少し部屋をみてまわることにする。大きなカーテンを開けるとフランス窓があり、バルコニーに続いている。ラリは大げさに窓を開け、外に出る。すごい。夢みたいだ。手入れのいきとどいた庭が目の前に広がり、芝生が森まで続いている。ロータリー状の車寄せがよくみわたせ、みているあいだにも数台の車が停まり、ソ連の軍人をおろしていく。部屋のドアが開く音にふり向くと、将校ともうひとり、下の階級の兵士がいる。ラリはバルコニーから動かない。ふたりもバルコニーに出てきて、いっしょに景色をながめる。

「みごとだな。そう思わないか？」将校がラリにいう。

「うまいこと手に入れましたね。掘り出し物ですよ」

将校が笑う。「その通りだ。この司令部は前線にあったものより、少しばかり居心地がいい」

「わたしの役目を教えてもらえますか？」

「ここにいるのがフレドリッチ。おまえの見張りだ。逃げようとしたら撃つ」

ラリは兵士をみる。隆々とした筋肉でシャツの袖はふくれ、胸のボタンは今にもはじけ飛びそうだ。薄い唇は、ほほえんでもゆがんでもいない。ラリの会釈は無視される。

「この男は、おまえをここで見張るだけでなく、毎日村に連れていく。そこで買い物をするんだ。いいな」

「なにを買うんですか?」

「そうだな、ワインではない。セラーにごまんとあるからな。食料は料理人が買ってくる。料理人ならなにを選べばいいか心得ているから……」

「ということは……」

「お楽しみだ」

ラリは無表情を保つ。

「毎朝村にいって、若くて美しい女をみつけ、ここにきてわれわれと夜をすごさないかと誘う。わかるな?」

「ポン引きをしろというんですか?」

「察しがいいな」

「どうやって説得するんです? あなたたちはみんなハンサムで、優しくしてくれるとでもいうんですか?」

「いろいろ持たせてやるから、それで気をひけ」

「たとえばどんなものです？」

「ついてこい」

三人は階段をおり、書斎と思われる立派な部屋に入る。そこにいた別の将校が壁の中に作りつけられた大きな保管庫の扉を開ける。ラリを連れてきた将校が保管庫の中に入り、金属の箱をふたつ持ち出して、デスクに置く。箱のひとつには現金、もうひとつには宝飾品が入っている。同じような箱が保管庫の中にたくさん並んでいるのがみえる。

「フレドリッチに毎朝ここに連れてきてもらって、女にやる金と宝飾品を選べ。ひと晩に八人から十人連れてくるんだ。ほうびをみせ、必要なら前もって少し金を渡せ。そしてこういうんだ。屋敷にくれば残りを渡す、帰りもちゃんと家まで送るから心配ないとな」

ラリが宝飾品の箱に手を入れようとすると、すかさずバタンとふたが閉められる。

「ひとりいくらと決まってるんですか？」ラリはたずねる。

「それはおまえが決めろ。とにかくできるだけ賢い取引をしてこい。いいな」

「もちろんです。ソーセージの値段で最上級の牛肉を手に入れろってことですね」ラリはいうべきことをわきまえている。

将校が笑う。「フレドリッチについていけ。建物を案内してもらうといい。食事は厨房でとっても、自分の部屋でとってもいい──どっちにするか、料理人にいっておけ」──フレドリッチに連れられて階下にいき、ふたりの料理人に引き合わされる。食事は部屋でとりたいと伝える。フレドリッチから、三階より上にいってはいけない、二階も自分の部屋以外には入るなといわれる。その点について、フレドリッチの口調はことさら厳しい。

数時間後、部屋に濃厚でとろっとしたソースがかかったラム肉料理が運ばれてくる。ニンジンは絶妙な歯ごたえで、バターがたっぷりかかっている。料理全体に塩、コショウ、新鮮なパセリがまぶしてある。ラリは不安になった。こってりした料理を味わう能力を失ってしまったのではないだろうか。だが、その点はだいじょうぶだった。ラリが失ったのは、目の前の料理を楽しむ能力だ。楽しめるはずがない。ギタとわかち合えないのだから。ギタが食べ物を口にしているかどうかさえわからないのだから。ギタは……しかしラリは考えまいとする。自分は今、ここにいて、やるべきことをしなければ、ギタをさがすことさえできない。ラリは皿の上のものを半分だけ食べる。あとは必ずとっておく。そうやってこの数年間を生きてきた。料理といっしょに、ボトルに入ったワインもほとんど飲む。少し手間取りながら服を脱ぐと、ラリはベッドにばたりと倒れ、酔いに誘われて眠りに落ちた。

翌朝、朝食のトレイがテーブルに置かれる音で目が覚める。ドアに鍵をかけたかどうか、思い出せない。いずれにせよ、料理人は鍵を持っているのだろう。夕食の皿と空のボトルがさげられる。そのあいだ、言葉はない。

朝食後、さっとシャワーを浴びる。靴をはいているところにフレドリッチが入ってくる。

「いけるか?」

ラリはうなずく。「いきましょう」

まず書斎の保管庫にいく。フレドリッチともうひとりの将校に監視されながら、ラリが選んだ大量の現金が数えられ、台帳に記される。小さな宝飾品類といくつかのばらばらの宝石も記録される。

「たぶんこんなにはいらないと思いますが、今日ははじめてで、いくらかかるかわからないから。いいですよね?」ラリはふたりにいう。

ふたりは肩をすくめる。

「とにかく、使わなかったものはちゃんともどせ」記録係の将校がいう。

現金を片方のポケットに、宝飾品を別のポケットに入れ、ラリはフレドリッチについて、屋敷の横にある大きな車庫にいく。フレドリッチが慣れた様子でジープに乗りこみ、ラリも乗ると、数キロ先の村にいく。昨日通った村だ。あれは本当についき昨日のことだろうか? こんなに気分が違うのはなぜだろう。道々、フレドリッチから、夕方には小型トラックで女たちを迎えにいくときかされる。乗り心地はよくないが、十二人が乗れる車はそれしかないらしい。村に入ると、ラリはたずねる。「それで、どこをさがせば、きてくれそうな女の子がみつかるんです？」

「通りの一番奥で降ろしてやる。かたっぱしから店に入れ。売り子でも客でも、若くてそこそこかわいければだれでもいい。相手の希望をきいて、ほうびをみせて、前もっていくらかほしいといわれれば、金を渡しておけ。六時にパン屋の前に迎えにくるというんだ。前にきたことのある女もいるはずだ」

「夫や恋人がいるかどうかはどうやってみわけるんです？」

「そういう女は、いやだというだろう。なにか投げつけられるかもしれないから、油断するなよ」ジープを降りるラリに、フレドリッチがいう。「ここでみているからな。時間はある。ばかな真似はするなよ」

ラリは近くの洋品店に向かう。夫や恋人が買い物についてきていませんように。ラリが入っていくと、みんながふり返る。ラリはロシア語でこんにちはとあいさつをしてから、ここがオーストリアであることを思い出し、ドイツ語に切り替える。

「みなさん、こんにちは。ご機嫌はいかがですか？」

女たちは顔を見合わせる。数人がくすくす笑いだしたところに、女の店員がいう。「いらっしゃいませ。奥様になにかおさがしかしら？」

「そういうわけではないんです。じつはお話があって」

「ソ連の人？」客のひとりがたずねる。

「いいえ、スロヴァキア人です。しかし今日は、ソ連軍の用事できました」

「あのお屋敷からきたの？」別の客がたずねる。

「はい」

ありがたいことに、店員のひとりがはっきりたずねてくれる。「今夜のパーティにこないかって、誘いにきたのね？」

「はい、そうです。そうなんです。いらしたことは？」

「あるわ。そんなにびくびくしなくてだいじょうぶよ。みんな、あなたの用件はわかっているから」

ラリは店内を見回す。店員がふたりと客が四人。

「いかがでしょう？」ラリはおずおずという。

「持っているものをみせて」客がいう。

ラリがポケットの中のものをカウンターに出すと、女たちが集まってくる。

「どれくらいもらえるの？」

ラリは前に屋敷にいったことがあるという女をみる。

「前はどのくらいもらいましたか？」

女は指につけているダイヤと真珠をあしらった指輪をラリの鼻先に差し出す。「これと十マルクよ」

「わかりました。今五マルク差しあげて、夜に残りの五マルクとお好きな宝飾品をひとつということでは？」

女はラリがカウンターに出した宝飾品をかきまわし、真珠のブレスレットを手にとる。「これにするわ」

ラリはブレスレットをそっと女の手からとる。「これはのちほど。今夜六時にパン屋の前でいいですか？」

「いいわ」女はいう。

ラリがさしだした五マルクを、女はブラジャーの中につっこむ。

残りの女たちも宝飾品を品定めし、ほしいものを選ぶ。ラリはそれぞれに五マルク渡す。値引き交渉はしない。

「ありがとうございます、みなさん。失礼する前に教えていただけませんか。ほかにきてくださりそうな美人さんたちにはどこで会えるでしょう？」

「二軒ほど先のカフェにいってごらんなさい。それから図書館ね」ひとりがいう。

「気をつけて、カフェにはおばあちゃまたちがいるから」ひとりが笑いながらいう。

「『おばあちゃまたち』というのは？」ラリはたずねる。

「そりゃあ、年取った人たちよ――三十歳を過ぎている人もいるんだから！」

ラリは笑みを浮かべる。

「いい？」最初に宝石を選んだ女がいう。「通りで会う女の子なら、だれに話しかけてもだいじょうぶ。みんなあなたの用件はわかっているし、おいしい食べ物や飲み物を必要としている子はたくさんいる。もれなくロシアの醜いブタがついてきてもね。ここには男が残っていないから、あたしたちを支えてくれる人もいない。あたしたちはすべきことをするだけ」

「ぼくも同じです」ラリは女たちにいう。「みなさん、ありがとうございました。また今夜、お会いできるのを楽しみにしています」

ラリは店を出て壁に寄りかかり、ひと息つく。一軒の店で、必要な人数の半分が集まった。ラリは通りの向こうに目をやる。フレドリッチがみている。ラリは親指をあげてみせる。

さて、カフェはどこだろう？　カフェにいくまでに、ラリは三人の女を呼び止め、そのうちふたりからパーティ参加の約束をとりつける。カフェではさらに三人みつかる。三十代前半か半ばのようだがまだ美しく、だれもが連れ歩きたがるような女たちだ。

夕方になり、ラリとフレドリッチは女たちを迎えにいく。みな指示通り、パン屋の前で待っている。優雅に着飾り、化粧をしている。約束の宝飾品と現金を渡すとき、フレドリッチはほとんど監視していない。

ラリは女たちが屋敷に入っていくのを見送る。手を取り合い、きっぱりした表情で、時おり笑い声をあげている。

「おれはおこぼれをもらう」そばに立っているフレドリッチがいう。

ラリが何枚かの紙幣といくつかの宝飾品をポケットから出して渡すと、フレドリッチは取引が正しく行われたことに満足したようだ。そして宝飾品と紙幣をポケットに入れ、ラリの体を頭から下へぽんぽんとたたいていき、両手をポケットの底までつっこむ。

「ちょっと、やめてくださいよ」ラリはいう。「まだそこまで親しくないでしょう」

「おまえはおれの好みじゃない」

もどったことが厨房に伝えられたのだろう。部屋に入るとまもなく、夕食が届く。ラリは食事がすむと、バルコニーに出る。手すりに寄りかかり、出入りする車をながめる。時おり階下のパーティの声がもれてきて、きこえるのが笑い声と話し声だけであることに安心する。部屋にもどり、服を脱いで寝じたくをする。ズボンの折り返しに指を入れ、入れておいたダイヤモンドの小さな粒をみつける。整理ダンスから靴下を片方出し、ダイヤモンドを入れ、眠りにつく。

数時間後に目が覚めたのは、笑い声とおしゃべりの声がバルコニーのドアからきこえてきたからだ。バルコニーに出て、女たちが帰りのトラックに乗るのを見送る。ほとんどが酔っているようだが、つらそうではない。ラリはふたたびベッドに入る。

それから数週間、ラリとフレドリッチは一日二回、村に通う。ラリは顔が広くなり、屋敷にきたことのない女にも覚えられ、会えばあいさつを交わすようになる。洋品店とカフェに好んで顔を出すため、すぐに女たちはラリがくる時間をみはからって集まるようになる。常連はラリの頬にキスをして迎え、今夜はあなたもパーティにいらっしゃいよと誘う。ラリが決してパーティにこないことを、素直に残念がっているようだ。

ある日、カフェでウェイトレスのセレナが大きな声でいう。「ラリ、戦争が終わったら、わたしと結婚してくれる?」その場にいたほかの娘たちはくすくす笑い、年上の女たちは舌打ちをする。

「セレナはあなたが好きなのよ、ラリ。ロシアのブタどもにはちっともなびかないの。どんなにお金があってもね」客のひとりがいう。

「きみはとてもきれいだ、セレナ。だけど、ぼくの心はもう別の人のものなんだ」

「だれ？　その子の名前は？」セレナが傷ついたようにいう。

「名前はギタ。将来を約束している。愛しているんだ」

「あなたのことを待っているの？　どこにいるの？」

「わからないんだ、今どこにいるのか。しかし、きっとみつける」

「生きているかどうかもわからないんでしょう？」

「いや、生きている。理屈じゃなくて心でわかるってこと、きみはある？」

「どうかしら」

「だったら、きみは恋をしたことがないんだ。じゃあ、またあとで、六時に。遅れないでくれよ」

さよならの声に送られて、ラリは店を出る。

その夜、大粒のルビーを軍資金に加えながら、ラリはひどいホームシックに襲われる。ベッドに長いこと座りこむ。故郷の思い出は、戦争の記憶に汚されてしまった。大切にしていたものも、人も、すべて苦しみと喪失のレンズ越しにしかみることができなくなった。なんとか気持ちを静めると、ラリは靴下の中身をベッドの上に並べ、この数週間でこっそり手に入れた宝石を数える。そしてぶらぶらとバルコニーに出る。夜もだんだんあたたかくなり、パーティの参加者の中には芝生に出ているものもいて、のんびり歩きまわったり、追いかけっこのようなことをしたりしている。ドアがノックされ、ラリはぎょっとする。最初の夜以来、ラリは部屋にいるときもいないときも、ドアに鍵をかけるようにしている。あわててドアを開けにいこうとして、ベッドの上の宝石に気づき、とっさにベッドカバーをかぶせる。手に入れたばかりのルビーが床に落ちたことには気づかない。

「なぜドアに鍵をかけているんだ？」フレドリッチがきく。

「みられたくないんですよ、ベッドをあなたの同僚とともにしているところを。ぼくたちが連れてくる女の子たちに興味がない方々がいらっしゃるようで」

「そうか。おまえはハンサムだからな。ほうびをはずんでもらえるはずだぞ、おまえにその趣味があるならな」

「ありません」

「女がいいか？　もう報酬は渡してある」

「いえ、けっこうです」

フレドリッチの目が、カーペットの上の光をとらえる。フレドリッチはしゃがんでルビーを拾う。「で、これはなんだ？」

ラリは宝石をみて、びっくりした顔をする。

「説明しろ、ラリ、なぜおまえがこれを持っている?」

「きっとポケットの裏地に引っかかっていたんでしょう」

「ほんとうか?」

「もし盗んだのだとしたら、すぐみつかるようなところに置きっぱなしにしたりしますか?」

フレドリッチはラリをじっとみる。「しないだろうな」そしてルビーをポケットに入れる。

「おれが保管庫にもどしておく」

「それで、なんのご用だったんですか?」ラリは話題を変える。

「おれは明日、転属になる。だからおまえは朝と夕方の村行きを、これからひとりでやることになる」

「あなたの代わりは?」

「いない。おまえは信用できる人間だとわかったからな。それに司令官殿の覚えもいい。これまでやってきたことを続けてさえいれば、ここを引き払うときには、ちょっとした手当がもらえるかもしれない」

「転属ですか、残念です。トラックでお話しするのが楽しみでした。お気をつけて、まだ戦争は続いているんですから」

ふたりは握手をする。

ひとりになると、ラリは鍵をかけ、ベッドの上の宝石を集めて靴下にもどす。クローゼットから一番上等そうなスーツを選ぶ。シャツを一枚、下着を数枚、靴下を何足かテーブルにのせ、その下に靴を置く。

翌朝、ラリはシャワーを浴び、選んでおいた服を着る。下着は四枚、靴下は三足はいている。宝石の詰まった靴下を上着の内ポケットに入れる。最後に一度、部屋を見回してから、保管庫に向かう。いつも通りの量の現金と宝飾品を持ち出そうとしたとき、記録係の将校に呼び止められる。

「待て。今日は多めに持っていけ。お偉いさんがふたり、午後にモスクワから到着するんだ。とびきりの女を選んでこい」

ラリは現金と宝飾品を追加する。「今朝は帰りが少し遅くなるかもしれません。図書館に寄って、本が借りられるかきいてみようと思っているんです」

「ここにだって、立派な図書室があるぞ」

「ありがとうございます。しかしいつも将校さんがいるんで……その、まだちょっとこわいんです。わかってもらえますか？」

「そうか、そうだな。好きにしろ」

ラリは車庫にいき、整備係に会釈する。整備係はいそがしそうに車を洗っている。「いい天気だな、ラリ。キーはジープの中だ。今日はひとりでいくそうだな」

「はい。フレドリッチが転属になって。前線でなければいいんですけど」

整備係は笑い声をあげる。「それはあいつの運しだいだ」

「あの、許可が出たので、今日はいつもより帰りが遅くなります」

「ちょっとばかし自由に動きまわりたいってことだな？」

「そんなところです。ではあとで」

「ああ、楽しんでこい」

ラリはいつも通りジープに飛び乗り、屋敷をあとにして、ふり返りもしない。村に入るとジープを目抜き通りの端にとめ、キーをイグニションにさしたまま歩き去る。自転車が店の外に立てかけてあるのをみつけ、さりげなく手をかける。そしてひょいとまたがり、こぎだして、村を出ていく。

数キロいったところで、巡回中のソ連兵に呼び止められる。

若い兵士が詰問する。「どこにいくんだ？」

「ぼくは三年間、ドイツ軍にとらえられていました。スロヴァキア出身で、故郷にもどるところです」

ソ連兵が左右のハンドルをぐいとつかむので、ラリはしかたなく自転車からおりる。背中を向けたところで、尻を思い切り蹴りあげられる。

「おまえには歩きが似合いだ。とっととうせろ」

ラリは歩きだす。相手にするのは時間のむだだ。

日が暮れても歩みは止めない。小さな町の明かりが前方にみえ、歩調を速める。町にはソ連兵が大勢いて、こちらには目もくれないものの、ラリは町にとどまるべきではないと感じる。町はずれで列車の駅をみつけ、急いでいってみる。ベンチがあれば、数時間横になって休める。プラットホームにあがると、列車は停まっているが、人の気配がまったくない。列車をみるといやな予感がしてくるが、ラリは恐怖をおさえ、プラットホームをいったりきたりして、中をのぞく。客車。人が乗るための客車だ。近くの駅務室の明かりに気づき、いってみる。中では駅長が椅子を揺らし、うつむいて、睡魔と戦っている。ラリは窓からあとずさり、咳きこんだふりをしてから、ふたたび歩み寄る。めいっぱい虚勢を張って。駅長は、今度はしっかりと目を覚まし、窓までやってきて、話ができるように少しだけ開ける。

「なにかご用ですか？」

「この列車はどこいきですか？」

「ブラティスラヴァです」

「乗ることはできますか？」

「料金さえ払ってもらえれば」

ラリは上着のポケットから靴下をひっぱり出し、ダイヤモンドをふた粒とり出して、駅長に渡す。その動きで左の袖がずりあがり、タトゥーがあらわになる。駅長はダイヤモンドを受け取る。「最後尾の客車に。そこならだれにもうるさくいわれません。ですが朝の六時にならないと出発しませんよ」

ラリは駅務室の時計をみる。あと八時間か。

「待ちます。ブラティスラヴァまではどのくらいかかりますか？」

「一時間半ほどです」

「ありがとう。本当にありがとうございます」

最後尾の車両に向かおうとするラリを、駅長が呼び止める。そして追いかけてきて、食べ物と水筒を渡してくれる。

「妻が作ってくれたサンドイッチです。コーヒーは熱くて濃いですよ」

食べ物とコーヒーを受け取ったラリは、ふいに肩の力が抜け、涙をこらえきれなくなる。顔をあげると、駅長もまた目に涙を浮かべ、背を向けて駅務室にもどっていく。

「ありがとう」ラリは声にならない声でいう。

夜があけ、列車はスロヴァキアとの国境に到着する。役人が近づいてきて、ラリに身分証明書の提示を求める。ラリは袖をまくって、自分が何者かを示すたったひとつの印をみせる。

「32407」

「ぼくはスロヴァキア人です」ラリはいう。

「お帰りなさい」

28

ブラティスラヴァ。ラリは列車を降り、町に入っていく。かつて暮らし、幸せだった町。本当ならこの三年間も人生が続いていたはずの町。なじみ深い場所を、ひとつひとつ歩いてみる。多くは爆撃を受け、ほとんど以前の面影がなくなっている。ここに自分の居場所はない。なんとかしてクロムパヒに帰ろう。およそ四百キロ、長い旅になりそうだ。四日間はかかるだろう。ほとんど歩き、ときどき馬が引く荷車や鞍をつけていない馬、トラクターが引く荷車などに乗せてもらう。必要に応じて料金を払うときは、自分にできるたったひとつの方法で払う。ダイヤモンドをひと粒、エメラルドをひと粒といった具合に。

ようやく自分が育った通りに入り、実家の向かいに立つ。正面の板塀はほとんどなくなっていて、曲がった支柱だけが残っている。母の自慢と喜びの源だった花は、雑草や伸びすぎた芝に埋もれている。あり合わせの木材が割れた窓ガラスの上に打ちつけられている。

年配の女が向かいの家から出てきて、足音も荒く近づいてくる。

「なんのご用？　よそへいってちょうだい！」女はどなり、木のスプーンをふりまわす。

「すいません。ただ……前にここに住んでいたものですから」

年配の女はラリをじっとみて、はっとした表情になる。「ラリ？　ラリなの？」

「はい。もしかして、モルナールさんですか？　ずいぶん……その……」

「老けちゃったでしょ。まあ、なんてこと。ラリ、本当にあなたなのね」

ふたりは抱き合う。声を詰まらせ、元気かとたずね合うが、どちらも相手の返事を最後まできいていられない。ようやくモルナール夫人がラリから体をはなす。

「こんなところに立って、なにをしているの？　入ったらいいじゃない。自分の家でしょう」

「だれか住んでいるんですか？」

「もちろん、あなたの妹さんが。あらまあ、生きているって知らせていないの？」

「妹？　ゴールディが生きているんですか？」

ラリは急いで道を渡り、ドアを強くノックする。すぐに返事がないので、もう一度ノックする。中から声がきこえてくる。「はいはい、今いきます」

ゴールディがドアを開ける。ひと目兄をみて、気を失う。モルナール夫人が、ラリのあとから入ってくる。ラリは妹を抱きあげ、ソファに寝かせる。モルナール夫人がコップに入った水を持ってくる。ラリはゴールディの頭をやさしくかかえ、目を開けるのを待つ。意識がもどると、水を差しだす。ゴールディはすすり泣き、水をほとんどこぼしてしまう。モルナール夫人はそっと出ていき、ラリは妹を抱いて揺すりながら、自分の涙も流れるにまかせている。長い時間そうして、ようやく話ができるようになると、どうしてもききたいことをたずねる。

返事はつらいものばかりだった。ラリが出発したわずか数日後に連れていかれた。どこにいったのか、まだ生きているのか、両親は、ゴールディにはまったくわからない。兄のマックスはレジスタンスに加わり、ドイツ軍と戦って死んだ。マックスの妻とふたりの小さな息子は連れていかれ、三人ともどこにいったかわからない。唯一の明るい知らせは、ゴールディ自身のことだ。ロシア人と恋に落ち、結婚した。名字がソコロフになった。夫は仕事で出かけていて、数日後にもどってくることになっている。

ラリはゴールディのあとからキッチンに入っていく。妹から目をはなしたくなくて、食事のしたくをするあいだもみている。食べ終わると、夜遅くまで話しこむ。ゴールディがどんなにしつこく、この三年間どこにいたのかとたずねても、ラリにいえるのはこれからも、ポーランドの収容所にいたということ、そして帰ってきたということ、それだけだろう。

翌日、ラリは妹とモルナール夫人に打ち明ける。ギタを愛していること、ギタがまだ生きていると信じていること。

「その人をみつけなきゃ」ゴールディがいう。「お兄さん、さがさなきゃだめよ」

「わからないんだ、どこをさがしたらいいか」

「そうねえ。その人はどこの出身なの？」モルナール夫人がたずねる。

「わからない。教えてくれなかったから」

「どういうこと？　三年間もいっしょにいたのに、そのあいだずっと、その人は自分のことをなにも話さなかったっていうの？」

「絶対にいおうとしなかった。収容所を出る日に教えてくれるといってたんだけど、あっという間にすべてが変わってしまった。わかっているのは名字がフルマンだってことだけなんだ」

「それは手がかりにはなるわね。でもそれだけじゃ足りない」ゴールディがはっきりいう。

「噂では、収容所から人がもどりはじめているそうよ」モルナール夫人がいう。「みんな、まずブラティスラヴァに到着するって。もしかしたらそこにいるかもしれないねえ」

「ブラティスラヴァにもどるなら、足がいる」

ゴールディが笑みを浮かべる。「なら、どうしてこんなとこに座ってるの？」


町に出ると、ラリは馬や自転車、車、トラックをみかけるたびに、持ち主に声をかけ、売ってもらえないかとたのむ。そしてみんなに断られる。

あきらめかけたとき、年配の男性が近づいてくる。小さな荷車を一頭の馬に引かせている。ラリが馬の前に立ちはだかると、男性はしかたなく手綱を引いて馬を止める。

「馬と荷車を売ってもらえませんか？」ラリは出し抜けにいう。

「いくらで？」

ラリは宝石をいくつかポケットからとり出す。「本物です。大金になります」

宝石をじっくり調べてから、男性はいう。「ひとつ条件がある」

「なんですか？　なんでもいってください」

「まず、わたしを家まで送ってくれ」

しばらくして、ラリは妹の家の前に荷車を停め、新たに手に入れた交通手段を誇らしげにみせる。

「馬に食べさせるものなんてないわよ」ゴールディが大声でいう。

ラリは長く伸びた草を指さす。「おたくの庭は、草刈りが必要だね」

その夜、馬を庭につなぐと、モルナール夫人とゴールディは、ラリが旅に持っていく弁当を作る。家に帰ったばかりでまた別れをいうのはつらいが、ふたりは家でじっとしているときではないという。

「帰ってくるときは、ギタといっしょでないと承知しないから」ゴールディにそういわれて送り出され、ラリは荷車の後ろに乗りこんで、馬が歩きだしたとたんに危うく放り出されそうになる。ふり向くとふたりの女が家の前に立ち、肩を抱き合い、笑顔で手をふっている。

三日三晩、ラリと新しい相棒は穴だらけの道をたどり、爆撃しつくされた町を抜けていく。橋が破壊されている場所では、浅瀬を渡る。途中、さまざまな人を乗せる。ラリは持ってきた弁当を少しずつ食べる。家族がばらばらになってしまったことに、深い悲しみを感じる。同時に早くギタに会いたいと思い、それを心の支えとして先に進む。どうしてもみつけなくては。約束したのだから。

ようやくブラティスラヴァに到着すると、すぐに列車の駅に向かう。「強制収容所にいた人たちがもどってきているというのは本当ですか?」ラリはたずねる。その通りだといわれ、到着時刻表を渡される。ギタが最終的にどこにいったか——どの国かさえ——わからないため、到着する列車すべてをあたるしかない。泊めてくれる場所をさがすことも考えたが、どこのだれともわからない男と馬の組み合わせは理想的な間借り人とはいえない。しかたなく荷車で眠ることにして、空き地をみつけては、馬が草を食べているあいだ、あるいは出ていけといわれるまで、どこにでも泊まった。思い出すのはジプシー収容所の友だちや、彼らが語ってくれた生活の話だ。夏の終わりが近づいている。よく雨が降るが、ラリは動じない。

二週間、ラリは駅にいて、到着するすべての列車を迎える。プラットホームを歩きまわり、おりてくる女ひとりひとりに話しかける。「あなたはビルケナウにいましたか？」たまにいたという返事があると、さらにたずねる。「ギタ・フルマンを知っていますか？　第二十九収容棟にいた女性です」しかし、ギタを知る人はいない。

ある日、駅長から、ギタの名前をもう赤十字に登録したかとたずねられる。赤十字では行方不明の人やもどってきて愛する人をさがしている人の名前を記録しているというのだ。登録しておいて損はないだろうと、ラリは街の中心部、教えられた住所へと向かう。

ギタは目抜き通りをふたりの友だちと歩いていて、おかしな荷車を一頭の馬が引いているのをみかける。若い男がのんびり、荷車の上に立っている。

ギタは道路に足を踏みだす。

時が止まり、馬は自らの意志で若い女の前で立ち止まる。

ラリが荷車からおりてくる。

ギタは一歩、ラリに近づく。ラリは動かない。ギタがもう一歩近づく。

「こんにちは」ギタはいう。

ラリは膝をつく。ギタは友だちのほうをふり向く。ふたりともびっくりして見守っている。

「彼なの？」ひとりが問いかける。

「そう」ギタはいう。「彼なの」

あきらかにラリは動く気がないか、動くことができないでいる。ギタのほうから歩み寄る。目の前に膝をつき、ギタはいう。「ビルケナウを出るときにきこえなかったかもしれないから、もう一度いうわね。愛しているわ」

「結婚してくれる？」ラリがいう。

「ええ、結婚するわ」

「ぼくを世界一幸せな男にしてくれる？」

「ええ」

ラリはギタをさっと抱きあげ、キスをする。友だちのひとりが近づいてきて、馬を引っぱっていく。ギタがラリの腰に腕をまわし、肩に頭をあずけると、ふたりは歩きだし、街の雑踏にとけこんでいく。戦争で荒廃した街の、多くの若いカップルのうちのひと組として。

エピローグ

ラリは名字をソコロフに変えた。妹が結婚したロシア人の名字――ソヴィエト連邦支配下のスロヴァキアでは、アイゼンバーグより受け入れられやすい名字だ。ラリとギタは一九四五年十月に結婚し、ブラティスラヴァに新居を構えた。

ラリは上等の生地――リネン、シルク、コットン――をヨーロッパやアジアの各地から輸入する事業を始めた。そして、それらの生地を、祖国の再建と服飾業界の復興に忙しい製造業者に販売した。ソ連がチェコスロヴァキアを支配する中〔一九四五年、ロンドンから亡命政府が帰国し、チェコスロヴァキアが再興された。一九四八年には共産党政府が成立し、一党支配によるソ連型の社会主義国となった〕、ラリによれば唯一、共産党の支配層によってただちに国有化されなかった事業だったという。というのも、ラリが提供していた生地が、まさに政府の上層部が個人的にほしがっていたものだったからだ。

事業は拡大し、ラリは共同経営者を得て会社の利益を伸ばした。ラリはふたたび洗練された服を着るようになった。ラリとギタは最高級のレストランで食事をし、ソヴィエトじゅうの温泉施設で休暇をすごした。イスラエルにユダヤ人の国を造ろうという動きは積極的に支援した。特にギタはひそかに水面下で動き、裕福な地元住民から資金を集めたり、資金をこっそり国外に送る手配をしたりした。だが、ラリの共同経営者が離婚し、その前妻がラリとギタの活動を当局に通報した。一九四八年四月二十日、ラリは逮捕され、「宝飾品などの貴重品をチェコスロヴァキア国外に輸出した」として罪に問われた。逮捕令状にはさらにこう書かれていた。「その結果、チェコスロヴァキアがはかり知れない経済的損失を被り、ソコロフが不法な略奪行為によって莫大な資金や資産を獲得した恐れがある」たしかにラリは宝飾品や資金を国外に送っていたが、金銭的な利益はまったく得ていなかった。すべて寄付していたからだ。

二日後、会社は国有化され、ラリは懲役二年の判決を受けてイラヴァ刑務所に入る。戦後、政治犯やドイツの捕虜を収容したことで有名な刑務所だ。ラリとギタは賢明にも財産の一部を隠してあった。地元の行政府や裁判所にいる知り合いを通じてギタは役人に賄賂を渡し、助けてもらおうとした。ある日、ラリがいる刑務所に、カトリックの司祭がたずねてきた。しばらく話をしたあと、司祭は刑務官に席をはずしてくれないかと頼み、こう続けた。ラリがこれから告解をする、これは神に向かっての神聖なもので、司祭だけの耳に入れるべきものだと。ふたりだけになると、司祭はラリに、気が触れたように振る舞え、うまくやれば精神科医が呼ばれることになるだろう、と告げた。まもなく、本当に精神科医がやってきていった。これから数日間の帰宅許可を得られるよう手配する。帰宅要請の理由は「完全に精神のバランスを欠いて、刑務所にもどれなくなる恐れもある」ということにしておく。

一週間後、ラリは車に乗せられ、ギタと住んでいるアパートメントに連れていかれた。二日後には迎えをよこすから、残りの刑期を務めるようにといいわたされる。その夜、ラリとギタは、友人の助けを借りてアパートメントの裏口からこっそり抜け出した。持ち物はスーツケースがひとつずつと、ギタがどうしても手放せないといった絵画。ジプシー女の絵画だ。多額の現金も持っていたが、それはウィーンの協力者にたくし、イスラエルに持っていってもらうことになっていた。そしてふたりは農産物を運ぶトラックに取りつけた囲いに隠れて、ブラティスラヴァを出てオーストリアに入った。

決められた日の決められた時刻に、ふたりはウィーンの駅のプラットホームを歩き、会ったことのない協力者をさがした。ラリはそのときのことを「ジョン・ル・カレ〔イギリスの作家〕のスパイ小説のようだった」と語った。ラリはひとりでいる紳士に合い言葉をつぶやいていくうち、何人目かでようやく求めていた答えが返ってきた。ラリが現金の詰まった小さなブリーフケースをそっと渡すと、相手は姿を消した。

ラリとギタはウィーンからパリにいき、アパートメントを借りて数か月間、戦前の姿にもどりつつある街のカフェやバーで楽しんだ。才能あふれるジョセフィン・ベイカーのキャバレーでのパフォーマンスは、ラリにとって忘れがたい思い出になった。ベイカーはアメリカ出身の女性黒人歌手で、ダンサーでもあった。ラリはベイカーが「足をここまであげていた」といって、自分の腰あたりを指さしてみせた。

フランス国籍を持たない者には仕事がなかったため、ラリとギタはフランスをはなれることにした。できるだけヨーロッパから遠いところにいきたかった。そこで偽造パスポートを買い、オーストラリアのシドニーいきの船に乗って、一九四九年七月二十九日に到着した。

船上で親しくなった夫妻が、メルボルンに家族がいて、これからそこでいっしょに暮らすつもりだと話してくれた。そうきいただけで、ラリとギタは自分たちもメルボルンに落ち着こうという気になった。ラリはふたたび生地のビジネスを始めた。小さな倉庫を買い、国内外から調達した生地を販売した。ギタは事業に参加したいと考え、ドレスデザインの講座で学んだ。そしてのちに婦人服のデザインを手がけるようになり、事業の多角化に貢献した。

ふたりのなによりの希望は子どもを持つことだったが、これればかりは思うようにならず、やがてふたりはあきらめた。ところが思いがけずギタが妊娠し、ふたりは大喜びした。息子のゲイリーが生まれたのは一九六一年、ギタが三十六歳、ラリが四十四歳のときだった。ふたりの生活は充実していた。子どもがいて、友人がいて、事業が成功し、ゴールドコーストで休暇を過ごし、そのすべてが愛に支えられていた。どんな困難にあっても壊れることのなかった愛に。

ギタがスロヴァキアから持ってきたジプシー女の絵は、今でもゲイリーの家に飾られている。

この作品はフィクションで、アウシュヴィッツを生き残ったひとりの人物から直接きいた証言をもとにしてはいますが、ホロコーストのできごとの正確な記録ではありません。この残酷な歴史上の事実を記録した文書は数多くあり、詳細さにおいては、小説はくらべものになりません。興味のある読者にはそのような記録をさがすことをお勧めします。ラリがアウシュヴィッツ・ビルケナウ強制収容所で出会った衛兵や被収容者は、本書に記されているよりずっと大勢います。本書では場合によって、著者が複数の人物を組み合わせて架空の登場人物を創作したり、できごとを単純化したりしています。出会いや会話の中には想像したものもありますが、この物語の中のできごとがほぼ現実に起きた通りであることは疑いがなく、事実として提示している情報は、調査をし、裏づけを取ったものです。

ヘザー・モリス

追記

ラリはルドウィグ・アイゼンバーグとして一九一六年十月二十八日にスロヴァキアのクロムパヒで生まれた。一九四二年四月二十三日にアウシュヴィッツに送られ、「32407」番のタトゥーを入れられる。

ギタはギゼラ・フルマノヴァ（フルマン）として一九二五年三月十一日にスロヴァキアのヴラノフ・ナド・トプロウに生まれた。一九四二年四月三日にアウシュヴィッツに送られ、タトゥーを入れられた（ギタの番号は「4562」であったと、本人が映像記録『ショア』で証言している。ラリは「34902」と記憶しており、本書原本の前の版ではそちらをそのまま採用していた）。

ラリの両親、ヨーゼフとセレナのアイゼンバーグ夫妻がアウシュヴィッツに送られたのは一九四二年三月二十六日（そのときラリはまだプラハにいた）。調査により、アウシュヴィッツに到着後すぐに殺されたことがわかっている。ラリがその事実を知ることはなかった。ラリの死後に明らかになったからだ。

ラリが懲罰牢に入れられたのは一九四四年六月十六日から七月十日までで、ヤクブから拷問を受けた。

ギタが病気になったときにラリが手に入れたのは、ペニシリンの前身といっていい薬だった。ギタが証言の中で挙げている「プロントジル」は、抗生物質以前の化学合成された抗菌性薬剤である。一九三二年に発見され、二十世紀半ばに広く使われていた。

ギタの隣人ゴールドシュタイン夫人は生きのびて、故郷のヴラノフ・ナド・トプロウにもどった。

チルカはナチスに協力した罪を問われ、重労働の刑に処せられて、シベリアで服役し、その後、ブラティスラヴァにもどった。チルカとギタが再会したのは一度きり、一九七〇年代半ばにギタがふたりの兄をたずねたときのことだった。

一九六一年、シュテファン・バレツキはフランクフルトで裁判にかけられ、戦争犯罪により終身刑を言い渡される。バレツキは一九八八年六月二十一日にドイツのバート・ナウハイムにあるコニツキー＝シフト病院で自殺した。

ギタは二〇〇三年十月三日に死去。

ラリは二〇〇六年十月三十一日に死去。

2

著者あとがき

わたしがいるのは、ある年配男性の家の居間だ。家の主のことはまだよく知らないが、急速に親しくなりつつあるのがこの家の犬、トッツィとバンバン——一頭はポニーくらいの大きさで、もう一頭はうちのネコより小さい。わたしが運よく味方につけることに成功したこの二頭は、今眠っている。

わたしは一瞬目をそらす。この男性にまずいっておかなくてはならないことがある。

「わたしがユダヤ人でないことはご存知ですね」

会ってから一時間が経過していた。年配の男性はわたしの向かいの椅子に座り、いらだったような、それでいて決して冷たくはない様子で鼻を鳴らす。目をそらし、両手の指を組み合わせる。脚を組み、上になった足をリズミカルにふっている。視線は窓に、その向こうの空間に向けられている。

「ええ」男性はようやくそういうと、わたしに笑顔を向ける。「だからいいと考えたんです」

わたしは少しほっとする。もしかしたら、わたしは本当にここにいていいのかもしれない。

「それで」男性は冗談でもいいだしそうな口調でいう。「教えてもらえませんか。ユダヤ人についてどんなことを知っているのか」

七本の枝がある燭台〔ユダヤ教の象徴的な燭台で「メノーラー」と呼ばれる〕を思い浮かべながら、わたしはあわててなにかいおうとする。

「ユダヤ人の知り合いは？」

ひとり思いつく。「同僚にベラという女性がいて、その人がユダヤ人だと思います」

軽蔑されただろうと覚悟するが、熱意のこもった声が返ってくる。「すばらしい！」

またテストに合格したようだ。

次に、最初の指示を与えられる。「先入観をまったく持たずにぼくの話をきいてほしい」相手は一瞬黙る。言葉をさがしているようだ。「個人的な感傷は一切、話に持ちこんでほしくないんです」

わたしはもじもじと姿勢を変える。「たぶん、少しは入ると思います」

男性は身を乗り出す。体がぐらつき、片手でテーブルをつかむ。テーブルが揺れ、長さの違う脚が床に強く当たって、音が響く。犬たちが目を覚まし、びくりとする。

わたしはぐっとつばを飲む。「わたしの母の旧姓はシュヴァルトフィーガー。先祖はドイツの出身です」

男性は緊張をとく。「だれだってどこかの出身です」

「はい。でもわたしはニュージーランド人です。母の一族はニュージーランドにきて百年以上になります」

「移民ですね」

「はい」

男性は椅子にもたれ、くつろいでいる。「書き上げるのにどのくらいかかりますか?」

わたしはうろたえる。質問の真意はどこにあるのだろう?「それは、書く内容によります」

「なるべく早く書いてもらいたいんだ。ぼくにはあまり時間がないからね」

混乱する。最初の顔合わせということで、意図的に録音機材も筆記用具も持ってこなかった。今回の訪問は、この男性の生涯についてきき、執筆するかどうか考えるのが目的だ。とりあえずきくことに専念したかった。「お時間はどのくらいありますか?」わたしはたずねる。

「ほんの少し」

わたしは当惑する。「近々、どこかにいらっしゃるんですか?」

「ああ」男性の視線はまた開いた窓に向かう。「ギタのところにいかないといけないんだ」

わたしはギタには会ったことがない。ギタが亡くなり、彼女のもとにいきたいという強い思いに後押しされ、ラリは自分の生涯について語ることにしたのだ。記録を残したいと思ったのは、ラリの言葉を借りれば「あのようなことが二度と起こらないため」とのことだ。

最初の訪問ののち、わたしはラリのもとを週に二回か三回たずねるようになった。ラリの物語を整理するのに三年かかった。まずラリの信頼を得る必要があったし、時間をかけ、ラリが進んで自分を深くみつめる気になってくれるのを待たなくてはならなかった。ラリの物語には、どうしてもそうしなければ語れない部分があるからだ。わたしたちは友人になった――いや、友人以上になった。わたしたちの人生は密接に結びついていき、ラリは五十年以上背負ってきた罪悪感という重荷や、ギタと自分がナチスの協力者とみなされるかもしれないという恐怖を捨てていった。ラリの重荷の一部はわたしに手渡された。台所のテーブルでいっしょに座ったわたしが目にしたのは、この魅力あふれる男性が両手をわななかせ、声を震わせ、六十年前に経験した人類史上最も戦慄すべきできごとに、今でも目を潤ませている姿だった。

ラリの語りかたはまとまりがなく、ときにゆっくり、ときに飛ぶような速さで、とくに明確なつながりがないまま、さまざまな逸話が次から次に出てきた。しかしそんなことは気にならなかった。わたしが夢中になって、ラリと二頭の犬のそばに座って耳を傾けた話は、興味のない人には老人のとりとめのないおしゃべりにきこえたかもしれない。耳に心地よい東欧なまりのせいだったのだろうか。あの茶目っけのある老人の魅力のせいだったのだろうか。時系列のはっきりしない途切れ途切れの話から、次第に真実が明らかになってきたからだったのだろうか。わたしがラリの話に夢中になったのは、それらをすべてひっくるめた以上の魅力があったからだ。

ラリの物語の語り手として、わたしには自分にとってなにが重要かがわかってきた。それはときにはいっしょにワルツのステップを踏みながらも、ときには反発し合う記憶と歴史的事実を区別すること、そしてこの物語の中で、歴史からいくらでも得られる教訓を叫ぶのではなく、人間性をめぐるほかにはない実例を示すことだ。ラリの記憶は全体的にとても鮮明で正確だった。わたしが人物や日付や場所について調べたことと一致していた。だからほっとしたかというと、そんなことはまったくない。この人は、そんな残酷な事実を現実に生きてきたのだと思い知らされ、ますます恐ろしくなった。この顔立ちのいい老人にとって、記憶と歴史は分かちがたく、完璧なワルツのステップを踏んでいる。

『アウシュヴィッツのタトゥー係』は、ふたりの平凡な人間が、異常な時代に生き、自由ばかりか尊厳も、名前も、アイデンティティも奪われる物語だ。そしてラリが生き残るためにしなければならなかったことの話だ。ラリはこんなモットーに従って生きていた。「朝、目が覚めたなら、今日はいい日だ」ラリの葬儀の朝、目を覚ましたわたしには、今日が自分にとっていい日ではないことがわかっていた。でもラリにとってはいい日だったはずだ。またギタといっしょにいられるのだから。

謝辞

十二年間、ラリの物語は脚本として存在していた。わたしのイメージは、つねにスクリーンに――その大小はともかく――映し出されていた。それが今、小説として生まれ変わることとなった。ここでわたしの旅にかかわってくれたすべての人にお礼をいい、重要な役割を果たしてくれたことに感謝したい。

ゲイリー・ソコロフに感謝と変わらぬ愛を。わたしをお父さんの人生にかかわらせてくれ、両親のおどろくべき物語を伝えるのに全面的に協力してくれたことに。あなたはなんのためらいもなく、わたしがやりとげると信じていてくれた。

グレンダ・ボーデンは二十一年来の上司で、彼女がみてみぬふりをしてくれたおかげで、わたしは仕事を抜け出してラリと会ったり、脚本執筆の手伝いをしてくれる人たちに会ったりすることができた。そしてモナッシュ・メディカル・センターのソーシャルワーク部門での、わたしの過去と現在の同僚たちにも感謝を。

インスティンクト・エンターテイメントのデイヴィッド・レッドマン、シェイナ・レヴィーン、ディーン・マーフィー、ラルフ・モーザーは、わたしが「抜け出して」会いにいった主な人たち。情熱と責任感を持って、長年このプロジェクトにかかわってくれてありがとう。

リサ・サヴェジとファビアン・デルッスは卓越した調査能力を発揮し、数々の「事実」を明らかにし、歴史と記憶の完璧なワルツを可能にしてくれた。本当にありがとう。

フィルム・ヴィクトリアにも感謝を。同機関の資金援助によって調査を行い、ラリの物語のもともとの映画脚本版を書くことができた。

生還者のロッテ・ヴァイスにもお礼を。わたしを支え、ラリとギタとの思い出を語ってくれた。

わたしの弁護士ショーン・ミラーは、さまざまな取引で力になってくれた。ありがとう。

キックスターター〔クラウドファンディング〕の支援者のみなさん。いち早く行動し、ラリの物語を小説にすることを助けてくださり、ありがとう。みなさんの支援に心から感謝している。ベラ・ゼフィラ、トマス・ライス、リズ・アトリル、ブルース・ウィリアムソン、エヴァン・ハモンド、デイヴィッド・コドロン、ナタリー・ウェスター、アンジェラ・マイヤー、スージー・スクワイア、ジョージ・ヴラマキス、アーレン・モリス、イラナ・ホーナング、ミシェル・トゥウィーデイル、リディア・リーガン、ダニエル・ファンダーリンデ、アジャー＝ディー・ハモンド、ステファニー・チェン、スノーガム・フィルムズ、キャシー・フォン・ヨネダ、ルネ・バーテン、ジャレド・モリス、グロリア・ウィンストン、サイモン・アルトマン、グレグ・ディーコン、スティーヴ・モリス、スージー・アイスフェルダー、トリスタン・ニエト、イヴォンヌ・ダーブリッジ、アーロン・K、リジー・ハクスリー＝ジョーンズ、ケリー・ヒューズ、マーシー・ダウンズ、ジェン・サムナー、チェイニー・クライン、クリス・ケイ。

本書と、ここから派生するすべてのものの存在を可能にしてくれたのは、たぐいまれなすばらしい、才能豊かなアンジェラ・マイヤー。エコー社〔ボニア・パブリッシング・オーストラリア〕の企画編集者だ。彼女には一生感謝してもしきれない。ラリもそうだったが、アンジェラも、わたしにとってはいつまでも無二の親友であり続けるだろう。アンジェラはこの物語を、わたしと変わらない情熱と希望をもって受けとめてくれた。ともに泣き、ともに笑いながら、物語をたどってくれた。アンジェラの中には、ラリとギタに寄り添い、経験をともにする心があった。ふたりの苦悩と愛を感じ、わたしが能力を最大限に発揮して物語をつづれるよう励ましてくれた。ありがとうという言葉ではとうてい足りないけれど、本当にありがとう。

アンジェラだけでなく、エコー社の多くの人がこの本の実現に尽力してくれた。ケイ・スカーレット、すばらしいカバーデザインを制作してくれたサンディ・カル、ブックデザインを手がけてくれたショーン・ジュリー。優秀なコピーエディターのネッド・ペナント＝レイとタルヤ・ベイカー、校正者のアナ・ヴチッチのおかげで本を完成させることができた。編集協力者のキャス・ファーラとケイト・ゴールズワージー。クライヴ・ヒーバードは、出版の最終段階で手腕を発揮してくれた。みなさん、本当にありがとう。

ロンドンのボニア・ザッファー社のケイト・パーキン率いるチームは、この本を支援し、世界じゅうに広めるために献身的な努力をしてくれた。感謝してもしきれない。ありがとう、ケイト。ありがとう、マーク・スミスとルース・ローガン。そしてボニア・パブリッシングのリチャード・ジョンソンとジュリアン・ショーには、この物語の価値をすぐに理解してくれたことにお礼を。

そしてわたしの兄弟のイアン・ウィリアムソンとその妻ペギ・シーは、カリフォルニア州ビッグベアの家を真冬の一か月間貸してくれ、この本の草稿を書く場所を提供してくれた。快適な空間をありがとう。サー・エドモンド・ヒラリー〔ニュージーランド出身の登山家〕の言葉を借りるなら、おかげで「やっつける」〔ヒラリーがエヴェレスト登頂に成功した際にいったという言葉〕ことができた。

大きな感謝を義理の息子のエヴァンと義理の姉妹のペギに。ラリの物語を脚本から小説に書き直そうと決意するときに、それぞれさりげなく、しかし重要な後押しをしてくれた。わたしにとって、大きな意味のあることだった。

わたしの兄弟、ジョン、ブルース、スチュアートにもお礼を。惜しみない支援をしてくれ、母と父がきっとわたしを誇りに思っているだろうといってくれた。

親友のキャシー・フォン＝ヨネダとパメラ・ウォレスは、長年のあたたかい友情でわたしを支えてくれ、脚本にせよ小説にせよ、わたしがこの物語を伝える力になってくれた。言葉では表現しきれないほど感謝している。

友人のハリー・ブルスタインは、長年わたしの仕事に関心を寄せ、執筆に助言してくれた。わたしはその助言を生かすよう努力した。誇りに思ってもらえるとうれしい。

メルボルンのホロコースト博物館にも感謝を。ラリが何度か連れていってくれ、「生きた」ツアーガイドをしてくれた場所だ。ラリとギタが生きのびた世界に、わたしの目を開かせてくれた。

息子のアーレンとジャレッドはラリに心を開き、愛と敬意を持ってわが家に迎えてくれた。娘のアジャー＝ディー。ラリに会ったときは十八歳だった。ギタがラリに出会った年齢と同じ。ラリは、あなたと初めて会った日に、ほのかな恋心を抱いたといっていた。その後の三年間、わたしに会うたびにまずラリが口にした言葉は、「元気かい？　きみの美しい娘さんはどうしている？」だった。ラリと仲よくしてくれて、ラリを笑顔にしてくれてありがとう。

子どもたちのパートナーにもお礼を。ありがとう、ブロンウィン、レベッカ、エヴァン。

結婚しておよそ四十年の愛する夫スティーヴ。あなたはわたしにたずねたことがあった。わたしが多くの時間をラリとすごすことに、自分は嫉妬すべきなのだろうかと。その答えはイエスでもあり、ノーでもある。あなたは、ラリがきかせてくれる恐ろしい話を胸に刻み、がっくりと落ちこんで帰宅するわたしをいつも迎えてくれた。ラリをわが家に迎え入れ、礼儀と敬意を持って接してくれた。これからもこんな風に、ふたりで歩いていきたいと思っている。

ゲイリー・ソコロフによる結びの言葉

この本の結びの言葉を依頼されたときは、とても気が重くなった。さまざまな種類の思い出で胸がいっぱいになり、なにから書き始めればいいかわからなかった。

食べ物の話はどうだろうか。両親にとっては最大の関心事で、特に母は冷蔵庫にぎっしりとチキンカツレツや薄切り冷肉、色とりどりのケーキや果物が詰まっているのが誇りだったことか。思い出すのは、わたしが十一年生（十六歳から十七歳）で思い切ったダイエットをしたときの母の嘆きようだ。金曜日にはいつもカツレツを三枚食べるのが習慣だったのだが、母が皿に載せてくれた三枚のうち二枚をわたしが大皿にもどしたときの母の表情は、けっして忘れないだろう。「どうしたの？　わたしの料理がおいしくなくなった？」母はたずねた。わたしが以前ほどたくさん食べられなくなったことを理解するのが、母にはとても難しかった。一方、わたしの友だちは家にくると、わたしにあいさつだけして、まっすぐ冷蔵庫に向かった。それが母をとても喜ばせた。わが家はいつもみんなをひきよせ、歓迎する場所だった。

母も父も、趣味や活動など、わたしがやりたいといえばどんなことでも心から応援してくれ、わたしをさまざまなことにふれさせてくれた——スキー、旅行、乗馬、パラセーリング、そのほかにもいろいろやった。ふたりには、青春時代を奪われたという思いがあり、子どものわたしにはどんなチャンスも逃してほしくなかったのだ。

わたしが育ったのは、愛情あふれる家庭だった。両親のたがいへの愛情は大きく揺るぎないものだった。両親の友人の間で離婚が増えだしたとき、わたしは母にたずねた。どうして父さんとこんなに長くいっしょにやってこられたの？　母の返事はとてもシンプルだった。「完璧な人なんていないわ。お父さんはいつもわたしのことを気にかけてくれた。ビルケナウではじめてあった日からね。お父さんだって完璧じゃないことはわかっている。でも、いつだってわたしを一番に考えてくれることもわかっているの」家にはいつも愛情と慈しみがあふれ、特にわたしはそれを感じていた。結婚して五十年たっても寄り添い、手をつなぎ、キスしている――そんな両親をみていたおかげで、わたしは愛情や思いやりをはっきりとみせる夫、そして父になれたのだと思う。

両親とも、自分たちが経験してきたことをきちんとわたしに教えるべきだと考えていた。テレビシリーズ『ザ・ワールド・アット・ウォー』〔第二次世界大戦を記録したイギリスのドキュメンタリー番組〕が始まったとき、わたしは十三歳で、両親から毎週ひとりでみるようにいわれた。両親は、わたしといっしょにみることには耐えられなかった。強制収容所の映像が流れたとき、両親が映っていないかさがしたのを覚えている。その映像は今でもわたしの頭からはなれない。

父は抵抗なく収容所での経験を語ることができたが、それはユダヤ人のお祭りのときだけだった。父やほかの男の人たちがテーブルを囲んで座り、自分たちの経験について話していて、どの話も興味深かった。母のほうは詳しいことはなにも語らなかったが、一度だけこんな話をしてくれた。収容所で重い病気にかかったとき、母のお母さんが幻覚となって現れてこういった。「あなたは元気になる。遠い国にいって、男の子を産むのよ」

あの年月が両親に与えた影響がよくわかる話をしよう。父が事業をたたまなくてはならなくなったとき、わたしは十六歳だった。学校から帰ってくると、ちょうど車がレッカー車で運ばれていき、競売を知らせる看板が自宅の外に立てられたところだった。家に入ると、母が家財道具をまとめていた。母は歌っていた。**嘘だろ。**わたしは思った。**すべてを失ったばかりだというのに、母さんは歌っているのか？** 母はわたしを座らせて、状況を説明してくれた。わたしはたずねた。「どうして平気な顔をして荷物をまとめたり、歌ったりできるの？」母は大きな笑みを浮かべていった。何年間も、五分後には自分が死んでいるかもしれないと思いながらすごしたことがあれば、たいていのことは切り抜けられるようになるのよ。「生きて健康でさえいれば、すべてうまくいくものよ」

身についてはなれなかったこともあった。道を歩いているとき、母はよくかがんで四つ葉や五つ葉のクローバーを摘んでいた。収容所にいたとき、それをドイツ軍の兵士にあげると、幸運の印だと喜ばれ、スープやパンを多めにもらえたからだ。父のほうは、感情が欠けているようなところと、生存本能が高いところが残っていた。自分の妹が死んだときに、ひと粒の涙も流さなかったほどだ。わたしがたずねると、父はあまりにも多くの死を長年見続けたこと、そして両親と兄を亡くしたことで、泣くことができなくなったのだといった――しかしそれは、母が亡くなる前のことだ。母が亡くなったとき、わたしははじめて父が泣くのをみた。

なによりもわたしの心に残っているのは、あたたかな家庭だ。そこにはいつも愛情と笑顔と思いやりと食べ物と父の気のきいたさりげない冗談があふれていた。まさに子どもが育つにはすばらしい環境で、わたしはいつまでも、そんな生き方を教えてくれた両親に感謝し続けるだろう。

訳者あとがき

戦後から現在にいたるまで、ナチスのユダヤ人迫害を扱った作品はフィクション、ノンフィクションを問わず、『アンネの日記』や『夜と霧』などの古典から始まって現在まで、数え切れないくらい書かれてきた。二十一世紀になってもその勢いは止まることなく、むしろ、いまこそとばかりに出版されている。とくに、ベルンハルト・シュリンクの『朗読者』、アントニオ・G・イトゥルベの『アウシュヴィッツの図書係』、アナ・ノヴァクの『14歳のアウシュヴィッツ』、マイケル・ボーンスタインとデビー・ボーンスタイン・ホリンスタートの『4歳の僕はこうしてアウシュヴィッツから生還した』などは記憶に新しい。映画のほうも、ティム・ブレイク・ネルソン監督の『灰の記憶』、ネメシュ・ラースロー監督の『サウルの息子』、『朗読者』を映画化したスティーヴン・ダルドリー監督の『愛を読むひと』、ソビボル収容所を舞台にしたコンスタンチン・ハベンスキー監督の『ヒトラーと戦った22日間』など、まだまだというか、次々に新しい作品が出てくる。

第二次世界大戦が終わってもうすぐ七十五年、なぜいま、また、さらにアウシュヴィッツ（ナチスの強制収容所）なのか。

それはある意味、黒人問題を扱ったフィクション、ノンフィクション、映画がいまでも次々と発表され、大きく取り上げられるのと同じだと思う。ここ数年でも、アンジー・トーマスの『ザ・ヘイト・ユー・ギヴ』、コルソン・ホワイトヘッドの『地下鉄道』、ジェイムズ・ボールドウィン原作、バリー・ジェンキンス監督の『ビール・ストリートの恋人たち』などの小説や映画が評判を呼んだ。なぜいま、また、さらに黒人小説、黒人映画なのか。答えは簡単で、いまだにその問題が解決されていないからだ。それどころか、いっそう生々しい形で現在、表面化してきている。そしてそれは、差別とは何かという根源的な問題をわれわれに突きつけてくる。

おそらく、ナチスの強制収容所を扱った作品がいまもって書かれ続け、撮られ続けているのは、いまだに解決されていないからだ。なぜ、あのようなことがありえたのかという問題が。このことは、戦争とは何か、差別とは何か、狂気とは何かという根源的な問いをわれわれに突きつけてくる。そして世界情勢をみれば、それに似た状況があちこちにあり、似た状況が生まれかねない地域もあちこちにある。終戦後、いまほど、アウシュヴィッツが生々しく感じられる時代はなかったかもしれない。

そんななか、また新しい視点からの作品として、この『アウシュヴィッツのタトゥー係』が注目を集めている。これは、第二次世界大戦中、実際にアウシュヴィッツとビルケナウで、被収容者たちに数字のタトゥーを入れていたルドウィグ・アイゼンバーグからきいた話をもとに、ヘザー・モリスがフィクションとして書き上げたものだ。

主人公はラリ。ラリはアウシュヴィッツに収容されて早々、この役につく。最初は同胞の腕に針を刺すことに抵抗を覚えるが、そのおかげで収容所のなかでもある程度の自由がきくようになる。そして見張り役のドイツ兵をうまくあしらい、さらに外部と接触できるようになると、被収容者たちの持ち物を整理・処分している女たちがみつけた宝石や金を食べ物などに換えたり、余ったものを仲間に分けたりするようになる。やがてギタという好きな女の子ができて、その子とも特権的な立場を利用してたまに会えるようになる……というふうに紹介すると、じつに運のいい男の物語のようにきこえるかもしれない。事実、ラリは地獄のような収容所で生きのびる。

しかし、この作品を最後まで読んだ人は決して、そうは思わない。それはラリがアウシュヴィッツに収容されて間もなく、高熱を出して倒れたときのエピソードからもわかる。殺されかけたラリを救った男が、代わりに死んでいく。「ひとりを救うことは、世界を救うこと」というラリのいった言葉をつぶやいて。そのあとも、同じ棟の男たちが代わる代わるラリを介抱する。服がよごれると、前の晩に死んだ仲間の服に着替えさせる。こうしてやっと意識を取りもどしたラリはつぶやく。

「この借りは、返すことができない。今、ここでは返せない。つまりは永遠に返せないということだ。」

ラリはまわりを冷静に観察し、必死に頭を働かせて、しぶとく、したたかに生き残る。それは生還してギタと結婚するためでもあり、永遠に返せない借りをなんとかして返すためでもある。そしてナチスに抵抗するためでもある。

ある場面で、ラリがギタにこういう。

「きみも英雄だよ、ギタ。きみたちふたりが生き抜こうとしていることが、ナチスの人でなしどもに対する一種の抵抗なんだ。生きようとすることは、堂々たる抗議、英雄的行為だよ」

ただ生き残ることが英雄的行為になるような状況で生き残ることがいかに厳しいか、いかにつらいか、それをラリは身をもって実感する。

自分が助けたつもりの男から「あんたをぶんなぐって、名前を吐かせる。おれは人殺しなんだ、ラリ」といわれ、知っているかぎりの悪態をつく。

無残きわまりない遺体焼却炉での仕事を終えて、こんな思いをするくらいなら撃ち殺されたほうがましだと思っていると、見張り役のドイツ兵から、こういわれる。

「知ってるか、タトゥー係。間違いなくおまえは、オーブンの中に入って生きて出てきたたったひとりのユダヤ人だよ」

さらにラリは無意味に殺されていく人々をみていく。そして最後には運よく、故郷に帰り着くのだが、それを「運よく」といえるのかどうか。タトゥー係という特殊な立場にいたため、普通の被収容者たちが目にしなくてもすむものまでみてしまうし、みせられてしまう。家畜を運ぶ列車でアウシュヴィッツに運ばれてくる途中で死んでいたほうがましだったかもしれない。ラリは、アウシュヴィッツという現実を後世の人々のために語るため、その証人として神から遣わされた人物だったような気がする。

最後のほうで息子が語る、両親――ラリとギタ――のエピソードが印象的だ。

身についてはなれなかったこともあった。道を歩いているとき、母はよくかがんで四つ葉や五つ葉のクローバーを摘んでいた。収容所にいたとき、それをドイツ軍の兵士にあげると、幸運の印だと喜ばれ、スープやパンを多めにもらえたからだ。父のほうは、感情が欠けているようなところと、生存本能が高いところが残っていた。自分の妹が死んだときに、ひと粒の涙も流さなかったほどだ。わたしがたずねると、父はあまりにも多くの死を長年見続けたこと、そして両親と兄を亡くしたことで、泣くことができなくなったのだといった――でもそれは、母が亡くなる前のことだ。母が亡くなったとき、わたしははじめて父が泣くのをみた。

本書は出版と同時に大きな注目を集め、ベストセラーになり、現在51ヶ国で翻訳され、ドラマ化も進んでいる。

『ワイフ・プロジェクト』の作者グラム・シムシオンは次のように書いている。

『アウシュヴィッツのタトゥー係』はたぐいまれな記録で、題材となるできごとが起きてから七十年以上たって出版されたが、多くの物語が永遠に語られないままであることを思い出させてくれる。わたしたちは、数えきれないほどのホロコースト犠牲者のだれもが、それぞれに物語を持ったひとりの人間だったことを思い知らされる。（中略）これは人間の両極端の行為が隣りあっている物語である。計算された残酷さのそばにあるのは、衝動的で献身的な愛の行動だ。この物語に魅せられ、自問させられ、感動せずにいることのほうが難しいだろう。わたしは無条件でこの本をすべての人に薦める。ホロコーストの物語を百冊読んだことのある人にも、一冊も読んでいない人にも。

最後になりましたが、この本の翻訳を依頼してくださった編集者の安東嵩史さん、訳文と原文をていねいにつきあわせてくださった野沢佳織さんに、心からの感謝を。

二〇一九年七月二十五日

金原瑞人

文庫版訳者あとがき

一九四二年、ナチスによってスロヴァキアからアウシュヴィッツ強制収容所に移送され、同朋の腕に被収容者番号を刻む役割を引きうけたラリが、晩年になり、重い口を開いてアウシュヴィッツでの体験を語りはじめたのは、「あのようなことが二度と起こらないため」だった。しかし、その後も次々に戦争やテロが勃発し、多数派が少数派を排除しようとする動きは各国で高まりを見せている。二十一世紀になって、世界はいよいよ混乱し危機的な状況に陥ってしまったかにみえる。この歴史の大きなうねりの中で起きているできごとが、のちにどのように評価されることになるかはわからないが、今のところ未来は決して明るくない。

だが、そこにもまだ希望はある。そのことを、この作品は教えてくれる。

強制収容所で、敵に使われ、仲間の体を傷つけ汚すことになっても生きのびる道を選んだラリの物語は、悲しみ、怒り、義憤に満ちているが、その奥底にはつねに希望の光がある。もともとあまり信心深くなく、自分がユダヤ人であるという意識も希薄だったラリは、強制収容所の不条理の中で完全に信仰心を失うが、それに代わって心の支えになったのが、ギタとの未来やナチスへの憤り、そして宗教や人種を理由に同じように差別されている人たちへの人間愛だったのだろう。それが「ひとりを救うことは、世界を救うこと」という信念と、ときには危険を冒してでも目の前の人を助けようとする姿勢につながり、めぐりめぐってラリ自身を救うことになる。精神科医のヴィクトール・E・フランクルも、強制収容所での経験を綴った『夜と霧』（みすず書房）の中で、生きのびたのは最後まで希望を見失わなかった者だったと述べている。

この作品はまた、この世には語られないまま失われていった物語がたくさんあるということを教えてくれる。別れの駅ではじめて涙をみせた父親、ラリをかわいがり多くのことを教えてくれた母親、レジスタンスに参加したという兄やその妻子、ギタの両親、強制収容所で出会った人々。みなそれぞれに人生があり、大切な人がいて、それぞれの物語を紡いでいたはずだ。歴史からこぼれ落ちてしまったそんな人々の物語を伝える作品のひとつとしての本書の役割は大きい。

五十年以上背負ってきた罪悪感に折り合いをつけ、「あのようなことが二度と起こらないため」に自らの物語を遺してくれたラリの思いが、さらに多くの読者にとどくことを願ってやまない。

最後になりましたが、今回もお世話になった編集者の安東高史さんに、あらためてお礼申し上げます。

二〇二三年十一月二十九日

金原瑞人

本作品は二〇一九年九月、小社より単行本刊行されました。

双葉文庫

へ-02-01

アウシュヴィッツのタトゥー係(がかり)

2024年2月14日　第1刷発行

【著者】
ヘザー・モリス
【訳者】
金原瑞人(かねはらみずひと)　笹山裕子(ささやまゆうこ)
【発行者】
島野浩二
【発行所】
株式会社双葉社
〒162-8540 東京都新宿区東五軒町3番28号
［電話］03-5261-4818(営業部)　03-6388-9819(編集部)
www.futabasha.co.jp(双葉社の書籍・コミックが買えます)
【印刷所】
中央精版印刷株式会社
【製本所】
中央精版印刷株式会社

【フォーマット・デザイン】
日下潤一

ISBN978-4-575-52732-2 C0197
Printed in Japan